Marc Freund

Langeooger Zwielicht

Die Inselkommissare

Ostfrieslandkrimi

Klarant Verlag

Klarant Verlag, www.klarant.de – www.ostfrieslandkrimi.de
ISBN: 978-3-96586-338-5
1. Auflage 2021
Umschlagabbildung: Klarant Verlag

Printed in th

Kapitel 1

Grauer Morgen. Die Nordsee spülte breite Wellen an, deren von Gischt gekrönten Ausläufer über den Strand der Insel leckten. Es wehte ein herber Wind von der See her, der den Strandhafer und die Beifuß-Gewächse nach hinten bog und versuchte, sie mit aller Macht auf den Dünensand zu drücken. In jeder kurzen Atempause standen sie wie ein angezählter Boxer wieder auf, bis sich das Spiel von Neuem wiederholte.

Als das Feuer ausbrach, schlief die Insel noch.

Gerret Kolbe wurde durch ein klirrendes Geräusch geweckt, das sich als das Splittern von Glas herausstellte. Als er die Augen aufschlug, nahm er durch den winzigen Spalt seiner Vorhänge im Schlafzimmer einen orangeroten Schein wahr.

Sofort war der Kommissar hellwach. Er schlug die dünne Steppdecke zurück und schwang seine Beine aus dem Bett. Mit wenigen Schritten war er beim Fenster und zog die Vorhänge mit einem scharfen *Ritsch* zurück.

Dem hellen Schein nach zu urteilen, stand der halbe Polderweg in Flammen. Kolbe presste sein Gesicht gegen die Fensterscheibe, um nach links sehen zu können, zur Mitte der Straße hin. Er verengte seine noch müden Augen zu Schlitzen. Entgegen seiner ersten Vermutung schien es sich um ein einzelnes Haus zu handeln. Die Flammen schlugen aus den geborstenen Fensterhöhlen, während gleichzeitig tiefschwarzer Rauch in den grauen Himmel aufstieg, als wolle er die erste leise Vorahnung eines Sonnenaufgangs noch im Keim ersticken.

Gerret Kolbe wirbelte auf der Stelle herum und schlüpfte in seine Sachen, die er auf dem Stuhl neben seinem Bett bereitgelegt hatte.

Als er sich auf der Treppe nach unten befand, hörte er bereits die Sirenen der Einsatzfahrzeuge der Freiwilligen Feuerwehr von Langeoog. Sie gehörten zu den wenigen Ausnahmen, die auf der ansonsten autofreien Insel mit Verbrennungsmotoren unterwegs waren.

Im Laufen riss Kolbe seine dünne Sommerjacke von der Garderobe neben der Tür und stürmte kurz darauf ins Freie.

Er war noch nicht ganz auf der Straße, als er bereits die Rufe der Einsatzkräfte der Feuerwehr hörte, die sich über das allgemeine Gemurmel der bereits zusammengelaufenen Schaulustigen legten.

Unter ihnen machte Kolbe seinen Zimmernachbarn Otto Ladengast aus, der einen seiner ausgebeulten Tweed-Anzüge trug. Darunter ein blütenweißes Hemd mit einer braunroten Fliege, so als hätte er heute früh bereits bei einer Hochzeitsfeier die Brautrede gehalten.

»Was ist hier los?«, fragte Kolbe und kam sich im selben Moment reichlich albern vor. Was hier gerade ablief, war offensichtlich, aber diese Worte waren ihm nun mal als Erstes über die Lippen gekommen.

Ladengast, der sich im Schutz einer Linde ein wenig abseits von den anderen hielt, deutete mit seiner glatt rasierten Kinnspitze auf das brennende Einfamilienhaus, das mittlerweile von den Fahrzeugen der Feuerwehr zu Teilen verdeckt worden war. Ein schneeweißer Neubau mit dunkel glasierten Dachziegeln. Die Flammen aus dem zerbrochenen Fenster leckten daran in die Höhe. Kolbe spürte bis hierhin die enorme Hitze, die von dem brennenden Gebäude ausging.

Die Männer der Feuerwehr brüllten Befehle durcheinander. Nahezu im selben Augenblick schoss ein armdicker Wasserstrahl in die lodernde Fensterhöhle.

»Das ist das Haus der Rachnows«, brüllte Ladengast gegen den Lärm an, und das, obwohl Kolbe direkt neben ihm stand. Der Blick des Professors fing den des Kommissars auf. »Jan und Jenna«, fügte der Alte hinzu. »Er ist Arzt am Klinikum Oldenburg. Chefchirurg.« Ladengast nickte bedeutungsvoll.

»Weiß man, ob sich noch jemand im Haus befindet?«, wollte Kolbe wissen. Auch er brüllte, während irgendwo am Haus weitere Scheiben zu Bruch gingen.

Ladengast zuckte mit den Schultern. »Ich bin erst seit ein paar Minuten hier. Ich habe das Feuer aus meinem Dachfenster bemerkt und gleich den Notruf abgesetzt.«

»Ach, Sie waren das.«

Ladengast nickte knapp. Sein Blick wanderte wieder zu dem lodernden Inferno hinüber, das sich unmittelbar vor ihren Augen abspielte.

Kolbe klopfte seinem Zimmernachbarn auf die Schulter. »Gut gemacht.« Dann setzte er sich in Bewegung. Der Professor rief ihm noch etwas hinterher, was er bereits nicht mehr verstand. Der Kommissar hastete an dem Leiterwagen der Feuerwehr vorbei, in Richtung des kleinen Unterstands, der Schutz für die Abfalltonnen und zwei Fahrräder bot. Von dort aus gelangte man über eine kleine Pforte in den Garten und somit zur Rückseite des Hauses. Kolbe hastete über den Plattenweg aus geschliffenen Natursteinen. Der Rasen mit seinen angrenzenden Blumenbeeten und dem dahinter halbhoch aufragenden Steinwall lag noch im Halbdunkel, im Dämmerschlaf. Das Gras war noch feucht vom Morgentau.

Ein Schatten stürmte auf Kolbe zu, gefolgt von einem weiteren. Erst auf den zweiten Blick erkannte der Kommissar, dass es sich um Männer mit Gasmasken handelte. Für einen kurzen Augenblick trafen sich ihre Blicke. Dann zerbrach das Glas der hinteren Verandatür.

Kolbe eilte näher, während die Männer in den hellen grauen Rauch eintauchten, der in seichten, zerfaserten Schwaden aus dem Innern des Hauses drang. Auf dieser Seite schienen die Flammen noch nicht in dem Maße zu wüten, wie es an anderer Stelle der Fall war.

Der Kommissar sah die beiden Männer durch den nunmehr leeren Türrahmen verschwinden, als hätte der Rauch sie geschluckt.

Kolbe trat näher. Vereinzelte Glassplitter knirschten unter seinen Absätzen. Sein Blick versuchte, die Schlieren zu durchdringen. Das gelang ihm nur halbwegs.

Schemenhaft erkannte er die Männer der Feuerwehr, wie sie sich von einem geräumigen Wohnbereich weiter in die offene Küche bewegten.

Kolbe konnte ein Husten nicht länger unterdrücken. Der Rauch brannte in seinen Augen. Unwillkürlich trat er ein paar Schritte zurück und holte tief Luft.

Ein kräftiger Fußtritt von innen ließ die Verandatür nach außen auffliegen. Ein mächtiger Schatten tauchte in der Öffnung auf. Er quoll zusammen mit einem Schwall Rauch auf den Rasen hinaus. Der Uniformierte mit der Gasmaske trug eine leblose Gestalt in seinen Armen, während der zweite Feuerwehrmann hinauseilte und hastig etwas in sein Funkgerät sprach. Kolbe hörte es rauschen und knistern.

Sein Blick jedoch galt der Frau, die der Uniformierte in diesem Augenblick sanft und in sicherer Entfernung zum brennenden Haus auf die Rasenfläche legte.

Sofort war Kolbe bei ihm.

»Sind Sie Arzt?«, fragte der zweite Uniformierte.

Kolbe schüttelte den Kopf. »Polizei.«

Der andere antwortete nicht. Die beiden Männer beugten sich über die Frau in dem hellen Sommerkleid und tauschten hilfesuchend einen kurzen, verzweifelten Blick miteinander.

Der Kommissar starrte auf den großen, dunkelroten Fleck, der sich auf dem Kleid abzeichnete. Auf die weit aufgerissenen Augen, die ziellos in den Himmel starrten.

Kolbe ging hastig in die Knie und ignorierte dabei die Proteste der beiden Männer. Er betrachtete den Brustkorb der dunkelhaarigen Frau, das blutgetränkte Kleid. Die Augen, immer wieder ihre Augen. Er nahm ihr linkes Handgelenk und spürte keinen Puls mehr, obschon ihr Körper noch warm war.

Es gab keinen Zweifel darüber: Sie war tot.

Zwei weitere Männer stürmten um die Hausecke, hinaus auf den Rasen, zu der Stelle, an der Kolbe im nassen Gras kniete.

Der ältere der beiden war Doktor Jochen Leutner, der auf Langeoog eine Praxis betrieb und neben seinem jüngeren Kollegen Doktor Rückers auch zu Notfällen gerufen wurde.

Kolbe erhob sich. Er kannte Leutner flüchtig vom Sehen. Der Arzt nahm ihn ebenso flüchtig wahr, nickte ihm kurz zu und kniete schließlich unter einem leisen Ächzen neben der Frau nieder. Er führte nur wenige routinemäßige Untersuchungen durch. Dabei schien er seine Bewegungen auf ein absolutes Minimum zu reduzieren. Für mehrere Sekunden sprach niemand von ihnen ein Wort, während auf der anderen Seite des Hauses betriebsame Hektik herrschte, die sich noch immer zu steigern schien. Kein Vergleich zu der Grabesstille im Garten.

Kolbe nahm die Geräusche von drüben kaum wahr. Wie durch einen Filter hindurch drangen sie an sein Ohr und wurden nahezu im selben Augenblick wieder ausgeblendet.

Der Kommissar hatte nur Augen für den Arzt, der soeben seine Bemühungen eingestellt hatte und wieder auf die Beine kam.

Kolbe reichte ihm dabei seinen Arm und half ihm auf.

»Nichts mehr zu machen«, stellte Leutner mit ruhiger Stimme fest. Kolbe registrierte, dass der pausbäckige Sechzigjährige ein zerknülltes Leinentaschentuch aus seiner Hose zog, um damit beiläufig Zeige- und Mittelfinger seiner rechten Hand zu säubern. An beiden klebte Blut.

Der Arzt gab den zwei Männern von der Feuerwehr ein Zeichen, dass sie sich abwenden konnten, um sich anderswo nützlich zu machen. Beide waren noch jung, beide wirkten trotz ihres erkennbaren Schocks sichtlich erleichtert, diesen grausigen Ort verlassen zu können. Dennoch wandte sich der eine von ihnen an Kolbe und Doktor Leutner: »Es hält sich niemand mehr da drinnen auf. Das ist doch sicher wichtig für Sie zu wissen.«

»Danke«, erwiderte Kolbe knapp.

Der junge Feuerwehrmann nickte und hatte es plötzlich eilig, seinen Kameraden einzuholen, der bereits um die Hausecke verschwunden war.

»In ihrer linken Brusthälfte steckt eine Kugel, wie ich vermute«, sagte Leutner, der noch immer mit dem Taschentuch an seinen Fingern herumrieb. »Das dürfte ein Fall für die Gerichtsmedizin sein.«

»Sie wurde also erschossen«, fasste Kolbe kurz zusammen und erschrak ein wenig vor der Grabeskälte seiner eigenen Stimme.

Leutner nickte. »Soweit sich das im Moment feststellen lässt. Möglich, dass die Kugel in ihr Herz eingedrungen ist. Jammerschade sowas. Jammerschade.«

Kolbe versuchte, seinen Blick von der Toten zu lösen. Sie mochte kaum älter als Mitte dreißig gewesen sein und hatte zu Lebzeiten ein hübsches Gesicht. Jetzt wirkte es durch die aufgerissenen Augen und den seltsamen Ausdruck darin entstellt und würdelos.

»Können Sie mir sagen, wer das ist, Doktor?«, fragte Kolbe.

Leutner steckte sein Taschentuch ein und blickte den Kommissar fragend an. Dann entspannten sich seine Gesichtszüge ein wenig.

»Ah ja, Sie sind ja noch nicht so lange hier auf der Insel, richtig? Das hier ist Jenna, die Frau von Doktor Rachnow. Sie ist eine gebürtige Friesin, stammt hier von der Insel. Ich habe noch ihre Eltern gekannt. Gut gekannt.« Leutner breitete kurz die Hände auseinander und ließ sie dann in einer Was-will-man-machen-Geste kraftlos gegen seine dunkelgrüne Cordhose klatschen. »Ich werde den Abtransport begleiten und lasse Ihnen den Totenschein zukommen.«

Kolbe nickte dem Mann zu. Seine Gedanken waren bereits woanders.

Das Feuer, dachte er. Wenn Ladengast nicht ein notorischer Frühaufsteher gewesen wäre, hätte der Brand vermutlich noch viel ausgiebiger gewütet, bis er von jemandem gemeldet worden wäre. Es war davon auszugehen, dass die Ermittlungsarbeiten dadurch erheblich erschwert worden wären. So hatten sie vielleicht noch eine Chance, wertvolle Spuren und Informationen über die Brandursache, vielleicht sogar über den Tathergang zu sammeln.

Nur Jenna Rachnow, sie hatte keine Chance mehr. Irgendjemand hatte im Laufe der Nacht, möglicherweise auch erst heute Morgen, entschieden, dass sie keine mehr verdient hatte.

Gerret Kolbe spürte, wie eine kalte Wut in ihm hochkochte. Jemand hatte diese Frau auf dem Gewissen. Als der Kommissar zu ihr heruntersah, hatte sie ihre Augen geschlossen.

Leutner hatte offenbar ein Einsehen gehabt. Gut so. Nun wirkte sie fast, als hätte sie sich in das taufeuchte Gras gelegt, um zu schlafen. Wäre da nicht die grässliche Wunde in ihrem Brustkasten gewesen.

Kolbe wartete ab, bis man die Frau auf eine Bahre legte und unter der Obhut von Doktor Leutner abtransportierte.

Noch immer riefen die Männer auf der Straßenseite durcheinander, gaben gegenseitig Kommandos von sich. Motoren grummelten und summten, und das eingeschaltete Blaulicht der Einsatzfahrzeuge tauchte die gesamte Szenerie in ein unwirkliches und zugleich hektisch flackerndes Licht.

Kolbe wartete ein paar Sekunden ab und blickte noch einmal zu Boden. In dem Gras zeichneten sich noch die Umrisse der Leiche ab.

Schließlich gab sich der Kommissar einen Ruck. Es gab jetzt allerhand zu tun. Vieles davon war Routinearbeit. Abläufe, die nahezu genormt waren und die zumeist reibungslos ineinandergriffen. Nur eines gestaltete sich immer unterschiedlich: die Suche nach dem Mörder.

Sie begann in der Sekunde, in der Kolbe sich endgültig von der Mulde im Gras löste und sich in Bewegung setzte.

Kapitel 2

Es war früh. Noch immer früh genug, um kurz nach Hause zu gehen und eine heiße Dusche zu nehmen. Kolbe war danach. Vor allem brauchte er dringend andere Klamotten, denn alles, was er am Körper trug, war mit dem durchdringenden Geruch von Rauch behaftet. Auch seine Haare, noch immer ungekämmt, würden ihm eine solche Behandlung ganz sicher danken.

Er schlüpfte ins Haus und gab sich keine besondere Mühe, leise zu sein. Immerhin hatte er den alten Ladengast bereits draußen getroffen. Und wo er war, konnte auch seine Zimmerwirtin Bente Franzen nicht weit sein.

Und tatsächlich. Kolbe registrierte vom Flur aus einen Fuß in einem braunen Herrenschuh, der der halb angelehnten Küchentür ausreichend Schwung gab, damit sie sich gänzlich öffnete.

»Herr Kolbe?«

Der Kommissar kam langsam näher. Währenddessen zog sich der braune Schuh zurück. Er gehörte, das war alles andere als eine Überraschung, zu Otto Ladengast, der sein rechtes Bein vom Küchentisch aus lang gemacht hatte und es in dem Moment wieder zurückzog, als Kolbe eintrat.

»Scheußliche Sache, was?«, fragte der Alte, der abwechselnd seinen Mitbewohner und den freien Stuhl an der breiten Seite des Tisches ansah.

Gegenüber von Ladengast saß Bente Franzen, ihr dunkles Haar straff zurückgekämmt und im Nacken zu einem Knoten gebunden. Sie schenkte Kolbe ungefragt eine Tasse dampfenden Tee ein. Ein Gebräu, das irgendwie immer gerade frisch zubereitet war, wenn er das Haus betrat, zu welcher Uhrzeit auch immer.

»Mögen Sie ein Brötchen?«, fragte sie mit einem flüchtigen Lächeln. »Sie haben doch bestimmt noch nicht gefrühstückt.«

Die beiden waren ein eingespieltes Team, dachte Kolbe. So als hätten sie Szenen wie diese bereits seit Jahren geprobt.

»Wer wüsste das besser als Sie«, antwortete er mit einem gequälten Lächeln und ließ sich auf den Stuhl sinken. Ihm war nicht nach einer Teeplauderei zumute, dafür gab es zu viel zu tun. Allerdings traf es sich gut, Ladengast hier zu sehen. Möglicherweise konnte er noch mit der einen oder anderen Information aushelfen.

»Gibt es etwas Neues vom Brand? Haben die Jungs die Sache im Griff?« Ladengast biss herzhaft in sein Marmeladenbrötchen und brachte das Kunststück fertig, Kolbe dabei nicht aus den Augen zu lassen.

»Sie wissen vermutlich noch nichts von der Leiche«, erwiderte der Kommissar tonlos, nachdem er den Blick des Alten ausreichend studiert und darin keine Anzeichen von Bestürzung oder gar Trauer entdeckt hatte.

»Leiche?« Die Kaubewegungen des Professors wurden langsamer, in gleichem Maße, wie sich seine Augen unter den buschigen Brauen weiteten. »Was für eine Leiche?«

»Jenna Rachnow. Sie wurde tot aus dem Haus geborgen. Ich war dabei.«

»Oh, mein Gott«, flüsterte Bente Franzen. Langsam ließ sie ihr Buttermesser sinken, bis es mit einem leisen Klicken auf dem Tellerrand landete. Ohne hinzusehen, legte sie das halbe Brötchen dazu, das sie Kolbe zugedacht hatte. Ihr Blick war stur auf den Kommissar gerichtet. »Wie konnte denn das passieren?«

»Sie ist vermutlich nicht infolge des Brands gestorben«, fügte Kolbe leise hinzu. Er sah die beiden nacheinander ernst an. »Jenna Rachnow ist erschossen worden.«

Er fühlte den Blick seiner Zimmerwirtin auf sich ruhen. Bente Franzen hatte ihre Lippen hart aufeinandergepresst. Sie sagte kein Wort.

Der Professor zu Kolbes Linken sah für einen Augenblick stumm aus dem Küchenfenster, das noch immer erhellt war von dem Feuerschein aus dem Polderweg. Zudem roch es nach Rauch, als hätte jemand im Raum eine Kerze ausgeblasen.

Von Ladengasts halbem Brötchen tropfte ein dicker Klecks Erdbeermarmelade und landete auf seinem Teller.

Als hätte der Alte dies eben noch abgewartet, legte er das Brötchen hin, zog die weiße Leinenserviette aus dem Holzring und tupfte sich damit die Lippen ab. Achtlos warf er das Tuch neben seinen Teller auf den Tisch.

»Erschossen.« Mehr sagte er zunächst nicht. Stattdessen schüttelte er den Kopf. Immer wieder, so als hoffte er, das eben Gehörte wieder aus seinem Schädel herauszubekommen. Danach schien er in Gedanken versunken. Bis er den Kopf wandte und Kolbe anblickte.

»Erschossen«, wiederholte er. »In ihrem Haus. Hier auf der Insel. Auf Langeoog.« Die Worte flogen Kolbe stakkatoartig um die Ohren.

Der Kommissar breitete die Hände auseinander. »Allem Anschein nach. Wenn die Befunde vorliegen, werden wir Genaueres wissen.« Er nahm vorsichtig einen Schluck Tee. Er schmeckte würzig, kräftig. Genau das Richtige.

»Professor, wann genau haben Sie das Feuer entdeckt? Wie sind Sie überhaupt darauf aufmerksam geworden?«

»Ich hab nicht schlafen können«, kam es von Ladengast zurück. »Mir gingen da ein paar Gedanken im Kopf herum, die ich zu Papier bringen musste.« Er winkte ab. »Nichts Ernstes. Nur Stoff für eine kleine Kolumne, die dann irgendwann in den *Langeoog News* oder im *Logbuch* erscheint. Oder eben auch nicht. Wie dem auch sei …«, er drehte sich auf seinem Stuhl in Kolbes Richtung, legte seinen Rücken gegen die Lehne und verschränkte die Hände ineinander, »ich hatte gerade angefangen, ein paar Zeilen zu tippen, als ich auf der Straße unten hastige Schritte hörte. Ich schlafe sonst nicht bei offenem Fenster, aber gestern Abend war es mir einfach zu drückend. Vielleicht brüte ich auch etwas aus. Egal. Jedenfalls hörte ich die Schritte und trat ans Fenster. Gesehen habe ich allerdings niemanden. Es war noch zu dunkel.«

»Wie spät war es genau?«, hakte Kolbe nach.

»Vier Uhr zweiunddreißig«, antwortete der Professor sofort. »Ich weiß das deshalb so genau, weil ich mich noch gefragt habe, wer um diese Zeit wohl einen Grund haben könnte, zu rennen.«

»Sehr gut«, sagte der Kommissar. »Und das Feuer?«

Ladengast starrte auf seine Hände hinab. Er hatte begonnen, Däumchen zu drehen. Das Spiel schien ihn zu faszinieren.

»Den Feuerschein habe ich ungefähr fünfzehn Minuten später bemerkt. Irgendwie war mir so, als würde etwas vor meinem Fenster flackern. Mir fiel wieder die Person ein. Dachte erst, da fuchtelt jemand mit einer Taschenlampe herum. Es war aber keine. Als ich aus dem Fenster sah, wusste ich sofort, was die Stunde geschlagen hatte. Ich bin gleich runter zum Telefon und habe den Notruf gewählt.«

»Das haben Sie gut gemacht«, sagte Kolbe wie zu einem kleinen Jungen.

»Mag sein«, räumte Ladengast ein. »Der jungen Jenna hat es aber offenbar nichts mehr genützt.« Er hob den Kopf und blickte den Kommissar aus leicht unterlaufenen Augen an. »Wissen Sie, ich hab ja noch an der Tür geklingelt und geklopft, aber es hat niemand aufgemacht. Ich nahm also an, dass die Rachnows nicht zu Hause waren. Das kommt durchaus häufiger vor. Er ist ja meist auf dem Festland, wissen Sie? Er … ihr Mann, meine ich … arbeitet im Klinikum Oldenburg.«

»Ich weiß«, gab Kolbe zurück. »Sie haben also dann auf das Eintreffen der Feuerwehr gewartet.«

Ladengast nickte.

»Haben Sie in der Zeit noch etwas Auffälliges gehört oder gesehen? Eine Person vielleicht, die auffallend schnell am Brandort war? Oder jemand, der sich unter die Schaulustigen gemengt hat?«

Ladengast schien lange über diese Frage nachzudenken. Dann schüttelte er langsam den Kopf. »Nein. Nichts. Da war niemand. Niemand Auffälliges, meine ich.«

»Schon gut. Damit haben Sie mir schon sehr weitergeholfen.«

Der Professor wiegte den Kopf hin und her, als sei er nicht dieser Ansicht.

Für einen Moment war in der Küche nichts weiter zu hören als das leise Ticken der Wanduhr und das gelegentliche Klirren der Teetassen, die auf ihre Unterteller gesetzt wurden.

»Wer war Jenna Rachnow?«, platzte die Frage des Kommissars schließlich in die Stille. »Sie beide haben sie doch offenbar gut gekannt. Können Sie mir etwas über die Frau sagen?«

»Jenna war eine von uns.«

Kolbe drehte den Kopf. Bente Franzens Stimme war kaum mehr als ein Flüstern gewesen. Und doch war damit bereits so viel gesagt. Eine gebürtige Insulanerin also.

»Das Leben hat es nicht immer gut mit ihr gemeint«, fuhr Bente Franzen fort. »Sie hat, als sie gerade mit der Schule fertig war, ihre Eltern verloren. Ihre Mutter starb an einer seltenen Bluterkrankung. Nur ein halbes Jahr später hat sich ihr Vater das Leben genommen.«

»Hat sich aufgehängt«, fügte Ladengast hinzu. »Auf dem Dachboden.« Der Professor zog an einem virtuellen Seil und legte dabei den Kopf leicht schief. »Ist mit dem Verlust nicht klargekommen. War für das Mädchen nicht einfach. Aber sie hat sich durchgebissen. Kann man doch sagen, oder?«

Bente Franzen nickte. »Sie hat mir früher oft mit den Stickereien für Gretjes Souvenirladen geholfen. Wir waren oft stundenlang zusammen. Da, auf Ihrem Stuhl, hat sie oft gesessen.«

Kolbe spürte ein leicht beklemmendes Gefühl in der Magengegend.

»Ich glaube, im Zusammenhang mit dem Tod ihrer Mutter hat sie auch diesen jungen Arzt kennengelernt. Jan Rachnow. Stammt nicht von der Insel, oder, Franzi?«

Ihre Vermieterin schüttelte den Kopf. »Ich weiß nicht genau, woher er ursprünglich kommt. Aber er hat sich ganz eindeutig erst in Jenna und dann in unsere Insel verliebt.«

»Mh-hm«, pflichtete der Professor bei. »Fiel ihm beides nicht besonders schwer, schätze ich.«

»Sie haben dann Jennas Elternhaus renoviert«, erklärte Bente Franzen.

»Ach was, renoviert. Bis auf die Grundmauern abgerissen haben sie es. War ja auch nicht mehr viel los damit. Naja, ein paar Jahre später stand da jedenfalls das neue Haus. Und

Rachnow stieg zum Chefarzt auf. Jedenfalls nach allem, was wir so gehört haben.«

Und das war vermutlich einiges, dachte der Kommissar.

»Haben Sie schon mit ihm gesprochen?«, fragte Bente Franzen leise.

Kolbe schüttelte den Kopf. »Nein. Das steht uns noch bevor. Er ist im Klinikum zu erreichen, vermute ich?«

Der Kommissar erntete Schulterzucken von beiden Seiten.

»Führten die Rachnows ein zurückgezogenes Leben?«, hakte Kolbe nach.

»Das trifft wohl eher auf ihn zu«, antwortete Bente Franzen. »Er nimmt nicht häufig an unseren Inselaktivitäten teil. Beim Dünensingen habe ich ihn jedenfalls schon lange nicht mehr gesehen.«

Ladengast legte kurz den Kopf in den Nacken und blickte gegen die Decke. »Der Mann arbeitet eben, Franzi. Er ist in einer verantwortungsvollen Position. Da kann man nicht einfach alles stehen und liegen lassen.«

Sie winkte ab. »Jaja. Wo ein Wille ist, da ist auch immer ein Weg.«

»Haben die beiden Kinder?«, warf Kolbe ein.

»Nein«, antwortete die Vermieterin. Dabei trübte sich ihr Blick. Sie griff nach ihrem Messer und tauchte die Spitze in die Butterdose aus Porzellan in der Tischmitte. Mit flinken Bewegungen strich sie die Brötchenhälfte auf und legte sie Kolbe hin. »Hier, bitte. Marmelade müssen Sie sich selbst draufmachen.«

Kolbe griff dankbar nach der Brötchenhälfte und biss herzhaft hinein.

»Jenna konnte keine Kinder bekommen«, erklärte Bente Franzen nach einer kurzen Pause. »Bei einer ärztlichen Untersuchung ist rausgekommen, dass sie unfruchtbar ist. Seitdem haben sie und Jan über eine Adoption nachgedacht.«

»Aus der jetzt wohl nichts mehr wird«, dachte Ladengast laut. Er fingerte in den Außentaschen seines Sakkos nach seiner Schachtel Zigarillos und dem Feuerzeug. Beides legte er sorgsam vor sich auf den Tisch.

Kolbe dachte an die Dusche, die er sich noch vorgenommen hatte, und daran, was heute noch auf ihn wartete. Er kaute schneller und spülte sein Frühstück mit dem Rest seines Tees hinunter.

»Wissen Sie, ob Jenna Rachnow noch Angehörige hat, die zu benachrichtigen sind? Oder irgendjemanden sonst?«

Bente Franzen verneinte. »Sie war Einzelkind, und ich glaube, auf ihre Eltern traf das auch zu.«

Kolbe stand auf. »Ist die Ehe der beiden glücklich gewesen?«

Ladengast lächelte matt. »Jetzt bewegen wir uns auf dünnes Eis, nicht wahr? Ich meine, gibt es überhaupt eine dauerhafte Beziehung unter Menschen, gleich welchen Geschlechts, die man als dauerhaft glücklich bezeichnen könnte?«

Der Kommissar rollte mit den Augen.

»So ein Blödsinn«, fuhr Bente Franzen dazwischen. »Natürlich sind … *waren* die beiden glücklich verheiratet. Auch wenn er nicht oft zu Hause gewesen ist.«

»Oder vielleicht genau deswegen«, gab der Professor zu bedenken und schielte dabei auf sein Raucherzubehör, von dem er genau wusste, dass er es nur draußen, im Freien, benutzen durfte. Was ihn nicht daran hinderte, dieser Leidenschaft insbesondere abends auch oben in seinem Zimmer nachzugehen.

Kolbe verabschiedete sich flüchtig von den beiden und holte seine Rasur und die Dusche nach. Inzwischen war es kurz nach sieben.

Er schlüpfte in frische Kleidung und eilte die Treppe hinunter. Wie es schien, hatte Bente Franzen bereits unten bei der Haustür auf ihn gewartet. Sie blickte ihm ernst entgegen. Ihre Augen waren leicht glasig, so als hätte sie die übrige Zeit in der Küche damit verbracht, ihrer Trauer freien Lauf zu lassen.

Sie fasste Kolbe am Handgelenk. Keine lasche, kraftlose Bewegung, wie ihr augenblicklicher Zustand hätte vermuten lassen können, sondern ein fester Griff.

»Sie werden den Kerl kriegen, der das getan hat, richtig?«

Kapitel 3

Es hatte sich wie eine Ohrfeige angefühlt. Dabei war es nur eine Bemerkung gewesen. Und die hatte nicht mal ihr gegolten. Aber genau das hatte die Situation schließlich eskalieren lassen. Gerade mal fünfzehn Minuten war das her. Kurz bevor sie gemeinsam mit dem Wagen aufgebrochen waren.

Rieke Voss saß auf dem Beifahrersitz und starrte durch die Seitenscheibe auf die vorbeiziehende Landschaft. Die letzten Meter bis Bensersiel. Die Fähre hatte bereits angelegt.

Joost Hansen, der kräftige Typ in der Lederjacke, ließ den Wagen auf einem der freien Parkplätze ausrollen und schaltete den Motor ab. Für die Dauer einer entsetzlich langen Minute herrschte eisiges Schweigen. Bis er mit der Faust auf das Lenkrad schlug.

»Jetzt sag schon was, Herrgott!«

Rieke sagte nichts. Sie verspürte den Drang, die Tür aufzureißen und zur Fähre zu laufen, so schnell es nur ging. Sie brauchte frische Luft, brauchte Abstand. Das Einzige, was sie im Moment davon abhielt, alles hinzuschmeißen, war die vage Hoffnung, dass es sich vielleicht wieder einrenken ließ. Aber war das überhaupt noch möglich, nach dem, was heute Morgen beim Frühstück passiert war?

Es war um ihren Sohn gegangen. Um Noah. Fünfzehn Jahre alt. Rieke dachte an die Bücher, die es zum Thema Pubertät auf dem Markt gab. Sie hatte sie fast alle gelesen. Und die, die es nicht bis auf ihren Nachttisch geschafft hatten, waren es auch nicht wert gewesen. Sie war der Meinung, darauf vorbereitet zu sein. Das war eine gründliche Fehleinschätzung gewesen. Ähnlich der, sich damals auf Noahs leiblichen Vater einzulassen, der kurz nach der Geburt des Jungen das Weite gesucht hatte.

Jahre später war Joost aufgetaucht. Es war nicht gerade Liebe auf den ersten Blick gewesen, an die sie ohnehin nicht glaubte. Der gut aussehende Biker war einfach hartnäckig geblieben, weswegen Rieke davon ausgegangen war, dass er es ernst meinte. Konnte sein oder auch nicht. Ihre Beziehung hielt jetzt seit etwas mehr als drei Jahren, wackelte manchmal hier und da, befand sich ansonsten allerdings in einem Zustand, den Rieke als weitestgehend stabil betrachtete. Zumindest bis heute Morgen.

Da war es zwischen ihr und Noah zum Streit gekommen. Natürlich war die Schule das Thema gewesen. Wieder einmal. Durch einen blöden Zufall mitten im Gespräch war herausgekommen, dass Noah in den letzten fünf Tagen gerade mal an zweien davon den Weg bis ins Klassenzimmer geschafft hatte. Die restliche Zeit hatte er damit verbracht, sich herumzutreiben. An Orten, die Rieke bis jetzt noch nicht mal in Erfahrung gebracht hatte. Möglich, dass da noch eine zweite fette Überraschung auf sie zukam.

Sie war die Erste gewesen, der das Gespräch entglitten war. Sie hatte Noah zwar nicht angeschrien, dafür aber deutlich den Ton verschärft. Ob angebracht oder nicht … hinterher hatte es ihr leidgetan. Noah hatte sich uneinsichtig gezeigt, hatte nur herumgemault, hin und wieder etwas genuschelt und dabei lustlos mit dem Löffel in seiner Müslischale herumgestochert. Rieke war nicht mehr zu ihm durchgekommen. Und das hatte auch Joost bemerkt, der schräg neben Noah gesessen hatte.

Seine Faust war plötzlich auf den Tisch geknallt, so urplötzlich, dass selbst Rieke heftig zusammengezuckt war.

»Verdammt nochmal, kannst du deine Mutter nicht wenigstens ansehen, wenn sie mit dir redet?«

Auch Noah war zusammengezuckt. Er hatte dabei seine Schüssel umgeworfen. Die Milch war über den Tisch geschossen und zu Boden gekleckert. Noah hatte sich dabei seine Sachen eingesaut. Er hatte an sich heruntergeblickt, bevor er Joost einen hasserfüllten Blick zugeworfen hatte.

Dann war er aufgesprungen. »Sag mal, hast du sie noch alle?«

Joost war daraufhin ebenfalls in die Höhe geschossen. Sein Stuhl war dabei umgekippt. Er hatte die rechte Hand zu einer Ohrfeige erhoben gehabt. Eine Bewegung, die er nicht bis zu Ende ausgeführt hatte, die allerdings vermittelte, dass es irgendwann so weit sein würde. In nicht allzu ferner Zeit. Wie unter großen Mühen hatte Joost seine Hand sinken lassen und stattdessen gesagt: »Sieh zu, dass du abhaust, du kleiner Schlappschwanz! Und entschuldige dich gefälligst!«

Niemand hatte sich heute Morgen entschuldigt. Bei niemandem. Noah war nach oben in sein Zimmer gerannt. Rieke war ihm nach, doch die Tür war abgeschlossen gewesen, und in der Sekunde, in der sie gegen die Tür gehämmert hatte, waren dahinter aus den Stereoboxen die kreischenden Gitarren und wummernden Bässe einer Heavy-Metal-Band zum Leben erwacht.

Rieke hatte ihre Stirn gegen das Türblatt gelehnt und mit den Tränen gekämpft. Ihr war heiß gewesen.

Genauso wie jetzt. Sie hatte das Gefühl, dass ihre Wangen glühten. Sie legte ihre Hand auf den Türöffner.

Joost Hansen drehte sich mit einem kräftigen Ruck zu ihr um.

»Hör zu, es tut mir leid, okay?«

Sie zählte in Gedanken bis drei. »Niemand schickt meinen Sohn einfach weg«, sagte sie leise und fügte hinzu: »Oder nennt ihn einen Schlappschwanz.«

»Das hab ich doch nur so dahingesagt, mein Gott!«

»Du wolltest ihn schlagen.«

»Ein Reflex«, platzte es aus Joost heraus. »Nichts weiter als ein harmloser Reflex. Ist dir das etwa noch nie passiert?«

»Es hat aber nicht harmlos ausgesehen«, entgegnete sie, noch immer leise. »Ganz im Gegenteil.«

»Mein Gott«, stöhnte er. »Du wirst doch daraus jetzt kein Drama machen wollen, oder?« Er hob beschwichtigend die Hände. »Okay, okay, das war nicht in Ordnung. Wenn du darauf bestehst, dann werde ich mich bei Noah entschuldigen. Alles klar?«

Sie schüttelte den Kopf. Nicht unbedingt als unmittelbare Antwort auf seine Frage, sondern weil sie nicht wusste, was überhaupt noch klar war. Die Szene heute Morgen hatte sie verletzt. Sie hatte das Funkeln in den Augen ihres Sohnes gesehen, all die Abneigung Joost gegenüber. Den Hass.

Sie hatte mit einem Mal Angst, ihren Jungen zu verlieren. Und das alles wegen eines Mannes, den sie nur noch möglicherweise liebte. Vielleicht, dachte sie, hatte sie von Anfang an viel mehr in diese Beziehung hineininterpretiert. Er war da gewesen, als sie sich allein gefühlt hatte. Er hatte sich mit Noah verstanden. Am Anfang. Jetzt allerdings war irgendwie alles aus den Fugen geraten. Rieke hatte das Gefühl, als würde ihr Leben gerade wie ein trockener Keks in ihren Händen zerbröseln und unaufhaltsam durch die Finger rinnen. Es konnte nichts mehr rückgängig gemacht werden.

Der Blick in Joosts Augen hatte Bände gesprochen. Ihr war in diesem Sekundenbruchteil klar geworden, dass er irgendwann zuschlagen würde. Nicht heute. Vielleicht auch nicht morgen. Aber irgendwann sicher.

»Warum sagst du nichts?«, beharrte Joost. Seine Finger krampften sich jetzt wieder um das Lenkrad. Rieke bildete sich ein, es unter seiner Kraft quietschen und ächzen zu hören.

»Die Fähre legt gleich ab«, sagte Rieke trocken. »Ich denke, es ist besser, wenn ich jetzt gehe.«

Joost wollte nach ihr greifen, doch sie war schneller. Sie stieß die Tür auf und entzog sich seinem Griff, seinen Berührungen. Er rief ihr etwas nach, was sie durch das Zuschlagen der Beifahrertür erstickte.

Und dann lief sie tatsächlich. Sie war noch nie zuvor in ihrem Leben vor etwas weggerannt. Jetzt hielt sie es einfach nicht mehr aus.

Für einen Moment befürchtete sie, Joost würde ihr nachlaufen, doch das war nicht der Fall. Stattdessen hörte sie aus dem Innern des Wagens einen wütenden Aufschrei und ein dumpfes Geräusch, von dem sie sich ausmalte, dass Joost mit der Faust auf das Lenkrad geschlagen hatte.

Rieke Voss drehte sich nicht um. Nur zwei Minuten später befand sie sich an Bord der ersten Fähre, die an diesem Morgen nach Langeoog auslief. Sie hatte es so eilig, dass sie einen Mann anrempelte, der direkt vor ihr ging. Hochgewachsene Gestalt, blond, freundlicher Ausdruck in den Augen. Wenngleich er irgendwie unruhig wirkte. Fahrig. Rieke hatte einen Blick dafür. Und das, obwohl sie selbst sich gerade in diesem Zustand befand.

Sie entschuldigte sich flüchtig. Der Mann nickte nur, schien sie kaum wahrzunehmen. Er stellte sich ein wenig abseits der an Bord strömenden Touristen und Tagesurlauber und zückte sein Handy, das er sich beinahe sofort an sein Ohr presste. Im nächsten Moment war er in der Menge der nachströmenden Fahrgäste untergegangen.

Die Badesaison war noch in vollem Gange, und heute würde es wieder ein sehr warmer Tag werden, auch wenn der Morgen noch von einigen Wolken verhangen gewesen war.

Rieke zog es nicht unter Deck. Sie genoss die frische Luft, die ihr um die Nase wehte, und saugte sich damit die Lungen voll. Sie zwang sich, für einen Moment nicht an Noah zu denken und auch nicht an Joost, der Gott sei Dank nicht den Fehler begangen hatte, ihr auf die Fähre nachzueilen.

In diesen Moment der kurzen Entspannung brach das Läuten und Vibrieren ihres Handys. Rieke wollte nicht aufs Display sehen, weil sie der festen Überzeugung war, dort Joosts Nummer zu sehen. Letztlich tat sie es doch und zog überrascht ihre rechte Augenbraue in die Höhe.

Der Anruf war dienstlich. Die Chefin wollte was. Kein gutes Zeichen um diese Uhrzeit.

Rieke wandte sich um und betätigte eine Taste an ihrem Mobiltelefon. »Guten Morgen.«

»Morgen, Rieke«, kam es zurück. Gesa Brockmanns Stimme klang angespannt. Entweder hatte sie wieder unter ihrer Migräne zu leiden oder es war etwas passiert. Was es genau war, erfuhr Rieke in den nächsten Sekunden. Ihre Vorgesetzte unterrichtete sie von dem Hausbrand und dem grässlichen Fund, den Kolbe und die Feuerwehrmänner in dem Zusammenhang gemacht hatten.

»Oh, verdammt.« Rieke blickte über den Bug der Fähre hinweg. Es herrschte klare Sicht. Die Umrisse von Langeoog schälten sich aus der gischtenden Nordsee. Die Inselkommissarin hörte zu.

»Ich habe im Klinikum Oldenburg angerufen«, erklärte Gesa Brockmann. »Dort hat man mir Rachnows Handynummer gegeben. Man hat mir zudem gesagt, dass er heute seinen freien Tag hat und vermutlich mit der ersten Fähre nach Langeoog übersetzen wird. Ich habe Ihnen gerade seine Nummer zugeschickt. Ich möchte, dass Sie ihn anrufen. Vielleicht gelingt es Ihnen auch, ihn schon auf der Fähre zu kontaktieren. Wenn es sich einrichten lässt, bringen Sie ihn gleich mit zur Dienststelle.«

»Geht in Ordnung«, gab Rieke knapp zurück, trennte die Verbindung und behielt ihr Handy in der Hand.

Eine Tote auf Langeoog. Das Haus durch das Feuer halb zerstört. Und der Mann wusste vermutlich noch von nichts.

Rieke Voss holte tief Luft und wandte sich vom Bug der Fähre ab. Ihr blieben vielleicht noch fünfundzwanzig Minuten, bis sie anlegten. Zeit genug, um Rachnow zu finden und ihn über die grässlichen Dinge in Kenntnis zu setzen. Kurzerhand tippte sie auf die Nummer, die Gesa Brockmann ihr per Kurznachricht aufs Handy geschickt hatte. Es klingelte genau ein Mal, bevor sich eine Männerstimme meldete. Gerade so, als hätte Rachnow auf den Anruf gewartet. Rieke erklärte ihm in kurzen Worten nicht nur, wer sie war, sondern wo sie sich gerade aufhielt. Es dauerte nicht lange, bis sie ihn ausfindig gemacht hatte. Er war unter Deck gegangen, hatte sogar das Kunststück fertiggebracht, nicht nur eine freie Bank, sondern einen freien Tisch für sich ganz allein zu ergattern. Vor ihm auf der blanken Holzplatte lag sein Handy. Er starrte darauf, als würde er sich nichts sehnlicher wünschen, als dass es endlich klingelte.

Rieke verlangsamte ihre Schritte, als sie sich durch den Gang näherte. Das gab ihr Zeit, den Mann noch einmal aus der Nähe zu mustern, jetzt, da er sich noch unbeobachtet fühlte.

Er trug einen leichten Sommermantel, den er offen gelassen hatte. Darunter waren ein einfaches, kariertes Hemd und eine Krawatte mit silberner Nadel zu erkennen. Blond, gut aussehend, Mitte dreißig, so schätzte Rieke den Mann ein.

Seine Mundpartie allerdings wirkte eingefallen, fast grau. Er war nicht rasiert, roch aber dennoch leicht nach Aftershave.

An seinem Tisch blieb die Kommissarin stehen.

»Herr Doktor Rachnow?«

Zwei Sekunden vergingen, dann drehte der Angesprochene langsam den Kopf in Riekes Richtung. Er blickte sie in derselben Weise an wie vor ein paar Minuten an Deck. Fast war es, als sähe er durch sie hindurch.

»Ja?«

Ein einziges Wort nur. Es klang müde. Seltsam kraftlos, als hätte er die gesamte letzte Nacht mit anderen Dingen zugebracht, nur nicht mit Schlafen.

»Ich bin Kommissarin Voss.« Sie deutete auf die Bank gegenüber. »Darf ich mich für einen Moment zu Ihnen setzen?«

In Rachnows Blick erwachte etwas. Schlagartig. So als hätte sie einen unsichtbaren Schalter in seinem Innern umgelegt. Er drückte sein Kreuz durch und bäumte seinen Oberkörper auf, während er ihr bedeutete, Platz zu nehmen.

Rieke Voss zwängte sich an einer Familie mit drei kleinen Kindern vorbei, die in diesem Augenblick am Nebentisch ihren Platz gefunden hatten.

Die Kommissarin setzte sich und legte ihre Hände nebeneinander auf die Tischplatte.

Während sie noch nach Worten suchte, fragte Rachnow: »Ist etwas passiert?«

Rieke, noch immer sprachlos, nickte.

Rachnow beugte sich vornüber, fuchtelte mit den Händen herum, sodass er beinahe sein Handy vom Tisch gefegt hätte.

»Bitte … was immer es ist, Sie können es mir sagen. Ich versuche bereits seit gestern Abend meine Frau zu erreichen und …« Er brach mit einem leisen Ächzen ab.

»Herr Doktor Rachnow«, begann Rieke sanft, »ich muss Ihnen leider etwas sehr Schreckliches mitteilen. Man hat Ihre Frau heute Morgen tot in Ihrem Haus aufgefunden.«

»Nein!«, platzte es aus Rachnow heraus. Es war ein Schrei, ein Laut der puren Verzweiflung, der sich endlich Bahn brach, nachdem sich vermutlich die ganze letzte Nacht über dunkle Vorahnungen über dem Arzt aufgetürmt hatten. In diesem Augenblick stürzte alles in ihm zusammen.

Ein Fahrgast, der gerade den Gang passierte, wandte kurz den Kopf in ihre Richtung, bevor er mit irritiertem Ausdruck weiterging.

»Mama, was hat der Mann?«, fragte eines der Kinder vom Nebentisch. Die getuschelte Antwort der peinlich berührten Mutter ging in Rachnows folgenden Worten unter.

»Was ist passiert? Bitte sagen Sie es mir!« Der Arzt saß noch immer aufrecht. Seine Hände waren in ständiger Bewegung, beschäftigten sich immer wieder mit sich selbst.

Er versucht gerade, nicht durchzudrehen, dachte Rieke und ihr graute vor den übrigen Informationen, die sie ihm irgendwie beibringen musste. Der Anfang war gemacht. Es gab jetzt kein Zurück mehr.

»In den frühen Morgenstunden ist ein Feuer in Ihrem Haus ausgebrochen. Aus noch ungeklärten Ursachen. Die Feuerwehr konnte relativ frühzeitig benachrichtigt werden. Zwei Einsatzkräfte haben Ihre Frau schließlich geborgen. Sie … sie lag im Küchenbereich auf dem Fußboden.«

Sein Blick wurde hilflos. Seine Hände wollten nicht stillstehen. Die Hände eines Chirurgen, dachte Rieke.

»Aber … ich verstehe nicht«, presste Rachnow hervor, »wenn der Brand so früh entdeckt wurde, warum … warum hat Jenna dann nicht …« Wieder brach er ab. Kraftlos. Ächzend. Er atmete schwer, während sein Blick ziellos umherirrte und nirgends Halt fand.

»Das Feuer war nicht die Todesursache«, erklärte Rieke vorsichtig. »Als man Ihre Frau nach draußen gebracht hatte, stellte man fest, dass ihr Tod durch eine Schusswunde in der linken Brust eingetreten ist. Unsere bisherige Vermutung ist, dass der Brand erst danach gelegt wurde, um die Tat zu vertuschen.«

Endlich standen seine Hände still. Rachnow hatte sie jetzt nebeneinander auf den schmalen Tisch gelegt. Rieke sah, dass die beschichtete Platte rings um seine Finger sofort zu beschlagen begann.

»Jenna ist … erschossen worden?«

Wieder zog Rachnow einige Blicke auf sich, doch das nahm er nicht einmal ansatzweise wahr.

Rieke nickte. »Es tut mir sehr leid für Sie.«

Seine Hände schlossen sich, ballten sich zu Fäusten und öffneten sich wieder. Er versuchte mehrfach, etwas zu sagen, doch es blieb bei kümmerlichen Ansätzen, die lediglich halb erstickte Laute hervorbrachten.

Rieke streckte ihre rechte Hand nach ihm aus, legte sie auf seinen Unterarm. Er ließ sie gewähren.

»Doktor Rachnow«, sagte die Kommissarin leise, »ich weiß, dass diese Nachricht ein schwerer Schock für Sie sein muss, aber ich versichere Ihnen, wir werden alles tun, um den Täter zu finden.«

Zunächst schien es nicht klar, ob der Arzt ihre Worte überhaupt verstanden hatte. Er brütete stumpf vor sich hin, bis er schließlich seine rechte Hand hob und sich damit über das Gesicht fuhr. Als er sie sinken ließ, war sein Blick wachsam und klar.

»Entschuldigen Sie bitte. Ich war drauf und dran, die Fassung zu verlieren.«

Rieke sah ihn fragend an. »Sie haben jedes Recht dazu.«

Rachnow lächelte. Ein mildes Lächeln, zu dem er sich ganz offensichtlich zwingen musste.

»Wann genau ist es passiert?«, fragte er nach einer Weile, in der die Fähre sich der Insel bereits bis auf etwa einhundert Meter genähert hatte.

»Heute früh«, antwortete Rieke. »Gegen vier Uhr dreißig.«

»Wer hat es getan? Ein Einbrecher?«

Sie schüttelte langsam den Kopf. »Wir befinden uns noch ganz am Anfang unserer Ermittlungen, Doktor. Wir sind jetzt auf die Ergebnisse der Spurensicherung angewiesen. Ich würde

Sie bitten … wenn Sie es einrichten können … mich gleich zur Dienststelle zu begleiten.«

Rachnow blickte gedankenverloren aus dem Fenster. Hinaus auf die Wellen und hinüber nach Langeoog.

»In Ordnung«, sagte er, ohne den Blick abzuwenden. »Was ist mit dem Haus? Konnte überhaupt etwas gerettet werden?«

»Die Freiwillige Feuerwehr war sehr zügig vor Ort. Das Feuer ist offenbar sehr zeitig von einem aufmerksamen Anwohner entdeckt worden. Ich fürchte allerdings, dass große Teile der Inneneinrichtung nicht mehr zu gebrauchen sind.«

»Das Haus steht noch«, fasste Rachnow tonlos zusammen. »Na, das ist doch immerhin etwas.«

Rieke überhörte den bitteren Spott in seiner Stimme. Den Rest der Fahrt verbrachten sie schweigend damit, aus dem Fenster zu starren, bis die Fähre anlegte. Noch nie war der Inselkommissarin die Überfahrt so lang, so elendig, so trostlos vorgekommen.

Kapitel 4

Auf der Dienststelle, dem roten Ziegelbau an der Kaapdüne, marschierte Gesa Brockmann über den Korridor auf Rieke Voss zu, die gerade erst hereingekommen war.

»Wo ist Doktor Rachnow?« Die kräftig gebaute Dienststellenleiterin machte große Augen und blickte immer wieder zur Eingangstür.

Rieke stellte ihre Tasche am Empfangstresen ab, hinter dem ihr junger Kollege Enno Dietz arbeitete.

»Er hat mich gefragt, wo seine Frau jetzt ist. Ich sagte ihm, bei Doktor Leutner. Er wollte sie unbedingt noch einmal sehen, bevor sie in die Gerichtsmedizin überführt wird. Ich schätze, er wird in ein paar Minuten hier sein.«

»Verstehe«, gab Gesa Brockmann zurück. Sie nagte an ihrer Unterlippe, hatte die Hände auf ihr breites Becken gelegt. »Das gibt uns noch etwas Zeit, das weitere Vorgehen zu planen. Es gibt da ein paar sehr interessante Punkte, die wir vorher besprechen sollten.«

Rieke Voss folgte ihrer Vorgesetzten in deren Büro. Sie hatte kaum Platz genommen, als sich Gerret Kolbe zu ihnen gesellte. Er hielt einen dampfenden Becher in der Hand, der verführerisch nach Kaffee roch.

»Morgen«, sagte er knapp und deutete auf die Tasse. »Wollen Sie auch einen?«

»Ziemlich gerne.«

»Sorry«, warf Gesa Brockmann sofort ein. »Dafür haben wir jetzt keine Zeit. Setzen Sie sich, bitte. Beide!«

Kolbe verzog die Mundwinkel, vollführte eine halbe Drehung und kehrte zu dem freien Besucherstuhl neben Rieke zurück.

»Dann nehmen Sie halt meinen«, murmelte er und schob seiner Kollegin den Becher rüber.

Rieke blinzelte ein wenig irritiert, im nächsten Moment jedoch legten sich die Finger ihrer rechten Hand bereits um den Henkel.

»Mal wieder eine schöne Bescherung, mit der wir es da zu tun haben«, begann Gesa Brockmann, die in ihrem Bürostuhl hin und her rutschte, bis sie eine bequeme Sitzposition gefunden hatte. Sie öffnete eine Schublade und holte einen durchsichtigen Plastikbeutel heraus, in dem sich eine Pistole befand. Die Dienststellenleiterin legte sie vor den beiden Inselkommissaren auf den Tisch.

»Das ist die Waffe, die im Haus der Rachnows gefunden wurde«, erklärte sie. »Es ist eine P30, neun Millimeter. Eine Pistole, wie sie von der Bundeswehr benutzt wird. Möglicherweise stammt sie sogar aus deren Bestand. Enno stellt dazu gerade eine Anfrage über die Seriennummer.«

»Die Tatwaffe?«, hakte Rieke vorsichtshalber nach und nahm einen Schluck Kaffee, der nach dem verpatzten Frühstück von heute Morgen eine wahre Wohltat war.

»Unbedingt«, bestätigte Gesa Brockmann. »Die Kollegen von der Spurensicherung haben bemerkenswert schnelle und, wie ich hoffe, präzise Arbeit geleistet.« Sie warf einen demonstrativen Blick auf die Pistole in ihrer Mitte.

»Das Magazin fasst fünfzehn Schuss Munition. Zwei Kugeln fehlen. Die eine, davon muss im Moment ausgegangen werden, befindet sich in der Leiche von Jenna Rachnow. Von der zweiten fehlt jede Spur. Möglich also, dass das Magazin nicht vollständig geladen war.«

»Haben wir schon gesicherte Informationen zum Tathergang?«, warf Kolbe ein.

»Keinerlei Einbruchsspuren. Die Haustür war nicht abgeschlossen. Sehr wahrscheinlich ist der Täter also diesen Weg gegangen. Allem Anschein nach hat er Jenna Rachnow in der Küche überrascht. Es finden sich Anzeichen, die auf einen Kampf hindeuten. Letztlich auch mehrere Blutspuren am Boden, die zu unserem Glück gesichert werden konnten. Zum einen an der Stelle, an der die Frau zusammengebrochen ist, zum anderen etwa zwei Meter von ihr entfernt. Wir haben unglaubliches Glück gehabt, dass sich der Küchen- und Essbereich im hinteren Teil des Hauses befindet und das Löschwasser somit nicht alles komplett zunichtegemacht hat.«

»Kampfspuren«, wiederholte Rieke leise. »Das bedeutet also, Jenna ist auf die Person losgegangen. Vielleicht hat sie versucht, ihr die Pistole abzunehmen.«

»Möglich«, räumte Gesa Brockmann ein. »Es handelt sich allerdings nicht um einen aufgesetzten Schuss. Der Täter hat aus einiger Distanz auf sie angelegt. Ganz genau werden wir es wissen, wenn die Kugel raus ist.«

»Bleibt die Frage, warum der Täter die Waffe am Tatort zurückgelassen hat«, dachte Kolbe laut. Er sah die beiden Frauen abwechselnd an. »Macht doch keinen Sinn, oder?«

»Jedenfalls keinen für uns ersichtlichen«, sagte Gesa Brockmann. »Und das bringt uns gleich zum nächsten merkwürdigen Punkt. Auch der gilt vorerst nur unter Vorbehalt, aber laut Doktor Leutners ersten Aussagen war die Leichenstarre an Jenna Rachnows Körper bereits voll ausgeprägt. Das bedeutet, dass der tödliche Schuss auf sie bereits gestern Abend abgegeben wurde. Laut Doktor Leutners vorsichtigen Schätzungen zwischen neunzehn und einundzwanzig Uhr.«

»Das ist … eine Überraschung«, entfuhr es Kolbe. »Wie passt das mit dem Feuer zusammen? Haben wir dazu schon was vorliegen?«

»Der Brandsachverständige ist unterwegs«, antwortete Gesa Brockmann mit einem leisen Seufzen. »Bis wir da endgültige Klarheit haben, wird es noch was dauern. Aber vielleicht müssen wir gar nicht so lange warten. Ich habe mich nämlich mit Gunnar Farmsen unterhalten. Er war heute Morgen mit dabei und befindet sich noch jetzt an der Brandstelle. Er und sein Feuerwehrkollege haben in der Ecke des Wohnzimmers einen leeren Benzinkanister gefunden. Die Sache ist also ziemlich eindeutig.«

»Brandstiftung also«, fasste Rieke zusammen.

»Das dürfte aber bisher der einzige Punkt sein, der klar ist«, gab Kolbe zu bedenken. »Alles andere passt für mich irgendwie noch nicht zusammen.«

»Was genau meinen Sie?«, fragte Gesa Brockmann.

Kolbe beugte sich auf seinem Stuhl nach vorn. »Wenn ich versuche, das Ganze zu rekonstruieren, dann stelle ich es mir in etwa so vor: Jemand betritt das Haus der Rachnows durch die Haustür. Vielleicht weiß er, dass nur Jenna zu Hause ist. Das herauszufinden dürfte jedenfalls nicht schwer sein. Er hat eine Waffe bei sich. Möglicherweise betritt er das Haus bereits mit der Absicht, die Frau zu erschießen. Und dann …«

»Dann läuft irgendwas schief«, half Rieke Voss aus. »Vielleicht hat Jenna im letzten Moment etwas bemerkt. Sie versucht, das Unheil abzuwenden, und geht auf den Angreifer los. Es kommt zu einem Handgemenge. Der Täter stößt sie von sich und erschießt sie.«

»Und lässt danach vor Schreck die Waffe fallen?«, warf Kolbe ein. Er blickte seine Kollegin von der Seite an, die Augen leicht verengt. »Und wie kommen dann die Blutspuren auf den Boden? Wenn die Kugel direkt ins Herz eingedrungen ist, war der Schuss sofort tödlich. Die Frau kann sich also unmöglich noch durch die halbe Küche geschleppt haben. Es sei denn, sie hatte noch andere Verletzungen, die von dem Kampf herrühren?«

Die beiden Kommissare blickten ihre Vorgesetzte erwartungsvoll an.

Gesa Brockmann schüttelte so energisch den Kopf, dass ihre winzigen Löckchen in Bewegung gerieten. »Fehlanzeige.« Sie zog sich einen dünnen Papphefter heran, der im Laufe der Ermittlungen ganz sicher noch anwachsen würde. Die Chefin nahm zwei Ausdrucke heraus, drehte sie in den Händen und legte sie den Kommissaren hin.

»Was Sie hier sehen, ist noch ein wenig unscharf. Bessere Bilder sind in Arbeit. Aber ich denke, das Wesentliche ist erkennbar.«

Gerret Kolbe und Rieke Voss blickten auf zwei grobkörnige Fotos, die teilweise von Rauch verschleiert unter denkbar ungünstigen Bedingungen zustande gekommen waren. Zu sehen waren die ehemals weißen Fliesen des Küchenfußbodens, auf denen sich ein großer schwarzer Fleck abzeichnete, dort, wo Jenna Rachnows Leiche gelegen hatte, bevor die beiden Männer der Freiwilligen Feuerwehr sie geborgen hatten. Etwa anderthalb Meter weiter befand sich etwas, das wie eine dunkle Schleifspur aussah. Sie zog sich etwa über einen halben Meter von den Fliesen bis zu dem Holztresen, der den Mittelpunkt der Küche bildete. Wenn man genau hinsah, konnte man auch am Tresen selbst einen dunklen Abdruck erkennen. Wie der von einer Hand.

»Da hat sich jemand am Tresen hochgezogen«, sagte Rieke. Sie nahm das zweite Bild, das eine Vergrößerung darstellte, an sich und drehte es in sämtliche Richtungen. »Na klar. Wenn man es so betrachtet, könnte der Abdruck am Tresen von einem Handballen entstanden sein.«

»Und was heißt das jetzt?«, fragte Kolbe. »Dass Jenna Rachnow ihren Mörder verletzt hat? Wenn ja, womit? Wurde noch eine zweite Waffe gefunden?«

»Die zweite Kugel!«, warf Rieke ein. »Wir müssen wissen, was mit der zweiten Kugel passiert ist.«

»Wenn es denn je eine gab«, antwortete Kolbe.

Hinter ihnen wurde ein kurzes Pochen laut. Alle sahen gleichzeitig auf und zur Tür hinüber.

Auf der Schwelle stand Enno Dietz. Er lächelte verlegen und deutete mit dem Daumen über seine linke Schulter.

»'Tschuldigung, aber Doktor Rachnow ist da. Er wartet vorne. Was soll ich …«

»Ich mach das schon«, fuhr ihm Gesa Brockmann dazwischen. Sie raffte die Pistole an sich und verstaute sie sorgsam in ihrem Schreibtisch. Dann stand sie auf, blickte ihre beiden Kommissare an und sagte mit düsterem Unterton: »Na, dann mal auf in den Kampf.«

Kapitel 5

Doktor Jan Rachnow wirkte im Büro der Dienststelle bereits wesentlich gefasster, als er es auf der Fähre gewesen war. Sicher hatte er noch immer um seine Haltung zu kämpfen, doch Rieke fand, dass ihm dies inzwischen wesentlich besser gelang. Er saß auf einem Stuhl, eine halbvolle Tasse Kaffee mit Milch in der Hand.

Als Kolbe und Voss eintraten, erhob er sich schweigend. In seinem Gesicht war kaum ein Ausdruck abzulesen. Er blickte den beiden Beamten entgegen und ließ es über sich ergehen, dass Kolbe ihm die Hand schüttelte, sich vorstellte und ihm sein Beileid aussprach. Auch Gesa Brockmann hatte das getan, auf dem Korridor, ganz kurz nur.

Jetzt waren sie zu dritt. Kolbe schloss die Tür hinter ihnen und lehnte sich gegen ein Wandregal, da die beiden Stühle im Raum durch Rieke und Rachnow besetzt waren.

Der Arzt saß vor dem Schreibtisch und blinzelte gegen das einfallende Sonnenlicht. Er blickte die beiden Inselkommissare abwechselnd an. »Sie dürfen gerne Ihre Fragen stellen. Fragen Sie alles, was Sie wollen. Ich habe keinerlei Geheimnisse. Aber zuvor würde ich doch gerne wissen, was eigentlich genau passiert ist. Und was Sie bisher in Erfahrung gebracht haben.« Rachnow blinzelte erneut von einem zum anderen. »Wenn es Ihnen nichts ausmacht, bitte.«

Kolbe lächelte matt. »Das ist ein Angebot, das wir nicht alle Tage bekommen.« Er tauschte einen kurzen Blick mit Rieke, bevor er dem Chirurgen die wesentlichen Eckpunkte des Tathergangs schilderte.«

»Sie haben in unserem Haus eine Pistole gefunden? Was für eine, wenn ich fragen darf?«

»Eine sogenannte P30, neun Millimeter«, antwortete Kolbe. »Bewahren Sie eine Waffe im Haus auf, Doktor?«

Rachnow blickte Kolbe an, als hätte er einen besonders absurden Scherz gemacht.

»Nein. Für gewöhnlich rette ich Leben, Herr Kommissar. Ich setze mich nicht bewusst oder gewollt der Gefahr aus, welches auszulöschen. Und genau das tut man meiner Meinung nach, sobald man sich eine Waffe anschafft.«

»Das ehrt Sie. Darf ich Sie fragen, wann und wo Sie Ihre Frau das letzte Mal lebend gesehen haben?«

Der Arzt fasste sich an die Stirn. Eine flüchtige Bewegung. »Ich habe damit gerechnet, dass Sie diese Frage stellen würden. Ich habe versucht, mich darauf vorzubereiten. Und jetzt übermannt es mich trotzdem.«

»Lassen Sie sich Zeit«, sagte Rieke leise.

Rachnow atmete tief durch und schüttelte dann den Kopf. »Es sind nur die Erinnerungen, wissen Sie?« Er lachte kurz und verbittert auf. »Diese dummen kleinen Erinnerungen, die alles so schwer machen. Im Augenblick jedenfalls.« Er richtete sich kerzengerade auf, gab sich einen Ruck. »Ich bin gestern Morgen schon früh aus dem Haus, habe gleich die erste Fähre genommen.«

»Um sieben Uhr zehn«, ergänzte Rieke und sah Rachnow dabei direkt an. Sie kritzelte eine Notiz auf den kleinen Block vor ihr.

»Ganz recht. Jenna ist mit mir aufgestanden. Wir haben … wir haben in Ruhe gefrühstückt, bevor ich mich dann zu Fuß auf dem Weg zum Bahnhof gemacht habe. Es ist nicht weit. Unser Haus liegt im Polderweg. Aber das wissen Sie vermutlich längst. Sie sind dort gewesen, richtig?«

Die Frage hatte Kolbe gegolten, der noch immer mit verschränkten Armen an dem Regal lehnte. Der Kommissar nickte knapp.

»Sie haben sie gesehen? Meine Frau, meine ich?«

»Das habe ich«, antwortete der Kommissar leise.

»Wie hat sie ausgesehen? Ich meine, wie …«

»Doktor Rachnow, es wäre gut, wenn Sie zunächst unsere Fragen beantworten würden.«

»Natürlich. Verzeihung.«

»Sie verließen also vermutlich kurz vor sieben Uhr das Haus?«, fragte Rieke.

Rachnow nickte. »Um Ihre Frage ganz konkret zu beantworten: Es war das letzte Mal, dass ich Jenna lebend gesehen habe. Ich … ich bin sehr froh darüber, dass wir uns jeden Tag mit einem Kuss voneinander verabschiedet haben. Das ist ein … würdevoller Abschied, finden Sie nicht auch? Ein Abschied, der einem später nicht leidtut, weil man der Ansicht ist, man hätte etwas versäumt oder ausgelassen, was nie wieder nachgeholt werden kann.«

»Sicher«, antwortete Rieke und dachte dabei für einen kurzen Augenblick an ihren Abschied von Joost heute Morgen. Sie spürte keine Reue in sich. Die Wut und die Enttäuschung über das Geschehene waren noch zu stark. Aber immerhin lag Joost auch nicht in ihrer Küche, mit einer Kugel im Leib. Zumindest hoffte sie das.

»War es das letzte Lebenszeichen, das Sie von Ihrer Frau erhielten?«, fragte Kolbe. »Entschuldigen Sie bitte, aber wir müssen diese Fragen stellen. Es hilft uns, den Zeitpunkt der Tat und möglicherweise auch die Begleitumstände näher einzugrenzen.«

»Ich verstehe das«, gab Rachnow zurück. »Ich verstehe das vollkommen. Nun, ich … ich habe Jenna irgendwann tagsüber noch eine Nachricht per Handy geschickt. Nichts weiter von Belang, wollte nur kurz wissen, wie es ihr geht. Sie schrieb mir kurz darauf zurück, dass alles in Ordnung sei.«

»Wissen Sie noch, wann das genau gewesen ist?«

Rachnow griff nach seinem Sommermantel, den er über die Stuhllehne gelegt hatte. Er klopfte die Seitentaschen ab und fingerte schließlich aus einer davon ein Handy hervor. Er kniff die Augen leicht zusammen, wischte über das Display und schien schließlich gefunden zu haben, wonach er gesucht hatte.

»Vierzehn Uhr zehn«, sagte er mit tonloser Stimme. »Der Zeitpunkt meines letzten Kontakts mit meiner Frau.«

Für einen Moment war nur Riekes Kugelschreibermine zu hören, die über das Papier ihres Notizblocks leckte.

»Sie arbeiten als Chefchirurg am Klinikum Oldenburg«, sagte Kolbe. »Fahren Sie jeden Tag zwischen oder wie läuft das im Allgemeinen?«

»Es hängt von meinem Dienstplan ab. Ich teile mir meine Schichten quasi selbst ein. Für gewöhnlich beginne ich meinen Dienst um zehn Uhr. Ich starte von zu Hause aus. Ich habe in Bensersiel meinen Wagen stehen. Bis Oldenburg brauche ich etwas mehr als eine Stunde. Für gewöhnlich versuche ich es so einzurichten, dass ich abends um neunzehn Uhr dreißig wieder in Bensersiel bin, um die letzte Fähre auf die Insel zu nehmen. Das funktioniert allerdings nicht immer. Wenn sich … beispielsweise Termine verschieben, bin ich gezwungen, in der Klinik zu bleiben. In solchen Fällen übernachte ich dann dort.«

»Und gestern?«, fragte Rieke. »War gestern so ein Tag?«

»Ja«, antwortete Rachnow. Zunächst schien es, als habe er dem nichts mehr hinzuzufügen, dann jedoch setzte er zu einer ausführlicheren Antwort an. »Ein Termin und eine Abschlussbesprechung haben sich leider gestern noch in die Länge gezogen. So war klar, dass ich die letzte Fähre nicht mehr schaffen würde.«

»Haben Sie denn nicht versucht, Ihre Frau zu verständigen?«, hakte Rieke nach. Sie hatte von ihren Notizen aufgesehen und blickte ihrem Gegenüber direkt in die Augen.

»Bedauerlicherweise wurde es gestern sehr viel später«, erklärte Rachnow. »Ich fand lange keine Möglichkeit, zu telefonieren. Das ist manchmal nicht so einfach in meinem Beruf, wissen Sie?« Ein Blinzeln gegen das Sonnenlicht. Dann ging es weiter. »Ich wollte meine Frau nicht mitten in der Nacht anrufen. Also versuchte ich es gleich heute früh. Aber … es ging niemand an den Apparat. Weder auf unserem Festnetzanschluss noch auf ihrem Handy. Ich habe ihr einfach nur sagen wollen, dass ich den heutigen Tag freigenommen habe.«

»Hat sich Ihre Frau denn keine Sorgen um Sie gemacht, wenn Sie mal nicht nach Hause kamen?«, fragte Rieke.

Der Arzt lächelte müde. »Nein. Sie wusste ja, wie wenig Zeit mir oftmals zum Telefonieren bleibt. Wenn ich mich nicht meldete, wusste sie, dass ich vermutlich erst am nächsten Tag nach Hause komme. Meine Frau hat gelernt, mit diesem Lebenswandel umzugehen. Es machte ihr nichts aus.«

Kolbe beobachtete Rieke, wie sie Rachnow gegenübersaß und nickte. Sie spielte mit ihrem Kugelschreiber, ließ ihn in Gedanken immer wieder geschickt durch ihre Finger gleiten.

Das Sonnenlicht flutete in den Raum, übergoss sie beinahe und ließ ihr langes Haar nun deutlich rot schimmern. Als er sie vor einigen Wochen auf der Fähre kennengelernt hatte, war sie noch blond gewesen. Offensichtlich eine Tönung. Er fragte sich in dieser Sekunde, was bei seiner Kollegin möglicherweise noch alles zum Vorschein kommen würde, wenn man es drauf anlegte.

Als hätte die junge Kommissarin etwas bemerkt, wandte sie ihren Kopf abrupt in seine Richtung. So als hätte sie auf ihrer Schulter ein lästiges Insekt bemerkt.

Kolbe räusperte sich leicht und stieß sich vom Regal ab. Er wanderte die wenigen Schritte zum Tisch hinüber und setzte sich lässig auf die äußere Ecke.

»Doktor Rachnow«, sagte er in vertraulichem Ton, »können Sie sich vorstellen, wer die Tat begangen hat? Gab oder gibt es vielleicht irgendwelche Feinde, die es auf Sie oder Ihre Frau abgesehen haben?«

Der Arzt stieß einen heiseren Laut aus. Das wohl humorloseste Lachen, das Kolbe bis dahin gehört hatte.

»Feinde? Nicht, dass ich wüsste. Jenna auf gar keinen Fall. Sie … sie kam mit jedem gut zurecht. Einfach jeder mochte sie. Sie hat sich auf der Insel engagiert. Das Dünensingen, wissen Sie? Jeden Dienstag um zwanzig Uhr im Dünental zwischen dem Hauptbad und dem Wasserturm.«

»Man kann also sagen, dass Ihre Frau mit vielen Menschen zusammenkam?«, folgerte Kolbe.

Rachnow zuckte kurz mit den Schultern. »Ja. Sicher. Sie war viel auf der Insel unterwegs. Sie gab Klavierunterricht. Hatte eine Menge Schüler, die sie unter der Woche nachmittags unterrichtet hat.«

»Klavierunterricht«, wiederholte Rieke. »Wie müssen wir uns das vorstellen? Sie ging von Haus zu Haus … oder wie genau?«

»Klar«, antwortete Rachnow. »Jenna ist … *war* … eine großartige Pianistin. Ein Naturtalent. Ihre Eltern kauften ihr ein Klavier, als sie acht Jahre alt war. Es steht noch immer bei uns im Treppenhaus und …« Er stockte und blinzelte wieder gegen die Sonne, bevor er den Kopf senkte und gedankenverloren zu Boden starrte. Nach einigen Sekunden schien ihm sein Verhalten bewusst zu werden. Als er den Kopf wieder anhob, wirkte er, als sei er gerade aus dem Tiefschlaf erwacht.

»Entschuldigen Sie bitte. Schon wieder Erinnerungen. Es fällt mir nicht leicht, über all diese Dinge zu sprechen. Aber ja … Jenna hatte eine Anzahl von Schülern, die alle bei sich zu Hause über ein eigenes Instrument verfügen.«

»Wäre es Ihnen wohl möglich, uns von den Schülern eine Liste zusammenzustellen?«, fragte Rieke.

»Sicher«, erklärte der Angesprochene. »Auch wenn ich darin nicht wirklich involviert war. Aber es müsste sich … wenn das Feuer nicht alles vernichtet hat … in Jennas Schreibtisch noch eine Liste mit den Kontaktdaten ihrer Schüler befinden. Wenn Sie wollen, werde ich sie Ihnen später raussuchen.«

»Das wird im Augenblick noch nicht möglich sein, fürchte ich«, gab Kolbe zu bedenken. Er breitete kurz die Arme auseinander. »Das Haus wird bis auf Weiteres nicht zu betreten sein. Aber ich könnte jemanden von der Spurensicherung bitten, diese Liste zu besorgen. Im Schreibtisch, sagten Sie?«

»Ja. Im … im Arbeitszimmer.«

Kolbe nickte und machte sich eine gedankliche Notiz. Er konnte im Augenblick selbst nicht sagen, an welchen Stellen im Haus das Feuer am stärksten gewütet hatte. Möglich, dass vom Arbeitszimmer nicht mehr viel übrig war. Das würde sich zeigen. Im Augenblick wusste er nur, dass die Feuerwehr den Brand relativ schnell unter Kontrolle bekommen hatte und die Löscharbeiten inzwischen abgeschlossen waren.

»Doktor Rachnow«, nahm Rieke das Gespräch wieder auf, »wir sind noch immer auf der Suche nach einem Tatmotiv. Halten Sie es für denkbar, dass Ihre Frau von einem Einbrecher überrascht worden ist?«

Rachnow dachte über diese Frage nach. Er lehnte sich auf seinem Stuhl zurück und blickte dabei gegen die Decke oberhalb des Fensters. »Ich kann es mir nicht vorstellen«, antwortete er schließlich. »Aber auf der anderen Seite: Was wissen wir schon darüber, was in den Köpfen einiger Mitmenschen vorgeht?«

Seine Antwort stellte die beiden Inselkommissare nicht zufrieden.

»Sobald das Haus vom Brandgutachter und von der Spurensicherung freigegeben ist«, entschied Kolbe, »gehen wir zusammen hin. Vielleicht lässt sich ja noch feststellen, ob etwas gestohlen worden ist. Haben Sie zu Hause irgendwelche Wertgegenstände aufbewahrt, Doktor? Irgendetwas, das für einen Einbrecher lohnenswert gewesen wäre?«

Der Arzt verneinte und fügte dann hinzu: »Ein paar technische Geräte vielleicht. Zwei Laptops, ein neuer Flachbildfernseher. Etwas Bargeld, nicht viel.«

»Die Sache ist die«, begann Rieke Voss zögernd, »als der Mord an Ihrer Frau begangen wurde, war es vermutlich noch hell. Niemand würde so ohne Weiteres in ein Haus eindringen, von dem er vermutlich weiß, dass sich noch jemand darin aufhält.«

»Es sei denn, er hätte es ganz gezielt auf diese Person abgesehen«, führte Kolbe die Überlegung zu Ende. »Sind Sie sicher, dass Sie uns alles erzählt haben, was Sie wissen, Doktor?«

Rachnow drehte den Kopf und blickte in Kolbes Richtung. Ein Schatten huschte dabei über sein Gesicht. »Es tut mir außerordentlich leid, wenn ich nicht mehr zur Aufklärung beitragen kann. Ich habe Ihnen alles gesagt, was ich weiß. Es gab keinen Grund, meine Frau umzubringen. Jenna war der … der liebenswürdigste Mensch, dem ich je begegnet bin. Ich habe sie geliebt, verflucht nochmal!« Rachnow verfiel in ein Schluchzen und schlug dabei mit der rechten Faust auf den Tisch. Es war eine kraftlose Bewegung. Seine Hand gehorchte eher der Schwerkraft, als sie mit einem klatschenden Geräusch auf der Platte aufschlug.

Kolbe löste sich von seinem Platz und legte dem Mann behutsam eine Hand auf die Schulter. »Es tut mir leid, Doktor. Ich wollte Sie nicht provozieren. Ich versichere Ihnen, dass wir alles tun werden, um den Täter zu fassen. Haben Sie einen Ort, eine Wohnung vielleicht, wo Sie fürs Erste unterkommen können?«

Rachnow hob den Kopf. Der Mann wirkte erschöpft. »Ich werde versuchen, noch ein Hotelzimmer auf der Insel zu bekommen. Ich werde Sie dann wissen lassen, wo ich zu erreichen bin. Meine Nummer haben Sie ja?«

Kolbe tauschte einen kurzen Blick mit seiner Kollegin.

Rieke nickte ihm zu.

»Wir werden uns bei Ihnen melden«, versprach der Kommissar. »Das sollten Sie auch tun, falls Ihnen noch etwas einfällt, was uns weiterhelfen könnte.«

Der Arzt erhob sich von seinem Stuhl. »Das werde ich. Dann kann ich jetzt also gehen, ja?«

Rachnow verabschiedete sich mit einem Kopfnicken.

Die beiden Inselkommissare blickten ihm nach, wie er sich durch den Korridor in Richtung Ausgang bewegte. Kurz darauf war er verschwunden.

Kapitel 6

Es ging ihm dreckig. Da gab es nichts zu beschönigen. Schon auf der Fähre war es ihm dreckig gegangen, zwischen all den Touristen, die auf die Insel wollten. Einmal war er im Gedränge angerempelt worden. Irgendein unvorsichtiger Bengel, der vor seinem größeren Bruder weggelaufen war, hätte ihn beinahe umgerannt.

Russ hatte ihn nicht kommen sehen. Erst im allerletzten Moment, und da war es zu spät gewesen. Der Rempler hatte ihm die Luft geraubt und ihm schier wahnsinnige Schmerzen zugefügt. Beinahe wäre er mitten an Deck bewusstlos geworden. Dann wäre alles aus gewesen. Er hatte die Geräusche um ihn herum wie durch einen Filter wahrgenommen, während ein schwarzes Ungeheuer die Finger nach ihm ausgestreckt hatte.

Gerettet hatte ihn ein Ausfallschritt zur Reling. Es war pures Glück gewesen, dass sich dort gerade niemand aufgehalten hatte.

»Hallo Sie, geht es Ihnen nicht gut?«, hatte jemand gefragt. Russ hätte nicht mal sagen können, woher die Stimme gekommen war. Er hatte nur die Arme gehoben und den Kopf geschüttelt, bevor er weiter getaumelt war.

Die Überfahrt zur Insel war die Hölle. Genau wie die Fahrt am gestrigen Abend die Hölle gewesen war ... nur noch um einiges schlimmer.

Jetzt endlich hatte er die Insel erreicht. Auch die Fahrt mit der Bahn lag bereits hinter ihm. Er bewegte sich vorwärts und bemühte sich dabei um einen halbwegs aufrechten Gang, auch wenn er ahnte, dass seine Bemühungen kaum etwas anderes als ein Taumeln hervorbrachten, das andere bestenfalls für die Schritte eines notorischen Säufers hielten. Dennoch: Er durfte nicht auffallen. Also versuchte er, große Menschenansammlungen zu meiden. Noch war dies möglich. Es war früher Vormittag und wenn man es drauf anlegte, konnte man den Touris ausweichen. Nicht allen, aber vielleicht doch den meisten.

Russ atmete flach und gleichzeitig schwer und geräuschvoll. Er hatte seine Jacke fest geschlossen. Niemand durfte sehen, was sich darunter befand.

Schweiß perlte von seiner Stirn. Er war am Ende. Die Schmerzen kamen in dumpfen Wellen. Immer schneller, immer gewaltiger. Und anstatt wenigstens kurzzeitig nachzulassen oder auf ein erträgliches Niveau zu sinken, dauerten die intensiven Intervalle immer länger an.

Er keuchte, schleppte sich auf der Promenade weiter.

Eine Bank tauchte vor ihm auf. Eine freie Bank, dunkelgrün gestrichen. Das goldene Messingschild mit dem Namen des edlen Stifters in der Mitte der Rückenlehne glänzte und blinkte in der heißen Sonne. Die Versuchung wurde groß und größer, bis Russ ihr schließlich nachgab und sich wie ein Schiffbrüchiger auf die letzte Ruderbank des letzten Rettungsbootes sinken ließ, in der Gewissheit, das Schlimmste überstanden zu haben.

Aber das traf womöglich nicht mal auf ihn zu.

Während er ächzend nach der Plastikwasserflasche in seiner Jackentasche hangelte, passierten zwei Radfahrer die Stelle. Ein Pärchen, mitten in eine Unterhaltung vertieft. Auf der Höhe der Bank stieß die Frau ein Lachen aus. Es klang hoch und schrill und schmerzte in Russ' Ohren. Er kniff die Augen zusammen, so sehr, dass sie tränten. Währenddessen schraubte er an dem Plastikverschluss seiner Flasche herum. Der Deckel glitt ihm aus den Fingern und landete mit einem klickenden Geräusch auf dem Boden. Russ achtete nicht darauf. Er langte mit der freien linken Hand in die Seitentasche seiner Jacke.

Vorsichtig, dachte er. *Sei bloß vorsichtig!*

Seine Fingerspitzen ertasteten die Blisterverpackung, bekamen sie zu fassen und zogen sie langsam in die Höhe. Unter größten Anstrengungen gelang es Russ, die letzten drei Schmerztabletten herauszudrücken, direkt in seine offene Mundhöhle hinein. Auf seiner pelzigen Zunge fühlten sie sich an wie Schlachtschiffe. Überdimensional groß. Sie hinunterzuwürgen würde vermutlich mehr brauchen als die klägliche Pfütze lauwarmen Wassers, die sich am Boden der Flasche befand.

Russ setzte die Öffnung an seine Lippen und schluckte alles zusammen. Quälend langsam und scheinbar widerwillig rutschten die Tabletten durch seine Speiseröhre, als hätte sie irgendjemand noch lange dazu überreden müssen.

Der Mann auf der Bank holte tief Luft. Für einen entsetzlichen Augenblick hatte er die Befürchtung, an dem Zeug ersticken zu müssen. Er versuchte, Speichel in seinem Mundraum zu sammeln, was nach den überstandenen Torturen alles andere als einfach war. Er hatte in den letzten Stunden kaum etwas getrunken, dafür aber viel zu viele von den langen weißen Dingern geschluckt. Russ knüllte das leere Tablettenblister in seiner rechten Faust zusammen, dass es knirschte. In einer wütenden Bewegung schleuderte er das Ergebnis zusammen mit der leeren Flasche in die Hagebuttenhecke neben sich. Eine Aktion, die er sofort bereute. Eine neue Welle aus Schmerz raste von seinem Bauchraum ausgehend durch seinen Körper. Dieses Mal war es besonders schlimm. Russ verfluchte sich selbst, während er keuchend seinen Atem ausstieß, die Zähne aufeinanderpresste und hoffte, dass es ihn nicht zerreißen würde. Er zählte in Gedanken und kam bis acht, als die Welle ihren ultimativen Höhepunkt erreichte und bei neun, zehn langsam abzuebben begann.

So eine gottverdammte Scheiße!, dachte er. Dabei sollte er jetzt eigentlich an andere Dinge denken. Zum Beispiel, wie er sich aus seiner Misere wieder hinausmanövrierte, ohne dabei doch noch zu verrecken, und das noch weit vor Erreichen seines Ziels. Er musste weiter. Jetzt. Er hatte schon viel zu viel riskiert.

Russ sammelte sich für einen Moment und erhob sich vorsichtig. Ein leichter Schwindel ergriff ihn, verflog dann aber rasch wieder. Langsam setzte er sich in Bewegung. Sein erster Gedanke war, dass ihn die kurze Rast auf der Bank eher Kraft gekostet hatte, als ihm neue zu verleihen, dann jedoch spürte er, dass sich seine Oberschenkel und Knie nicht mehr so sehr wie Gummi anfühlten als noch vor wenigen Minuten.

Er wusste, wohin er zu gehen hatte. Irgendwo in den Tiefen seiner Jackentaschen spürte er eine Vibration. Sein Handy. Ganz sicher war ER es. Niemand sonst hatte diese Nummer.

Russ ignorierte das lautlose Läuten, bis es irgendwann aufhörte.

Aus einiger Entfernung erblickte er den Wasserturm, das Wahrzeichen Langeoogs. Die Sonne knallte darauf herunter und ließ das blaue Wappen über dem Eingang in hellen Tönen erstrahlen. Die Tür war geöffnet. Davor hatte sich bereits eine Schlange aus Touristen gebildet. Menschen. Blasse Gesichter. Sonnenbrillen. Rucksäcke. Alles schien irgendwie zu funkeln und in der bereits aufgeheizten Luft zu flirren.

Russ interessierte sich nicht dafür. Er hielt für ein paar weitere Meter direkt auf den Platz vor der Düne zu.

Mit offenem Mund nach Atem ringend passierte er eine Laterne, an der eine Statue lehnte. Für den Bruchteil einer Sekunde begegnete er dem Blick der Bronze-Frau, die ihn keck anzulächeln schien, als wollte sie sagen: »Na, da hast du dir wieder mal was Schönes eingebrockt.« Fast war es Russ, als könnte er tatsächlich die Stimme einer Frau in seinem Innern hören, als er an der Statue vorbeischritt. Irgendjemand hätte ihm sicher sagen können, dass es sich dabei um Lale Andersen handelte, doch Russ hätte ihm nicht zugehört, weil es ihn nicht interessierte. Und weil er im Augenblick andere Sorgen hatte.

Er war der Polizeistation viel näher gekommen, als ihm lieb war. Mein Gott. Sein Herz begann aufgeregt zu stampfen wie die großen Motoren im Maschinenraum eines Ozeanriesen.

Russ machte, dass er wegkam. Für einen Moment gelang es ihm dabei sogar, seine Schmerzen zu ignorieren. Oder taten die Tabletten bereits ihre Wirkung?

Er hielt sich links, an der Apotheke vorbei. Unmittelbar vor ihm tauchte plötzlich eine Kutsche auf, bis an den Rand mit Touristen gefüllt. Russ hätte das Gefährt beinahe übersehen. Er stoppte ab und wartete, bis er freie Bahn hatte. Dabei versuchte er, sich erneut zu orientieren. Er hatte dieser Insel noch nicht viele Besuche abgestattet, und wenn es nach ihm ging, dann würde es auch dabei bleiben. Es gab für ihn nur noch eine Sache zu erledigen, und dann … nichts wie weg.

Sein Puls schien sich langsam wieder zu beruhigen. Jetzt musste er nur noch nach dem richtigen Haus Ausschau halten. Es dauerte nicht lange, bis er es gefunden hatte.

Ein helles, klimperndes Geräusch drang an seine Ohren. Ein Windspiel, irgendwo im Garten. Mit schweißnassen Händen drückte er den Hebel einer kleinen Pforte beiseite.

Wieder vibrierte seine Jackentasche, und wieder ignorierte Russ das Klingeln seines Handys. Er trat an die Haustür heran und betätigte den Knopf, der daneben in die Mauer eingelassen war. Im Innern war ein warmer Glockenklang zu hören. Kurz darauf wurde die Tür mit einem kräftigen Ruck geöffnet.

Blickkontakt.

Der Mann im Innern blinzelte gegen das helle Licht, war versucht, für einen Moment seine Augen abzuschirmen. Das Handy in seiner Hand ließ er langsam sinken. Beiläufig wischte er mit seinem Daumen über das Display. Nahezu im gleichen Augenblick verstummten auch die Vibrationen in Russ' Jacke.

»Los doch!«

Der andere war ein Stück zur Seite getreten, weiter in die Schatten des Hausflurs hinein. Er fuchtelte ungeduldig mit der Hand, die eben noch das Mobiltelefon gehalten hatte.

Russ schleppte sich über die Schwelle und lehnte sich keuchend gegen die Wand im Flur.

Nahezu sofort wurde die Tür hinter ihm geschlossen. Schlüsseldrehen. Ein helles, klickendes Geräusch, das Russ wie durch eine Wolldecke hindurch wahrnahm.

Jetzt, wo er es bis hierher geschafft hatte, drohte er zusammenzubrechen. Seine Beine zitterten, und irgendwo in seiner Leibesmitte dröhnte ein dumpfes Pochen.

Er hatte seine Augen für einen kurzen Moment geschlossen. Als er sie wieder öffnete, stand der andere direkt vor ihm. So nah, dass er seinen Atem spüren konnte.

»Warum um alles in der Welt haben Sie sich gestern nicht mehr gemeldet? Wir hatten es doch so abgemacht!«

Warme Luft fächerte über Russ' Gesicht, über seine schweißglänzende Stirn unter dem kurz geschorenen Haaransatz.

»Was ist denn da bloß schiefgelaufen?«

Ein neuer Schwall. Russ spürte, wie der andere ihn musterte. Wie er nach Regungen, nach Reaktionen suchte. Vergeblich suchte.

Russ hatte Mühe, sich zu halten und nicht einfach mit dem Rücken an der Tapete herunterzurutschen.

»Haben Sie Schmerzen?«

Die Worte drangen nur dumpf an sein Ohr.

»Herrgott nochmal, jetzt reden Sie schon endlich!« Es folgte ein Laut, den Russ nicht verstand. Vermutlich war es kein Wort gewesen, sondern einfach nur ein Ausdruck der aufkeimenden Wut des Mannes. Wieder meldete sich dessen Stimme: »Kommen Sie mit nach drinnen. Brauchen Sie Hilfe?« Der Mann streckte seine Hände nach Russ aus. Für einen Moment schienen sie nicht zu wissen, wo sie zupacken sollten.

»Nicht … anfassen«, stöhnte Russ und stieß sich vorsichtig von der Wand ab. Seine Jacke scheuerte über die Tapete. Wankend bewegte er sich in den Flur hinein, blieb stehen und ließ den anderen vorgehen.

Wenig später fand er sich in einem Sessel wieder.

Der Hauseigentümer war mit einem Mal verschwunden, kehrte aber kurze Zeit später mit einem Glas Wasser zurück. Es wurde Russ vor die Nase gehalten. Die Öffnung kam ihm überdimensional groß vor.

»Hier. Trinken Sie das!«

Er griff nach dem Glas, das sich angenehm kühl anfühlte. Das Gefäß mit beiden Händen umklammernd, setzte er es an seine Lippen und begann in vorsichtigen, kleinen Schlucken zu trinken. Er leerte das Glas auf diese Weise dennoch beachtlich schnell und bis auf den letzten Tropfen.

»Wollen Sie mehr?«

Russ schüttelte den Kopf.

Das Scharren eines Stuhls, den sich der andere heranzog. Die Sicht verdunkelte sich für Russ.

»Und jetzt erzählen Sie, verflucht! Haben Sie eigentlich eine Ahnung, was ich in der ganzen Zeit durchgemacht habe, in der Sie nicht an Ihr verdammtes Telefon gegangen sind?«

Wenn die Schmerzen nicht gewesen wären, das Einzige, dem Russ Respekt zollte, hätte er jetzt laut aufgelacht.

Als er seinen Mund öffnete, stolperten die Worte im ersten Moment noch ungelenk über seine Lippen. Trotz des Glas Wassers klang seine Stimme brüchig und trocken. Aber allmählich fing er sich. Er redete lang, zumindest für seine Verhältnisse. Und viel. Über den gestrigen Abend, der für sie beide nicht so verlaufen war, wie sie es sich vorgestellt hatten und wie es abgesprochen gewesen war.

Während er sprach, griff er nach dem leeren Glas und hielt es demonstrativ in die Höhe.

Es wurde ihm aus der Hand genommen. Der Schatten vor seinen Augen verschwand. Kurz darauf sprudelte irgendwo nebenan ein Wasserhahn.

Russ legte eine kleine Pause ein und berichtete den Rest, nachdem der Mann mit dem Glas zurück war. Als er geendet hatte, griff er das kalte Glas und stürzte das Wasser in wenigen Zügen hinunter.

Danach machte sich in dem Raum eine penetrante Stille breit. Selbst von hier drinnen war, wenn man ganz genau hinhörte, das Klimpern des Windspiels zu hören.

Russ achtete auf die Töne, die irgendwie eine beruhigende Wirkung auf ihn ausübten. Er war tatsächlich versucht, seine Augen zu schließen.

Ein harter Stoß gegen die rechte Schulter ließ ihn jedoch sofort wieder aufschrecken.

»Nicht wegdämmern!«, herrschte ihn der andere an.

Russ war wieder hellwach. Er stellte das Glas weg und wischte sich mit beiden Händen über das Gesicht.

»Ich will mein Geld«, sagte er knapp und genauso trocken wie vorhin.

Ein leises, heiseres Lachen drang an sein Ohr.

»Ihr Geld«, wiederholte der andere im Flüsterton. Dann, etwas lauter: »Ist das das Einzige, woran Sie im Moment denken? Das Einzige, was Sie kümmert?«

Russ nickte und wollte noch etwas entgegnen, als er es irgendwo neben sich rascheln hörte. Kurz darauf flog ihm ein Briefkuvert vor die Brust. Mehr durch Zufall als durch irgendeinen Reflex fing er den Umschlag auf. Der Inhalt war überwiegend grün. Einhunderteuroscheine, in zwei Bündeln.

»Verdient haben Sie es nicht, nach der Scheiße, die Sie da verzapft haben!« Etwas in der Stimme des anderen hatte sich verändert. Sie versprühte jetzt neben dünnen Speichelflocken auch noch eine Spur nervöser Aggressivität.

»Ich habe Ihnen erklärt, wie es gekommen ist«, antwortete Russ. Mit Daumen und Zeigefinger seiner rechten Hand öffnete er das Kuvert etwas weiter und tastete kurz über die Geldscheine.

»Das ist nicht die Summe, die wir vereinbart hatten.«

»Sie haben auch nicht das Ergebnis geliefert, auf das wir uns geeinigt hatten. Die andere Hälfte bekommen Sie, wenn es vorbei ist. Wenn Sie alles erledigt haben.«

Russ lächelte schwach und blickte an sich herunter. »Sie sehen doch wohl, was mit mir los ist. Außerdem habe ich Ihnen gesagt … dass ich das andere nicht mache.«

Er sah nicht hin, dennoch spürte er nahezu, wie sein Gegenüber auf dem Stuhl die Augen zu Schlitzen verengte und ihn feindselig anstarrte.

»Es muss sein. Wir können jetzt nicht aufhören.«

Pause.

»Wenn wir jetzt aufhören, sind wir beide dran! Geht das nicht in Ihren Schädel rein?«

Russ wartete ab. Währenddessen ließ er den Umschlag mit dem Geld in seiner Jackentasche verschwinden. Eine Bewegung, die ihn viel Kraft kostete, die allerdings auch irgendwo ein befreiendes Gefühl in ihm auslöste.

»Sie haben anscheinend immer noch nicht begriffen, in welcher Lage wir uns befinden!«

»Sie«, antwortete Russ leise. »In der Sie sich befinden.«

Der andere schüttelte den Kopf, und dieses Mal sah Russ sogar hin, auch wenn es ihm schwerfiel, den Kopf anzuheben.

»Nein, nein. Seit gestern hängen Sie mit drin, mein Lieber. Und zwar bis zur Halskrause.« Der Mann auf dem Stuhl legte eine Handkante an seine Kehle. Dann beugte er sich nach vorne und senkte seine Stimme zu einem düsteren Ton.

»Sie werden Ihren Auftrag erfüllen. Sie können nicht mehr zurück. Je eher Sie das begreifen, desto besser.«

Russ dachte einen Moment nach. Sekunden vergingen. Dann schüttelte er den Kopf.

»Sie können mich mal kreuzweise.« Damit erhob er sich. Das heißt, er wollte es.

Zwei Dinge hielten ihn zurück. Seine eigene Schwäche und der klobige Kerzenhalter, der ihm in diesem Augenblick seitlich gegen die Schläfe knallte.

Kapitel 7

Die Inselkommissare Gerret Kolbe und Rieke Voss standen vor dem weißen Haus mit den verkohlten Fensterhöhlen. Es war nirgends mehr Rauch zu sehen, doch der Geruch hatte sich überall eingenistet, penetrant und beißend.

Es ging auf Mittag zu. Die Beamten von der Spurensicherung in ihren weißen Overalls gingen noch immer ein und aus. Auch der Brandsachverständige, dem die Aufgabe zukam, ein Gutachten zu erstellen, war bereits eingetroffen.

Ein Mann namens Willberg, der vom Festland herübergekommen war, wo er sich hauptberuflich mit der Untersuchung von Brandursachen und Explosionen beschäftigte.

»Davon kann man leben?«, fragte Rieke leise, als die beiden Kommissare von hinten, durch die zerborstene Verandatür, auf den Mann zutraten.

»Scheinbar sogar so gut, dass er sich noch eine Mitarbeiterin leisten kann«, raunte Kolbe zurück und deutete auf eine junge Frau, fast noch ein Mädchen, die mit einem Klemmbrett vor der Brust neben Willberg herstolzierte. Dabei wippte ihr kecker Pferdeschwanz auf und ab. Sie hatte sich eine Schleife hineingebunden.

»Sieht mir eher wie eine Praktikantin aus«, sagte Rieke leise.

In diesem Moment hatte Willberg, ein übergewichtiger Kerl mit fast kahlem Schädel und den Augen eines Geiers, sie entdeckt. Er wischte sich die fleischigen Hände in einem Tuch ab und drehte sich um.

»Ah, die Inselkommissare«, schmetterte er ihnen in einem kräftigen Bariton entgegen. »Hab schon einiges von Ihnen gehört. Sie haben doch den Mord an Jacobsen aufgeklärt, nicht?« Er stellte für eine Sekunde oder zwei so etwas wie einen betroffenen Gesichtsausdruck zur Schau, der genauso schnell wieder verflog, wie er gekommen war. »Holger Jacobsen. Hab ihn ganz gut gekannt. Noch aus der Zeit, bevor er zum Zoll ging. Hat ein ziemlich jähes Ende gehabt, was? Willberg, mein Name. Magnus Willberg.« Er streckte seine rechte Hand vor, die Rieke als Erste ergriff.

Kolbe entging dabei nicht, wie die Augen des Brandsachverständigen einen gewissen feuchten Glanz annahmen. Sein Blick wanderte über Riekes Gesicht, ihre hellblaue Bluse und die Weste, die sie sich darüber gelegt hatte. Für einen Moment schien es, als würde Willberg ihre Hand gar nicht mehr loslassen wollen.

Die Begrüßung Kolbes fiel deutlich knapper und sachlicher aus. Ein kurzer Händedruck, ein ebensolches Kopfnicken.

Willberg drehte seinen Kopf in die Richtung seiner Begleiterin. »Das ist die Polizei, Gyde. Unser Freund und Helfer und nicht selten auch unser Auftraggeber. Mit denen muss man sich immer gutstellen.« Er zwinkerte der jungen Frau zu, die daraufhin den Inselkommissaren zunickte und ein schüchternes »Hallo« über ihre Lippen brachte.

»Meine Praktikantin«, verkündete Willberg nicht ohne Stolz. Er klemmte sich beide Daumen unter den Hosenbund und drehte sich so, dass er in den Essbereich und die Küche blicken konnte.

»Ziemlich dilettantische Arbeit, wenn Sie mich fragen«, begann er, während er seinen Blick schweifen ließ. »Da hat wohl jemand unter Zeitdruck gehandelt oder aus einer Kurzschlussaktion heraus.« Er hielt kurz inne, wechselte einen Blick mit den Kommissaren. »Interessiert Sie das überhaupt?«

»Nur zu«, ermutigte Kolbe sein Gegenüber. »Erzählen Sie. Alles kann wichtig sein.«

»Ja also, der Brand wurde eindeutig im vorderen Bereich des Hauses gelegt. Am Eingang und im Bereich des Flurs. Und zwar mit einem Benzinkanister. Kunststoff. Wir haben noch Reste von dem Ding sicherstellen können.« Willberg lachte hart und trocken auf. »Diese Leute glauben immer, dass das Feuer alles vernichtet, wenn es nur lange genug wütet.« Er hob den Zeigefinger seiner linken Hand. Kolbe bemerkte beiläufig, dass dem Mann das letzte Glied des kleinen Fingers fehlte.

»Dabei bleibt immer etwas übrig, was uns Aufschluss über die Brandursache und den Brandverlauf geben kann. Unsere Aufgabe ist es, diese Dinge zu finden und aufzudecken. Was wir dabei auf keinen Fall dulden können, sind Widersprüche.«

Die beiden Inselkommissare tauschten einen kurzen Blick miteinander. Sie hatten nicht das Gefühl, als würde Willberg im Moment zu ihnen sprechen, stattdessen schien er seiner Praktikantin einen Vortrag zu halten.

Die junge Frau, Gyde, hing an seinen wulstig-feuchten Lippen und kritzelte mit ihrem Kugelschreiber etwas aufs Papier unter dem Klemmbügel. Dabei sah sie kaum hin.

»Wer auch immer diese Schweinerei gemacht hat, ist dabei ganz klassisch und stümperhaft vorgegangen«, dozierte Willberg weiter. Er begann, im Raum umherzugehen, wobei seine ausgetretenen braunen Lederschuhe über die verrußten Fliesen schlurften. »Er hat das Benzin teilweise auch hier verteilt, hat dann aber vermutlich festgestellt, dass ihm sein Vorrat ausgegangen ist. Hier drüben im Essbereich dürfte es nur noch für ein paar Spritzer gereicht haben. Das erkennen wir daran, dass das Feuer hier weit weniger Schaden angerichtet hat.« Er drehte sich wie eine Eiskunstläuferin einmal um sich selbst und kehrte dann zu den Beamten zurück. »Den leeren Kanister hat er dann in die Flammen geworfen. Vermutlich blieb ihm da bereits wegen der starken Rauchentwicklung keine Zeit mehr, den Brand weiter zu intensivieren. Rauch. Auch so eine Sache, die die meisten unterschätzen.«

»Soll ich das mit aufschreiben, Herr Willberg?«

Die Stimme seiner Praktikantin schien den Mann kurz aus der Fassung zu bringen. Er blinzelte.

»Was? Nein, nein, das war gar nicht für Sie bestimmt. Warum gehen Sie nicht nochmal rüber und vergleichen, was wir schon aufgenommen haben?«

Gyde lächelte unsicher, drehte sich dann um und stakte über die Reste von halb verkohlten Möbeln hinweg.

Die drei anderen beobachteten sie dabei, bis sie in einem der Nebenräume verschwunden war.

»Nettes Mädchen«, sagte Willberg gedankenverloren. Plötzlich klärte sich sein Blick und er wandte sich wieder den Beamten und damit seiner eigentlichen Aufgabe zu.

»Tja, das ist vorläufig so ziemlich alles, was ich Ihnen sagen kann. Ich vermute, dass der Täter hier zur Hintertür raus ist, weil … vorne ging ja nicht mehr.« Willberg gab ein kurzes, kehliges Lachen von sich, das sich anhörte, als würde er gerade an etwas ersticken.

»Ach ja, noch eins: Der Täter hat aller Wahrscheinlichkeit nach Streichhölzer zum Anzünden benutzt. Und zwar gar nicht mal so wenig.« Willberg ließ einen verächtlich klingenden Laut vernehmen. »Ich frag mich jedes Mal ernsthaft, was in den Leuten vorgeht, die sowas machen. Und wenn Sie meine persönliche Meinung zu dem hier hören wollen: Das war einer, dem die Nerven durchgegangen sind. Ein Dilettant.«

»Danke, Herr Willberg«, sagte Rieke. »Das war sehr aufschlussreich.«

Der Angesprochene grinste breit. »Wenn Sie noch Fragen haben, kommen Sie gerne zu mir. Ich bin ja noch ’ne Weile hier. Mein vorläufiges Gutachten sollte im Laufe des Nachmittags bei Ihnen sein.«

Willberg wartete offenbar noch auf eine Reaktion oder ein Wort von Rieke Voss, doch die Kommissarin nickte nur knapp, bevor sie sich zu ihrem Kollegen umwandte.

Die Mundwinkel des Sachverständigen sackten schlaff herunter. Er wandte sich um.

»Gyde? Gyde, wo stecken Sie denn?«

Im nächsten Moment war auch er verschwunden.

»Und?«, fragte Rieke. »Hat uns das jetzt irgendwie weitergebracht?«

Kolbe zuckte mit den Schultern. »Keine Ahnung. Aber wenn wir uns nach Willberg richten, haben wir nichts weiter zu tun, als hier auf der Insel nach einem Dilettanten zu suchen.«

Die Mundwinkel der jungen Kommissarin zuckten. »Ein Scherz? Aus Ihrem Mund?«

»Warum nicht?«, entgegnete Kolbe. »Angesichts dessen, was hier passiert ist, aber vielleicht doch nicht so angebracht.« Er drehte sich um, suchte etwas und erblickte es an der Wand neben der Verandatür. Jenna Rachnows Schreibtisch. Zumindest hoffte er, dass es ihrer war.

Die beiden Kommissare traten darauf zu.

Der Tisch war aufgeräumt und unversehrt. Ein zusammengeklappter Laptop, eine Schreibtischlampe. Alle Kabel sorgfältig nach hinten durchgezogen, zur Wand hin, damit sie bei der Arbeit nicht hinderlich waren und keine Stolperfallen bildeten. Links daneben eine gerahmte Fotografie. Das Hochzeitsfoto der Rachnows.

Die beiden vor einem gemauerten Rundbogen, dem Eingang einer Kirche. Er im schwarzen Frack, mit Zylinder. Sie in einem cremefarbenen, mit Perlen besetzten Kleid und einem am Hinterkopf aufgesetzten Schleier, der einen wunderbaren Kontrast zu ihrem langen dunklen Haar bildete. In ihrer Hand hielt sie den Brautstrauß, ein eher schlichtes Gebinde, das sich jedoch perfekt in das Gesamtbild einfügte. Beide hatten ihre Gesichter einander zugewandt und lächelten. Dabei berührten seine Fingerspitzen ihre Hand, die den Strauß hielt.

»Da war ihre Welt noch in Ordnung«, sagte Rieke leise. »Eine Schande ist das.«

Kolbe sah förmlich, wie seine Kollegin den imaginären Kloß hinunterschluckte, der ihr im Hals zu kleben schien. Er nickte und machte sich daran, den Laptop abzustöpseln und das Kabel sorgsam aufzuwickeln.

Rieke machte sich währenddessen an die Schubladen des Schreibtischs, die allesamt unverschlossen waren. Darin befand sich nicht viel, was sich verwerten ließ. Zwei Rechnungen, die für das Online-Banking anstanden, eine angebrochene Packung Halspastillen, ein paar Quittungen für die Steuer, Büromaterial und anderer Kleinkram. Dann jedoch wurde Rieke doch noch fündig. Auf zwei neuen, leeren Kladden mit kariertem Schreibpapier befand sich ein Plastikschnellhefter, in dem Jenna Rachnow die Daten ihrer Klavierschüler verwaltete. Namen, Adressen, Telefonnummern. Es handelte sich um den Ausdruck einer Tabelle, die offenbar am Laptop erstellt worden war. Einige Namen waren durchgestrichen. Zwei weitere handschriftlich hinzugefügt. In der Tabelle waren Wochentage und Uhrzeiten eingetragen.

»Die Liste, von der Rachnow gesprochen hat«, sagte Rieke und hielt ihrem Kollegen den Hefter vor die Nase.

»Sehr gut«, sagte Kolbe und überflog die Zeilen oberflächlich. Keiner der Namen sagte ihm etwas, allerdings waren weder er noch Rieke lange genug auf der Insel, um das voraussetzen zu können.

Bevor sie das Haus verließen, wechselten sie noch ein paar Worte mit dem Einsatzleiter der Spurensicherung, die vom Festland, von Wittmund aus, gesteuert wurde. Der Beamte sicherte ihnen zu, ihre Ergebnisse so schnell wie möglich an Gesa Brockmann weiterzuleiten.

Als Kolbe und Voss vor das Haus traten, stand die Mittagssonne senkrecht am Himmel. Ein frischer Wind wehte und erinnerte sie mit seiner nach Salz riechenden Luft daran, wo sie beide gelandet waren: Langeoog.

Beliebtes Reiseziel mit vielen Sehenswürdigkeiten und dem unschlagbaren langen Strand, der sich über vierzehn Kilometer weit hinstreckte.

Ein Paradies, das gestern Abend gestört worden war.

»Hallo Rieke.«

Die männliche Stimme ließ die beiden Inselkommissare gleichzeitig herumfahren.

»Ach du Schande«, flüsterte die Beamtin, »das hat mir gerade noch gefehlt.«

Das war ein junger, kräftig gebauter Mann, der für Kolbe kein Unbekannter war.

»Hoppla«, entfuhr es ihm. »Ist das nicht …«

»Er ist es«, seufzte Rieke und setzte sich in Bewegung. Sie trat auf den Mann zu, der auf der Straße vor dem Haus offenbar auf sie gewartet hatte.

Kolbe, den Laptop von Jenna Rachnow und den Schnellhefter unter den rechten Arm geklemmt, blickte in ihre Richtung, bevor er sich daran machte, die Sachen in der Satteltasche seines Dienstfahrrads zu verstauen. Dabei hörte er, wie die beiden an der Straße ein paar Worte miteinander wechselten. Tuschelnd und irgendwie hitzig.

Kolbe hatte Joost Hansen in unguter Erinnerung. An seinem ersten Tag als Polizist auf dieser Insel war er mit dem Kerl aneinandergeraten. Noch auf der Fähre, während der Überfahrt auf die Insel. Der Kommissar widerstand dem Impuls, sich an die Stelle unter dem linken Auge zu fassen, dort, wo ihn die Faust dieses Kerls getroffen hatte. Noch Tage danach war sein Auge blau unterlaufen und angeschwollen gewesen.

Kolbe wandte seinen Blick ab und konzentrierte sich darauf, die Satteltasche zu verschnüren. Außerdem wollte er nicht starren. Was die beiden zu bereden hatten, ging ihn ohnehin nichts an.

Er sollte seine Meinung in diesem Punkt allerdings schnell ändern, als die Unterhaltung der beiden aus dem Ruder zu laufen schien.

»Wenn du glaubst, dass die Sache damit abgetan ist …«, zischte Rieke in diesem Moment. »Du bringst es ja nicht mal fertig, dich richtig zu entschuldigen.«

»Hab ich doch«, blaffte er zurück. »Ich hab mich doch entschuldigt. Was willst du denn noch?«

Kolbe sah, wie Rieke kurz den Kopf schüttelte. Sie trat einen Schritt näher auf Hansen zu und sah ihn ernst an.

»Nicht bei mir«, sagte sie. »Bei Noah. So wie du es heute Morgen versprochen hast.«

Die Worte waren selbst bis zu den Rädern zu hören. Kolbe hatte die Sachen verstaut. Er hatte extra langsam gemacht und die Riemen der Satteltasche jetzt schon dreimal auf ihren perfekten Sitz hin überprüft. Er hörte Joost lachen.

»Ey, wenn du ernsthaft glaubst, dass ich jetzt auch noch vor ihm auf die Knie falle, hast du echt mehr Schrauben locker, als ich dachte.« Er stemmte seine Hände in die Hüften. Dabei klaffte seine geöffnete Lederjacke noch weiter auseinander.

Kolbe registrierte den muskulösen Brustansatz des Mannes, der unter der Jacke irgendein dünnes Shirt mit weit ausgeschnittenem Kragen trug.

Joost Hansen hatte sich hoch aufgerichtet, seine Lungen bis zum Platzen mit Luft angefüllt. Dabei hatte sein Erscheinungsbild etwas von einem eitlen Gockel. So sehr, dass Kolbe grinsen musste. Rasch wandte er seinen Blick ab, doch er fürchtete, dass Hansen seine Reaktion mitbekommen hatte. Sofern das der Fall war, ließ er sich jedoch nichts anmerken.

»Also? Was ist nun?«, blaffte der Mann mit der Lederjacke. »Willst du hier jetzt noch eine Szene machen, oder können wir vielleicht wieder vernünftig miteinander reden?«

»Weißt du was?«, hörte Kolbe seine Kollegin sagen. »Du kannst mich mal!«

Damit wandte sich Rieke ab und kam auf ihren Kollegen zumarschiert. Ihr Gesicht war dunkelrot angelaufen, und zwischen ihren Augen stach eine dicke Zornesfalte hervor.

»Was für ein Arsch!«, zischte sie, während sie in einer energischen Bewegung ihr Fahrrad von dem halbhohen Holzzaun riss, gegen den es gelehnt gewesen war.

»Vor allem einer, der hartnäckig ist«, entgegnete Kolbe und deutete auf Hansen, der sich ihnen in diesem Moment mit großen Schritten näherte.

Noch im Gehen hob er seine rechte Hand mit dem ausgestreckten Zeigefinger. »Augenblick mal, ja? Du kannst nicht einfach so abhauen, als sei nichts gewesen! Wie soll es denn jetzt weitergehen?«

Hansen hatte die beiden Kommissare erreicht. Er atmete so aufgeregt, dass sein gesamter Brustkorb die ganze Zeit über in Bewegung war. Noch immer schien der Muskelprotz von Kolbe nicht die geringste Notiz zu nehmen.

Als Rieke den Kopf in Hansens Richtung wandte, wirkte sie wie eine gefährliche Raubkatze. »Gar nicht«, zischte sie. »Wenn ich heute Abend nach Hause komme, will ich nichts mehr von dir sehen, verstanden?« Sie drehte sich wieder zu Kolbe um und raunte: »Fahren wir, sonst dreh ich gleich durch!«

Kolbe hatte noch immer kein Wort gesagt. Die Sache ging ihn nichts an, und wenn er eines bisher über seine Kollegin gelernt hatte, dann die Tatsache, dass sie es nicht ausstehen konnte, wenn man sich in ihre privaten Angelegenheiten mischte.

Sie schwangen sich zur gleichen Zeit auf ihre Sättel und fuhren los. Kolbe warf einen kurzen Blick über seine Schulter und erkannte Hansens Blick. Seine Augen waren weit geöffnet, auf seinem Gesicht lag ein ungläubiger Ausdruck.

Und plötzlich geriet der Berg in Bewegung. Beinahe aus dem Stand katapultierte er sich nach vorne und sprintete los. Mit erschreckend wenigen ausgreifenden Schritten hatte er die beiden Beamten eingeholt.

Er griff nach Riekes Lenker und brachte das Rad mit einer einzigen Bewegung zum Stehen. Die Klingel gab ein kurzes, klirrendes Geräusch von sich.

Rieke entfuhr ein überraschter Laut.

»Halt!«, brüllte Joost Hansen. Eine dicke Ader zeichnete sich auf seiner Stirn ab.

»Jetzt reicht es aber, Freundchen!«, platzte es aus Kolbe heraus. Auch er hatte gestoppt und schwang sich in diesem Moment vom Sattel.

»Halt du dich da raus, Fatzke«, kam es zurück. Hansen vollführte dabei mit seiner rechten Hand eine wegwerfende Geste.

»Das werde ich ganz sicher nicht tun«, gab der Kommissar zurück und baute sich hinter seinem Fahrrad auf. »Ich glaube nämlich nicht, dass meine Kollegin scharf drauf ist, diese Unterhaltung fortzusetzen.«

Kolbe fing sich einen zornigen Blick ein. »Komm, verpiss dich, Alter! Hat dir die Sache auf der Fähre nicht gereicht, oder willst du dir noch eine einfangen?«

Der Beamte wollte etwas erwidern, doch Rieke winkte ab. »Lassen Sie's gut sein, Kolbe. Das bringt doch eh nichts.«

Joost Hansen grinste schief. Gleich darauf sah er Rieke direkt in die Augen. »Ich will jetzt und hier von dir wissen, ob du das eben ernst gemeint hast. Falls ja … okay … dann bist du mich los. Also … sag es. Sag es mir direkt ins Gesicht!«

Auch das noch, dachte Kolbe und rollte innerlich mit den Augen, bemühte sich aber, sich nach außen nichts anmerken zu lassen.

Rieke hob ihren Kopf und erwiderte Joost Hansens Blick. »Verschwinde«, sagte sie leise. »Von der Insel … und aus meinem Leben.« Und damit nahm sie seine Hand, die noch immer den Lenker umklammerte, und tat sie beiseite.

Für die Dauer von zwei Sekunden fochten die beiden Kontrahenten noch ein stummes Blickduell miteinander aus, dann stieß Rieke sich ab und schwang sich in derselben Bewegung wieder auf den Sattel.

Der Inselkommissar sah den blonden Hünen an, dessen Hand wie in Zeitlupe herabsank. Hansen starrte in seine Handfläche, als hätte er darin soeben etwas Ungeheuerliches entdeckt.

»Heute ist wohl nicht dein Tag«, sagte Kolbe mit einem Schulterzucken, griff sein Rad und setzte sich damit in Bewegung.

Wieder ein Schulterblick. Doch dieses Mal rührte sich Joost Hansen nicht. Er war stehen geblieben, wie vom Donner gerührt. Er starrte an Kolbe vorbei, in Richtung Rieke, die sich bereits ein gutes Stück entfernt hatte.

Kolbe beeilte sich, seine Kollegin einzuholen. Für ein paar Sekunden fuhren sie schweigend nebeneinanderher.

Kolbe holte Luft.

»Sagen Sie nichts«, platzte es aus Rieke heraus. »Denken Sie nicht mal dran, was zu sagen.«

Kolbe zuckte im Fahren mit den Schultern. »Ich wollte auch gar nichts sagen.«

»Sie wollen doch immer was sagen«, antwortete die Kommissarin. »In der Hoffnung, alles besser zu machen. Und dabei merken Sie nicht mal, wie alles nur noch schlimmer wird. Dabei können Sie wahrscheinlich nicht mal was dafür. Sie sind eben so gestrickt. Sie sind eben so.«

»Na großartig«, sagte Kolbe seufzend. »Das hat mir gerade noch gefehlt.«

»Was? Was hat Ihnen gefehlt?«

»Dass Sie mir Praxisstunden in Lebenshilfe erteilen. Noch dazu auf dem Fahrrad. Mitten auf einer Insel.«

Kolbe erkannte, wie die Mundwinkel seiner Kollegin zuckten.

»Sie haben recht«, sagte sie lachend, »das klingt ziemlich bescheuert.«

»Es *ist* bescheuert.«

Sie nickte. Wieder ein Blick in seine Richtung. »Tut mir leid. Das gerade eben. Man kann sich solche Situationen nicht aussuchen.«

Situationen vielleicht nicht, dachte Kolbe. Den Spacken, den man sich als Lebensgefährten ans Bein bindet, schon. Aber auch das behielt er besser für sich.

»Lassen Sie uns den Mörder von Jenna Rachnow finden«, schlug er vor.

Rieke atmete tief durch. Sie nickte.

»Ja. Das klingt nach einem guten Plan.«

Kapitel 8

Als Stefan Russ die Augen aufschlug, blinzelte er in ein grelles Licht. Es machte den Kopfschmerz, den er gleich als Zweites verspürte, zu etwas, das geeignet war, ihn in den Wahnsinn zu treiben. Er hob seine rechte Hand an und schirmte damit notdürftig seine Augen ab. Ohne seinen Kopf abzutasten, spürte er, dass seine linke Gesichtshälfte von Blut verklebt war.

Hinter dem Licht – wie Russ jetzt feststellte, handelte es sich sogar um mehrere Quellen, vermutlich zwei auf ihn gerichtete Schreibtischlampen – hockte ein Schatten. Vielleicht auf einem Stuhl oder einer umgedrehten Kiste. Er rührte sich nicht, saß vollkommen reglos. Beobachtete.

»Was haben Sie mit mir gemacht?«, fragte Russ. Dabei unterdrückte er einen Hustenreiz. »Wo bin ich hier?«

Es kam keine Antwort. Russ senkte den Blick und erkannte, dass der Boden, auf dem er mehr lag als hockte, voll von dreckigen Staubflusen war. Es roch nach modrigem Wasser, das zu lange in irgendeinem verstopften Abfluss gestanden hatte.

Russ keuchte, als er versuchte, sich aufzusetzen. Seine Arme und Beine waren steif, wollten ihm im ersten Moment nicht gehorchen. Dazu noch die Schmerzen in seinem Innern, die von einem Eingriff herrührten. Irgendwie gelang es ihm, seine Handballen auf dem rauen Betonboden aufzustützen und sich in die Höhe zu stemmen. Er wusste, dass der andere ihn die ganze Zeit über anstarrte. Vielleicht grinste er sogar dabei. Je länger Russ über diese Frage nachdachte, desto sicherer wurde er sich in diesem Detail. Er beobachtete, wie sich eine der schmutziggrauen Flusen von ihm wegbewegte, angetrieben von seinem Atem, der jetzt stoßweise ging.

Russ wiederholte seine Fragen.

Wieder vergingen ein paar Sekunden, die sich quälend langsam hinzogen.

»Wir sind vorhin unterbrochen worden«, sagte der Schatten hinter dem gleißenden Licht. »Sie waren ungehorsam. Und das kann ich Ihnen nicht durchgehen lassen.«

»Sagen Sie mir endlich, was Sie von mir wollen«, presste Russ über seine Lippen. Das Sprechen fiel ihm schwer. Er hatte Schmerzen, konnte sich kaum konzentrieren. Aber so tragisch das alles war, irgendwo in seinem Innern war er froh, überhaupt noch am Leben zu sein. Nach allem, was passiert war, war das alles andere als eine Selbstverständlichkeit. Er lebte. Und er wollte, dass es dabei blieb. Noch immer starrte und blinzelte er gegen das grelle Licht, das keinem anderen Zweck diente, als ihn einzuschüchtern, als ihm seine bescheidene Lage deutlich vor Augen zu führen.

»Ich will, dass Sie Ihren Auftrag erledigen«, ertönte die Stimme im Dunkeln. »Und zwar vollständig.«

Russ erinnerte sich an das Gespräch, das sie zuvor geführt hatten. Oben im Haus. Danach war er hierher in den Keller verfrachtet worden. Wenn er nicht noch tiefer landen wollte, sollte er jetzt vielleicht besser spuren. Seine Bereitschaft signalisieren. Dabei kam es darauf an, überzeugend zu wirken. Der andere musste ihm glauben, wenn er ihm schon nicht mehr vertraute.

»Okay«, sagte er nach einer Weile. »Sie haben gewonnen. Geben Sie mir die restliche Kohle und ich mach's.«

»Nicht so schnell, mein Lieber«, kam es zurück. »Sie vergessen wohl, was wir vereinbart hatten. Erst der Auftrag, dann das Geld. Wenn Sie in Ihre Jackentasche fassen, werden Sie übrigens feststellen, dass ich Ihnen den Vorschuss wieder abgenommen habe. Ich kann doch immerhin nicht riskieren, dass Sie sich vielleicht nur mit der Hälfte begnügen und mir dann damit durchbrennen.«

»Das wäre nicht nötig gewesen«, antwortete Russ. »Es ist, wie Sie vorhin gesagt haben: Wenn wir den zweiten Schritt nicht gehen, sind wir vielleicht beide dran.«

»Sie haben verstanden, was ich gesagt habe. Sehr schön. Ich hatte schon die Befürchtung, ich hätte etwas zu fest zugeschlagen.«

Das hast du auch, dachte Russ. *Und dafür wirst du bezahlen, du verdammter Scheißkerl.*

Wenn alles vorbei war, würde er mit dieser linken Bazille abrechnen. Darauf kam es jetzt ohnehin nicht mehr an.

»Ich werde eine andere Waffe brauchen«, erklärte Russ trocken. Er saß vornübergebeugt und begann damit, seine Schläfen zu massieren, wobei die Finger seiner linken Hand über verkrusteten Blutschorf schrappten.

»Es wird ohne gehen müssen«, sagte der andere. »Sie waren immerhin so dämlich, die Pistole liegen zu lassen. Denken Sie vielleicht, ich habe hier ein unerschöpfliches Waffenarsenal?« Ein heiseres Lachen ertönte. »Sie sind ja verrückt. Sie kriegen keine neue Waffe von mir. Sie werden auch keine nötig haben. Sie wissen ja immerhin, um wen es geht.«

»Ja.«

»Na also.«

Russ fuhr damit fort, seinen Kopf zu massieren. Er bildete sich ein, dass die kreisenden Bewegungen seiner Fingerspitzen einen Deut Linderung brachten.

»Wann soll es passieren?«, fragte er, ohne seine Tätigkeit zu unterbrechen.

»So bald wie möglich«, antwortete die Stimme. »Heute noch. Wenn es dunkel wird.«

Wenn es dunkel wird, wiederholte Russ in Gedanken. *Wenn es dunkel wird, dann bist du tot!*

Kapitel 9

Sie hatten die Polizeidienststelle an der Kaapdüne beinahe erreicht, als Kolbe, der vorausfuhr, abrupt abbremste.

Rieke Voss stieß einen leisen Fluch aus und hielt eine Sekunde später neben ihm.

»Wäre schön, wenn Sie beim nächsten Mal kurz Zeichen geben, dass Sie anhalten wollen.«

»Sind wir vielleicht wieder etwas zu dicht aufgefahren?«, fragte Kolbe. Dabei schenkte er seiner Kollegin keine Beachtung. Stattdessen reckte er seinen Hals, um besser über die Hecke blicken zu können, die den Garten eines Restaurants von der Straße trennte.

»Darf man dann vielleicht erfahren, was es da zu sehen gibt? Serviert Uschi heute etwa oben ohne?«

Kolbe drehte kurz den Kopf in Riekes Richtung und blinzelte.

»Wer zum Teufel ist Uschi?«

»Uschi Hellenberg«, erklärte Rieke, als sei es das Selbstverständlichste der Welt. »Sie kellnert in der Saison in *De Molenstuuv*.«

»Interessant«, gab Kolbe zurück. »Obwohl Sie nicht mal auf der Insel wohnen, scheinen Sie sich ja schon bestens hier eingelebt zu haben.«

»Im Gegensatz zu Ihnen«, antwortete Rieke und verzog dabei ihre Lippen zu einem Grinsen. »Und was ist da drüben nun wirklich so interessant? Oder dürfen Sie das nicht verraten, weil es Teil einer Verschwörung ist, der Sie heimlich angehören?«

»Ich glaube, ich habe da drüben gerade meinen Vater gesehen«, antwortete Kolbe trocken.

»Wow«, machte Rieke, »das ist eine Überraschung. Sagten Sie nicht, er sei neulich ganz überraschend bei Ihrer Vermieterin aufgetaucht?«

»Allerdings. Aber ehe ich richtig mit ihm reden konnte, hat er sich wieder aus dem Staub gemacht. Er meinte, wir holen das nach.«

»Liegt einiges im Argen zwischen Ihnen und Ihrem Vater, oder?«

Kolbe drehte sich zu Rieke um. Er musste ihr wohl einen funkelnden Blick zugeworfen haben, denn im nächsten Moment hob sie beschwichtigend die Hände.

»Schon okay«, sagte sie. »Ich bin schon still. Und wollen Sie jetzt noch weiter rüber starren und den Verkehr aufhalten, oder wollen wir weiter?«

»Fahren Sie schon los«, antwortete Kolbe, »ich komme gleich nach.«

»Sie haben aber den Laptop und die anderen Sachen bei sich.«

Kolbe stieg vom Rad und hielt es Rieke hin. »Würden Sie das kurz mitnehmen? Es ist ja nicht mehr weit.«

Rieke zögerte einen Augenblick. Dann lenkte sie ein. Nicht ohne ihren Kollegen jedoch nachdenklich anzusehen. »Alles okay bei Ihnen?«

»Nicht wirklich«, antwortete Kolbe und ließ die rothaarige Kommissarin stehen. Er steuerte auf den Eingang des Lokals zu, ein eiserner Rundbogen, der dicht von orangefarbenen Rosen bewachsen war. Dicht darunter schwirrte ein Schwarm Mücken. Kolbe wedelte sie mit einer energischen Bewegung weg und betrat den Außenbereich des Restaurants, das neben einigen Fischgerichten auch für gute ostfriesische Hausmannskost bekannt war.

Kolbe tauchte nach rechts weg, folgte einem von Ziergräsern und Strandhafer gesäumten Plattenweg, der auf die Außenterrasse führte und damit direkt auf den Tisch zu, an dem ein gut erhaltener Endsechziger saß und in aller Ruhe die Speisekarte studierte. Seine hohe Stirn, um die ein schlohweißer Haarkranz verlief, glänzte in der Sonne.

Er saß allein am Tisch, vor sich ein großes Glas Bier, das bereits zur Hälfte geleert war.

Kolbe blieb stehen. Um einen Schatten zu werfen, waren die Bedingungen ungünstig, der Mann am Tisch musste allerdings auch so gespürt haben, dass sich etwas in seiner unmittelbaren Umgebung verändert hatte, denn er blickte in dieser Sekunde von seiner Karte auf.

Falls ihn der Anblick des jungen Mannes irritierte oder in irgendeiner Form sogar überraschte, verstand er dies glänzend zu verbergen.

»Gerret«, sagte Hansjörg Kolbe und ließ die in weinrotes Lederimitat gebundene Speisekarte auf die Tischkante sinken.

»Moin, Papa«, antwortete der Inselkommissar und deutete auf den freien Platz gegenüber. »Darf ich?«

Kolbe senior klappte die Karte zu, legte sie auf seinen Teller und vollführte eine einladende Handbewegung.

»Woher wusstest du, dass ich hier bin?«

»Ich wusste es nicht«, gab Gerret Kolbe zurück, während er den Stuhl ein Stück weit zu sich heranzog und sich darauf sinken ließ. »Ich habe dich zufällig gesehen. Über die Hecke hinweg.« Er deutete über die linke Schulter seines alten Herrn.

Hansjörg Kolbe nahm die dünne Brille ab, die er sich zum Lesen der Karte aufgesetzt hatte, und verstaute sie in der Brusttasche seines Hemds. Die Ärmel hatte er bis zu den Ellenbogen aufgekrempelt. Seine Haut war faltenlos und braun gebrannt.

»Hast du etwas Zeit? Willst du etwas trinken?«

»Nein«, antwortete der Inselkommissar. »Weder noch. Tut mir leid.«

Der Ältere sah seinen Sohn erwartungsvoll an. »Aber was auf dem Herzen hast du doch. Oder?«

»Du bist meinen Fragen neulich Abend ausgewichen«, eröffnete Kolbe den ernsten Teil der Unterhaltung. »In der Küche von Bente Franzen. Warum?«

Kolbe senior verschränkte die Arme vor der Brust, lehnte sich auf seinem Stuhl zurück und musterte seinen Sohn ausgiebig, bevor er antwortete.

»Ich habe dich einfach wiedersehen wollen. Mir war nicht danach zumute, über irgendwelche alten Geschichten zu reden. Über Dinge, die längst vergangen und vergessen sind. Und außerdem ist die Küche deiner Zimmerwirtin sicher kaum der richtige Ort, um …«

»Ich habe nichts vergessen«, warf Gerret Kolbe ein. Er hatte hastig und impulsiv gesprochen. »Ich hatte immer angenommen, dass ich über meine ersten Jahre hier auf Langeoog nichts mehr weiß. Aber das stimmte nicht. Es war alles noch da. Hier oben irgendwo.« Der Inselkommissar tippte sich mit dem Zeigefinger gegen die Schläfe. »Ich hatte es nur verdrängt. All die Jahre.«

Hansjörg Kolbe fuhr damit fort, sein Gegenüber aus angemessener Distanz zu betrachten. »Was erwartest du jetzt von mir?«

Der Jüngere beugte sich mit einem Ruck nach vorne und blickte seinem Vater in die Augen. »Dass du mir die Wahrheit sagst! Dass du mir endlich erklärst, was damals wirklich passiert ist.«

»Hast du nicht eben gesagt, du erinnerst dich an alles?«

»Es sind die Erinnerungen eines Dreijährigen, von dem man wohl kaum verlangen kann, dass er alle Zusammenhänge begreift. Aber ich habe noch immer die Bilder im Kopf. Die lassen sich nicht auslöschen. Soll ich sie dir beschreiben, Vater?«

Der Ältere blieb stumm.

»Ich habe sie gesehen«, flüsterte der Kommissar. »Meine Mutter. Auf dem Fußboden. In unserem Haus am Waldrand, hier auf der Insel. Du hast dich über sie gebeugt. Und sie war tot. Dann hast du mich in den Wagen gesteckt. In den Elektrokarren. Wir sind damit über die halbe Insel gefahren. Es hat in Strömen geregnet. Später, während ich im Wagen warten musste, hast du Mama in ein Haus geschafft. Da wartete jemand auf dich. Doktor Sartorius. Weißt du, dass er heute das Haus bewohnt, das uns gehört hat?« Kolbe starrte seinen Vater an. »Natürlich weißt du es. Aber warum sagst du nichts?«

»Vielleicht wollte ich dich einfach nicht unterbrechen«, gab sein Gegenüber zu bedenken.

Kolbe verengte seine Augen zu Schlitzen. »Ich will von dir wissen, was damals mit meiner Mutter passiert ist. Was ihr mit ihr gemacht habt, du und Sartorius.«

»Jetzt reicht es aber!«, platzte es aus dem Älteren heraus. Auch er hatte so leise gesprochen wie möglich. Doch seine begleitenden Gesten veranlassten einige der anderen Gäste, zu ihnen herüberzusehen.

Die beiden ungleichen Männer bemerkten es und entspannten sich, wenngleich auch nur unmerklich.

»Was denkst du dir eigentlich?«, fuhr Kolbe senior fort. »Wir haben uns die letzten Jahre so gut wie gar nicht gesehen. Und kaum bist du zurück auf Langeoog, gehen plötzlich die Pferde mit dir durch. Du willst mit mir reden? Warum hast du das nicht schon viel früher getan? Du wirfst mir vor, ich sei dir ausgewichen? Nein, mein Sohn, tut mir leid. In Wirklichkeit bist du es gewesen, der sich zurückgezogen hat. Der sich mit fünfzehn schon nichts mehr sagen lassen wollte. Der nichts mehr mit mir zu tun haben wollte. So sieht es doch aus. Und jetzt kommst du daher und versuchst, mich unter Druck zu setzen. Mit Dingen, die vor vierzig Jahren passiert sind und an die du dich angeblich erinnern willst. In Wahrheit sind es nichts als verzerrte Bilder, die dir deine eigene Fantasie vorgaukelt. Oder meinetwegen auch die Fantasie eines Dreijährigen. Und der willst du ernsthaft vertrauen? Was willst du wirklich von mir, Gerret? Was?«

»Bist du es gewesen?«, fragte der Kommissar tonlos. »Hast du Mama umgebracht? Oder war es Sartorius? Oder am Ende gar ihr beide?«

Hansjörg Kolbe griff nach seinem Bier und nahm einen größeren Schluck. Die Flüssigkeit gluckste in dem Glas, als er es geräuschvoll und energisch wieder auf dem Tisch absetzte.

»Was weißt du schon«, sagte er leise.

»Dann erkläre es mir«, drängte der Kommissar.

»Ich will nichts mehr davon hören. Außerdem sind wir hier …«

Hansjörg Kolbe kam nicht mehr dazu, den Satz zu beenden. Er wurde abgelenkt. In der nächsten Sekunde wusste der Inselkommissar auch, warum. Zwei Personen näherten sich schnurstracks dem Tisch. Sie hielten auf Kolbe senior zu.

Die erste von ihnen, eine Frau, schien hingegen mehr zu schweben. Und während sie das tat, zog sie die Blicke der ringsum anwesenden Gäste auf sich. Sogar ein Kellner, der im Begriff war, an einem Nebentisch ein volles Tablett mit Gläsern abzusetzen, hielt für einen Augenblick in der Bewegung inne und sah ein wenig verunsichert zu ihnen herüber.

»Mein lieber Kolbe«, flötete sie, während sie in ihrem cremefarbenen Hosenanzug heranstolzierte, ihren Hut mit breiter Krempe abnahm und ihr feuerrotes Haar schüttelte, bis es lässig und leger über ihre Schultern und ihren Rücken fiel. »Ich hoffe, Sie haben nicht allzu lange auf uns warten müssen.« Sie schenkte Kolbe senior ein Lächeln, das vor gesunden weißen Zähnen nur so strotzte. Sie bildeten einen perfekten Kontrast zu ihren grellrot geschminkten Lippen.

Sie fegte an den Tisch heran und ließ ihren Hut achtlos auf einen freien Stuhl fallen.

Hansjörg Kolbe hatte sich währenddessen erhoben und drehte sich mit einem charmanten Lächeln zu der Dame um. Er ergriff ihre feingliedrigen Finger und deutete in altmodischer Manier einen Handkuss an.

Der Dritte in ihrem Bunde war ein schlanker, dunkelhaariger Mann mit Dreitagebart und teurem Anzug. Definitiv gut aussehend, von nahezu unbestimmbarem Alter.

Der Inselkommissar schätzte ihn vorsichtig auf Mitte vierzig, fühlte sich mit dieser Einschätzung allerdings nicht ganz wohl. Ihre Blicke trafen sich. Hellblaue Augen, die in der Sonne fast silbern schimmerten.

Der Fremde nickte Kolbe kurz zu, bevor auch er sich ihrem Tischherrn widmete.

»Entschuldige, Hansjörg, dass wir dich haben warten lassen. Aber Willa war ganz vernarrt in die kleinen gestickten Seehunde drüben in dem Trödelladen.«

Als ob die Rothaarige auf dieses Stichwort gewartet hatte, öffnete sie emsig ihre elegante Designerhandtasche und zog eine kleine braune Papiertüte heraus. Daraus wiederum förderte sie einen kleinen Plüschseehund zutage, mit langen Barthaaren und einer drolligen Knubbelnase.

»Sehen Sie sich den an«, flötete die Frau, die offenbar auf den Namen Willa hörte. »Ist der nicht ganz allerliebst? Ich habe ihn für Sie gekauft. Als Glücksbringer.«

Hansjörg Kolbe lachte, während er das putzige Tierchen durch seine Finger wandern ließ, um es von allen Seiten zu betrachten. »Aber das wäre doch nicht nötig gewesen, meine Liebe.« Als er sich zu seinem Sohn umdrehte, schwand sein Lächeln um einen Deut. Nicht viel, gerade so viel, dass der Inselkommissar es bemerkte.

»Was meinst du, Gerret? Der kleine Kerl sieht doch wirklich aus, als könnte er mir Glück bringen, hm?«

Der Jüngere warf einen flüchtigen Blick auf das kleine Langeoog-Souvenir. Er hätte allen erzählen können, dass seine Vermieterin Bente Franzen diese Dinger aus alten Stoffresten zusammennähte, die sie vorher reichlich mit Watte und anderem Zeug gestopft hatte. Aber dazu war Kolbe nicht aufgelegt.

»Wer weiß«, sagte er in Richtung seines Vaters, »vielleicht wirst du ein bisschen Glück ja schon bald nötig haben.« Er erhob sich langsam von seinem Platz, während der Blick seines Gegenübers für die Dauer einiger langer Sekunden auf ihm ruhte.

Die Rothaarige überspielte die Situation mit einem unechten Lachen und blickte hilflos von einem zum anderen, als sie bemerkte, dass niemand einstimmen wollte.

»Erlauben Sie, dass ich Ihnen meinen Sohn vorstelle? Das ist Gerret.« Hansjörg Kolbe fand wieder zu seinem alten Lächeln zurück. »Gerret, der Inselkommissar.«

»Nicht doch«, sagte der Dunkelhaarige amüsiert. »Wenn Sie es so betonen und noch dazu diesen Seehund in der Hand halten, klingt es allzu sehr nach einem Insel-Maskottchen. Und das ist Ihr Sohn doch ganz sicher nicht?«

Der Fremde drehte sich zum Kommissar um und streckte ihm so spontan die Hand entgegen, dass Kolbe für den Bruchteil einer Sekunde zu verdutzt war, sie zu ergreifen. Mit einiger Verspätung holte er diese Geste nach.

»Uthoff ist mein Name«, sagte der andere. »Harm Uthoff. Freut mich sehr, Sie kennenzulernen.«

Kolbe erwiderte nichts darauf. Er beließ es bei einem Nicken und einem Lächeln, das er sich mühsam abrang. Er musste sich eingestehen, dass er verunsichert war. Er hatte nicht den geringsten Schimmer, was hier gerade passierte oder wer diese Leute waren. Warum sein Vater sich mit ihnen umgab. Denn genau das tat er, sich mit ihnen schmücken. Kolbe wusste nur noch nicht so recht, warum. Er blieb stehen, während sich die anderen drei setzten.

Die Frau mit der Löwenmähne war ihm zwischendurch als Willa van Campen vorgestellt worden. Sie hatte sich neben Hansjörg Kolbe gesetzt und ergriff gleich darauf dessen Hand.

Alles blickte den Inselkommissar erwartungsvoll an.

»Bleiben Sie nicht zum Essen, Herr Kolbe?«, fragte die Dame und blickte den Inselkommissar aus großen Augen an. Für eine Frau besaß sie eine ungewöhnlich tiefe Stimme, die nach Zigarettenrauch, Leben und Genuss klang. Sie schob sich eine getönte Sonnenbrille ins Haar hinauf und legte ihre freie Hand auf die Stuhllehne. Mehrere silberne Armreifen klimperten und klirrten leise.

»Er hat keine Zeit«, kam Kolbe senior ihm zuvor. »Ist immerzu mit seinen Ermittlungen beschäftigt. Ein guter Junge.«

»Aber zur Eröffnung heute Abend kommen Sie doch?«, wollte Willa van Campen wissen. Ihre Augen wurden dabei noch größer, noch runder.

»Entschuldigung«, antwortete Kolbe lahm, »von welcher Eröffnung sprechen Sie?«

Die Rothaarige legte ihren Kopf schief wie ein neugieriger Hund. »Na, Sie machen mir Spaß. Ich spreche von der neuen Kunstgalerie hier auf Langeoog. Heute Abend ist die große Eröffnung. Alle werden da sein. Und das verdanken wir einzig und allein unserem lieben Herrn Uthoff hier.«

Kolbe fühlte sich schlecht. Der Wunsch nach Distanz zu diesen Leuten, auch zu seinem Vater, wurde plötzlich übermächtig. Er verabschiedete sich mit hastigen Worten. Sein Abgang kam gewissermaßen einer Flucht gleich.

Draußen auf der Straße versuchte er durchzuatmen, doch alles, was in seine Lungen gelang, war ein Schwall abgestandener Mittagshitze.

Kolbe kämpfte sich durch den Strom von Touristen und Passanten, die alle um diese Zeit eines der vielen Lokale aufsuchten, um sich mal gut, mal günstig, mal extravagant oder einfach nur im Vorbeigehen den Magen vollzuschlagen, damit es für den aufreibenden Nachmittag am Strand oder gar bis zum Abend reichte.

Als der Kommissar die Dienststelle erreichte und sich die Tür hinter ihm schloss, war er vollkommen durchgeschwitzt.

Er lehnte sich gegen die Innenwand, die noch nicht zu sehr aufgeheizt war, und schloss für die Dauer einiger kostbarer Sekunden die Augen.

Stimmte es, was sein Vater eben auf der Terrasse über ihn gesagt hatte? Hatte er wirklich die Flucht angetreten damals? Ja, wahrscheinlich schon. Nur, dass ihm, Kolbe, die Gründe für sein Handeln nicht bewusst gewesen waren. Bis jetzt. Bis er hier auf Langeoog angekommen war, wo ihn die Erinnerungen an damals übermannt hatten. Draußen in den Dünen oder im Haus von Doktor Wilhelm Sartorius, das einmal den Kolbes gehört hatte.

Der Inselkommissar dachte an die Nacht, in der seine Mutter gestorben war. Er wollte nicht daran denken, nicht ausgerechnet jetzt, doch die Bilder, die sich in sein Hirn eingebrannt hatten, fragten ihn nicht danach, wann es genehm wäre. Die Fahrt mit dem Elektrowagen. Auf der Ladefläche ein Bündel, in dem sich seine tote Mutter befand. Niemand hatte es ihm gesagt, doch Kolbe wusste es.

Sein Vater auf dem Beifahrersitz. Damals noch mit vollem Haar, nass vom Regen. Es hing ihm in Strähnen in die Stirn.

Irgendwann der Halt vor einem Haus. Kolbe blieb allein im Wagen zurück, während sein Vater den Karren von seiner entsetzlichen Last befreite.

Draußen stürmte es. Dunkle Nacht. Zwielicht. Irgendwo draußen rollten wütende Wellen an den Strand, überzogen ihn mit dicker Gischt, die vom Sturmwind aufgewirbelt und bis in die Dünen hinaufgepeitscht wurde.

Drinnen im Haus gingen Dinge vor sich. Unheilvolle, schlimme Dinge. Kolbe jedenfalls war davon überzeugt. Das Fenster, aus dem ein schwacher Lichtschimmer in die tosende Nacht drang, war zu hoch für ihn. Also stieg er auf die Bank davor, um einen Blick zu erhaschen.

Dicht hinter der Scheibe ein bleiches Gesicht. Kalte, unbarmherzige Augen starrten ihn an. Strafend.

Kolbe konnte einen Schrei unterdrücken, geriet aber ins Taumeln und kippte zusammen mit der Bank nach hinten.

»Hoppla, Kleiner!«

Gerret fühlt sich von festen Händen gepackt. Nochmal gut gegangen. Aber ist es das wirklich? Er will sich zu dem anderen umdrehen, doch der hält ihn fest im Griff wie einen unschuldigen Welpen beim Tierarzt.

»Hast du dich verlaufen?«

Schon möglich. Denn er gehört nicht hierher. Keinesfalls. Aber niemand scheint in dieser Nacht Rücksicht darauf nehmen zu wollen.

Gerret wird behutsam zu Boden gesetzt, sorgsam neben die Stelle, an der sich vor dem Haus das Regenwasser in einer stetig wachsenden Pfütze sammelt.

Der kleine Junge blickt nach oben. Was er im Zwielicht der Nacht erkennt, ist nicht viel. Zwei dunkle Augen, die unter der riesigen Kapuze eines Parkas auf ihn herabblicken. Der Moment währt nur kurz, ist schon in der nächsten Sekunde verflogen, als direkt nebenan die Haustür aufgerissen wird und jemand durch die Pfütze auf sie zustürmt. Wasser spritzt auf, trifft eiskalt auf Gerrets Hosenbeine.

Sein Blickfeld verändert sich. Wie ein zu abrupter Schnitt in einem Spielfilm. An die Stelle seines Retters ist nun sein Vater getreten. Sein Mund ist weit geöffnet. Atemlos.

»Du solltest doch im Wagen bleiben!«

Ja, vielleicht, denkt Gerret. Vielleicht wäre das für alle besser gewesen.

Sein Vater greift nach seiner Hand und zieht ihn mit sich, durch den noch immer strömenden Regen.

Kurz bevor sie in den Wagen steigen, zuckt ein greller Blitz durch die Nacht. Er reißt das Gesicht seines Vaters schonungslos und bizarr aus der Dunkelheit. Und Gerret erkennt, dass sich dort unter die Nässe, die den Mann wie ein Film überzieht, etwas anderes gemischt hat. Etwas, das man Tränen nennt.

»Ist Ihnen nicht gut?«

Kolbe riss die Augen auf. Er starrte in das leicht gerötete Gesicht von Enno Dietz.

»Ziemlich heiß heute, stimmt's?«, fragte der junge Polizist. »Wollen Sie vielleicht einen Kaffee? Ich habe gerade …«

»Nein, danke«, fuhr Kolbe dazwischen. Er fuhr sich mit der flachen Hand über das Gesicht, um sich seine Erinnerungen und das anschließende nervöse Lächeln wegzuwischen. Er klopfte Enno kameradschaftlich auf die Schulter und stieß sich von der Wand ab.

»Ich fange dann mal an, den Laptop von Jenna Rachnow auszuwerten«, rief Enno ihm hinterher.

Kolbe hob im Gehen die Hand und streckte den Daumen nach oben.

In seinem Büro fand er eine Notiz vor, die am Bildschirm seines Monitors klebte. Sie stammte von Rieke und besagte in knappen Worten, dass sie jetzt damit beginnen würde, Jenna Rachnows Klavierschülern einen kurzen Besuch abzustatten. Sie war die Liste durchgegangen und hatte Kolbe einige Namen zugewiesen. Der Kommissar zog den Haftzettel ab und überflog die Daten.

»Na wunderbar«, murmelte er und warf die Notiz neben die Computertastatur auf den Schreibtisch.

Die Suche nach der Nadel im Heuhaufen hatte begonnen.

Kapitel 10

»Watt?«

Das Gesicht, das durch den halb geöffneten Türspalt spähte, gehörte zu einem etwa fünfzigjährigen Mann im Unterhemd, über dessen fleckigen Rand sich ergrautes Brusthaar kräuselte.

Rieke räusperte sich. »Kriminalpolizei, Voss mein Name«, wiederholte sie. Sie blickte auf das mit Kugelschreiber gekritzelte Schildchen am Briefkasten. »Herr Peer Stading?«

»Das bin ich«, antwortete der Mann in der Tür. »Is was passiert?«

Die Kommissarin blickte in ein Paar blutunterlaufener Augen, an die sich handfeste Tränensäcke anschlossen. »Ich würde gerne mit Ihnen über Jenna Rachnow sprechen. Darf ich reinkommen?«

Die Kinnlade des Bewohners sackte runter, als würde sie aus heiterem Himmel der Schwerkraft nachgeben. Stading kratzte sich am Ohr und tat so, als müsse er sich noch erst überlegen, die Frau in der Polizeiuniform hereinzulassen. »Über Frau Rachnow? Ja … ist denn was passiert?«

Rieke rollte mit den Augen. »Das würde ich gerne mit Ihnen besprechen. Wenn es geht, drinnen.«

Die Tür wurde weiter geöffnet und gab den Blick frei in einen abgedunkelten Hausflur. Ein Schwall stickiger Luft schlug Rieke entgegen, als sie, ein wenig widerwillig, über die Schwelle trat.

Dumpf schlug die Tür hinter ihr ins Schloss.

»Am besten kommen Sie hier mit durch«, sagte Stading und deutete den schlauchartigen Flur entlang, der auf eine beigefarbene Tür zuführte. Dahinter lag die Küche. Neben der Spüle stapelte sich schmutziges Geschirr. Darüber, an einem fleckigen Lampenschirm, klebten zwei dicke schwarze Brummer. Ob sie noch am Leben waren, war nicht zu erkennen. Jedenfalls machten sie keine Anstalten, sich zu bewegen. Auf einer hölzernen Eckbank dudelte ein Radio Schlagermusik.

Stading schob der Kommissarin einen Stuhl hin.

»Jetzt bin ich aber mal gespannt. Wollen Sie vielleicht einen Pott Kaffee?«

»Nein, danke«, gab Rieke zurück, als sie sich setzte.

Der Hausherr ließ sich ihr gegenüber auf die Bank sinken, die unter seinem Gewicht verdächtig knarrte.

»Na, dann schießen Sie mal los.«

Rieke deutete auf das Radio, das aus knisternden Lautsprechern Akkordeonklänge plärrte. »Können wir das vielleicht für einen Moment abschalten?«

Stading zuckte mit den Schultern, dann beugte er sich nach links. Sein Arm wurde lang. Die Bank knarrte. Mit dem ausgestreckten Zeigefinger legte Stading einen Schalter um. Als er sich wieder in seine vorherige Sitzposition gebracht hatte, fragte er: »Mögen Sie keine Seemannsschlager?«

»Nicht im Dienst«, antwortete Rieke.

Der Mann im Unterhemd blickte die Kommissarin stumm an.

»Ich weiß nicht, ob Sie schon gehört haben, was heute Morgen auf der Insel passiert ist«, begann sie vorsichtig.

Ihr Gegenüber glotzte sie an. Ziemlich offen und unverblümt.

»Keine Ahnung«, sagte er, ohne seinen Blick abzuwenden. »Ich bin heute noch nicht draußen gewesen.« Er lupfte den Kragen seines Unterhemds und lächelte dabei. »Zu heiß.«

»Dann wissen Sie vermutlich auch noch nicht, dass Frau Rachnow heute in den frühen Morgenstunden tot in ihrem Haus aufgefunden wurde.«

»Frau Rachnow? Frau … Jenna Rachnow?«

»Kennen Sie noch eine andere?«

»Nein. Ich …«

»Sie ist ermordet worden. Erschossen, um genau zu sein.«

Für ein paar Sekunden machte sich in dem stickigen Raum Stille breit. Stading fuhr sich mit der flachen Hand über sein unrasiertes Kinn.

»Das gibt's doch nicht. Ermordet? Erschossen?«

»Die Tat sollte vermutlich durch einen absichtlich gelegten Brand im Hause der Rachnows verschleiert werden.«

»Oh, Schande, nee.« Sein Blick wanderte zu dem einzigen Fenster hinüber, das von einer orangeroten Gardine verschleiert wurde, die komplett zugezogen war. Für einen Augenblick schien der Mann in Gedanken versunken. Die Kommissarin ließ ihn gewähren.

Stading wandte seinen Kopf wieder in ihre Richtung. »Und Sie kommen nun zu mir, weil … warum sind Sie zu mir gekommen?«

»Es handelt sich um eine reine Routinebefragung, Herr Stading«, versicherte Rieke. »Aus Frau Rachnows Unterlagen entnehme ich, dass Sie bei ihr Klavierstunden genommen haben. Ist das richtig?«

»Jo, das stimmt. Ich … jeden Mittwoch kam sie her.«

»Auch am vergangenen Mittwoch?«

Er stutzte. »Nein.«

»Warum nicht?«

Stading zuckte mit den Schultern. »Ich weiß nicht mehr. Wahrscheinlich hatte sie keine Zeit. Also … wenigstens vermute ich das.«

»Haben Sie Frau Rachnow gut gekannt, Herr Stading?«

Der Angesprochene machte dicke Backen und ließ dann geräuschvoll die Luft daraus entweichen. »Gut gekannt … was heißt das schon?«

»Sie kam doch sicher regelmäßig zu Ihnen«, erklärte Rieke. »Da werden Sie doch vielleicht neben dem Unterricht auch über das eine oder andere gesprochen haben.«

»Ach so«, machte Stading, »das … das ja. Unterhalten haben wir uns manchmal. Aber über nix Besonderes.«

»Dann können Sie mir vermutlich auch nicht sagen, ob Ihnen beim letzten Mal an Frau Rachnow irgendetwas Besonderes aufgefallen ist?«

»Aufgefallen? An ihr? Nee.«

»Haben Sie etwas dagegen, wenn ich mich bei Ihnen mal etwas umsehe?« Rieke deutete mit ihrem Kopf in Richtung der Küchentür.

»Umsehen«, wiederholte Stading. »Ja. Sicher.« Er stand mühsam von der Eckbank auf. »Sie wollen jetzt aber nicht mein ganzes Haus auf den Kopf stellen, oder? Ich meine nämlich, dass Sie für sowas einen … so ein Dokument brauchen.«

»Einen Hausdurchsuchungsbeschluss«, half Rieke aus, die sich ebenfalls erhoben hatte. »Das ist richtig. Aber ich denke, das wird sicher nicht nötig sein. Oder?«

Stading grinste. Er kratzte sich an der Wange und erzeugte damit ein schabendes Geräusch. »Bestimmt nicht«, sagte er und deutete in Richtung Flur. »Wenn Sie wollen, dass ich vorgehe?«

Eigentlich wollte Rieke das nicht, aber sie ließ ihn als Nächstes das Wohnzimmer betreten. Auch hier Geschirr auf dem Tisch und auf einer langen Anrichte neben der Tür. In solchen Mengen, dass die Kommissarin sich fragte, wozu Stading überhaupt so etwas wie Küchenschränke verwendete.

Fliegen auf dem Geschirr, lebende und tote. Irgendwo zwischen den staubigen Vorhängen hatte sich ein weiterer Brummer verfangen, der offenbar den Ausgang nicht mehr fand.

Auf dem Couchtisch stand ein überfüllter Aschenbecher. Daneben lagen ein dünner Beutel Tabak und eine Packung Papier zum Selberdrehen. Auf der anderen Seite des Aschenbechers eine flache Schale mit einem Rest Erdnüssen, teilweise mit Asche von nebenan vermengt.

»Ich bin Junggeselle«, versuchte Peer Stading das Offensichtliche zu erklären. »Da ist nicht immer alles am richtigen Fleck.« Dazu grinste er, nach Riekes Geschmack eine Spur zu süffisant, so als genoss er es, weiblichen Besuch hier zu haben, was vermutlich nicht häufig vorkam.

»Nebenan ist das Schlafzimmer«, erklärte Stading. »Wollen Sie das auch sehen?«

»Ich denke, das wird nicht nötig sein«, antwortete Rieke rasch. Sie blickte den Hauseigentümer an. »Wissen Sie, was ich mich die ganze Zeit über fragc?«

Eine Spur von Unsicherheit mischte sich in Stadings Gesichtszüge.

»Nein. Was?«

Die Kommissarin sah sich um. »Ich habe jetzt einen großen Teil Ihres Hauses gesehen, aber nirgendwo habe ich ein Klavier gefunden. Jenna Rachnow wird Sie aber doch wohl auf einem Instrument unterrichtet haben.«

Das Grinsen verschwand aus seinem Gesicht. Stading blickte das erste Mal ernst, seit Rieke sein Haus betreten hatte.

»Wollen Sie damit irgendetwas andeuten?«

»Ich will gar nichts andeuten. Ich stelle nur Fragen, Herr Stading. Noch.«

»Ich habe ein Keyboard«, erklärte er trocken und deutete mit dem Daumen zur Schlafzimmertür. »Es ist nebenan im Kleiderschrank. Wenn Sie wollen, spiele ich Ihnen was drauf vor.«

Die Kommissarin erwiderte den Blick ihres Gegenübers. »Ich denke, ich sollte vielleicht jetzt besser gehen.«

Stading rührte sich nicht von der Stelle. Noch immer starrte er die Kommissarin unverwandt an. Sein Gesicht mit den unterlaufenen Augen glich einer Bulldogge. Rieke kam dieser Vergleich in den Sinn. Es fehlte nur noch der obligatorische Sabberfaden, der von den Lefzen baumelte.

»Sind Sie sicher, dass Sie schon gehen wollen?« Stading hatte sich einen Schritt nach vorne bewegt.

Rieke nahm einen Geruch wahr, der sich irgendwo zwischen Nikotin und Schweiß bewegte. Vielleicht von beidem etwas.

»Könnte sein, dass ein Kollege oder ich nochmal vorbeikommt, falls sich noch etwas ergeben sollte«, erwiderte Rieke, die wiederum einen Schritt weiter auf Abstand gegangen war. »Falls Ihnen noch etwas zu Jenna Rachnow einfallen sollte, wissen Sie ja sicher, wo Sie uns erreichen können.«

»Weiß ich.«

Rieke beeilte sich, das Haus zu verlassen. Sie stieg auf ihr Fahrrad und machte einen Abstecher in Richtung Strand, um sich ein wenig frische Luft um die Nase wehen zu lassen. Draußen auf dem Wasser überboten sich mehrere Kitesurfer gegenseitig mit waghalsig aussehenden Sprüngen. Ihre bunten Lenkdrachen zeichneten sich gegen den strahlend blauen

Himmel ab. Ein paar Schaulustige hatten sich auf dem Sand eingefunden und sahen zu. Einige von ihnen applaudierten sogar bei besonders spektakulären Aktionen der Surfer.

Direkt daneben befand sich der Hundestrand. Aus einiger Entfernung beobachtete Rieke für wenige Augenblicke einen Besitzer, der seinem Schäferhund immer wieder eine Frisbee-Scheibe zuwarf, die das Tier zielsicher mit seinem Maul auffing, meistens sogar durch einen ebenfalls beeindruckenden Sprung.

Rieke genoss diese kurzen Momente, bevor sie ihren Weg fortsetzte. Er führte sie zurück in die Siedlung, in der sich mehrere Einfamilienhäuser befanden.

Georg Sattner war der nächste Name auf der Liste. Es dauerte nicht lange, bis Rieke das Haus gefunden hatte. Als sie den kurzen Weg durch den Vorgarten zurücklegte und den Klingelknopf betätigte, klapperte hinter ihr auf der Straße eine Inselkutsche vorbei. Die Kommissarin drehte sich kurz um und grüßte den jungen Mann auf dem Kutschbock, der ihr in diesem Moment fröhlich zuwinkte. Die Kutsche selbst war offenbar bis auf den letzten Platz ausgebucht. Die Urlauber genossen es, auf diesem Weg die Insel zu erkunden, gerade die älteren unter ihnen, die sich auf dem Fahrrad oder zu Fuß nicht mehr so sicher fühlten.

Als Rieke sich wieder umdrehte, stand die Tür offen und ein dunkelhaariger Mann sah sie durch eine Brille mit dünnen Gläsern aufmerksam an.

Die Kommissarin zuckte kurz zusammen und musste lachen.

»Habe ich Sie erschreckt?«, fragte er. »Falls ja, lag das nicht in meiner Absicht.«

Rieke schüttelte vehement den Kopf. »Nein, nein«, antwortete sie, immer noch lächelnd, »ich war nur kurz abgelenkt, entschuldigen Sie bitte.«

»Kein Problem. Sie wollen zu mir, nehme ich an?«

Die Inselkommissarin bejahte die Frage und stellte sich vor. Ähnlich wie bei Peer Stading vor etwas mehr als einer halben Stunde kam sie auch bei Sattner ohne weitere Umschweife zur Sache. Sie erklärte ihm den Grund ihres Besuchs.

Sie saßen in einem gemütlich eingerichteten Wohnzimmer, das den Charme einer längst vergangenen Zeit ausstrahlte. Antike Möbel, gut erhalten und keinesfalls schäbig. Darunter ein alter, auf Hochglanz polierter Nierentisch, auf dem sich eine weiße Häkeldecke und eine Leselampe befanden. An den Wänden hingen nachgedunkelte Ölgemälde, die allesamt Segelschiffe zum Motiv hatten.

Nur Sattner selbst schien nicht unbedingt in dieses Szenario zu passen.

»Die Bilder gehörten meinem Großvater«, erklärte er, als er Riekes Blicke bemerkte. »Er ist sein Leben lang zur See gefahren und hat dabei allerhand Dinge gesammelt, die er später meiner Mutter vermacht hat.«

Rieke ließ ihren Blick noch für einen Moment auf den Bildern ruhen, bevor sie sich wieder Sattner zuwandte, der nach ihren Schätzungen etwa fünfunddreißig Jahre alt sein mochte.

»Sie leben allein hier, Herr Sattner?«

Er zog kurz einen Mundwinkel nach oben, während er zur Teekanne griff und zwei filigrane Tassen befüllte, die er kurz zuvor aus einer Vitrine geholt hatte. »Ich lebe mittlerweile allein, weil es sich so ergeben hat. Meine Mutter ist vor etwas mehr als einem halben Jahr gestorben. Ich habe sie bis zum Schluss gepflegt.«

»Oh, das tut mir leid«, antwortete Rieke trocken, während sie Sattner dabei beobachtete, wie er ihr etwas Sahne in die Tasse füllte.

»Bloß nicht umrühren«, sagte er mit einem leisen Lächeln.

»Weiß ich doch, Herr Sattner«, sagte Rieke, »ich bin eine waschechte Friesin.«

»Ach so.« Sattner wischte sich beiläufig seine Hände an seinen Hosenbeinen ab und ließ sich in den gegenüberstehenden Sessel sinken. »Ich meinte, gehört zu haben, dass einer der beiden neuen Inselkommissare nicht von hier stammt, sondern … tut mir leid, ich hab's vergessen.«

»Aus Kiel«, erklärte Rieke. »Mein Kollege Kolbe stammt von dort. Obwohl er seine ersten Jahre hier auf Langeoog verbracht hat.«

»Ah, dann hab ich das verwechselt«, sagte Sattner. Er hob seine Tasse an und setzte sie vorsichtig an seine Lippen.

Während er trank, in winzigen Schlucken, nahm sich Rieke Zeit, sich noch weiter umzusehen. Sie erblickte ein antikes Klavier aus Nussbaum, das an der Wand neben einem der beiden Fenster stand. Auf der Notenablage befanden sich mehrere lose Blätter. Darüber eine schmale, längliche Lampe.

Im Gegensatz zu Stading schien Sattner regelmäßig zu spielen.

Riekes Blick kehrte zu ihm zurück. Sattner war alles in allem eine angenehme Erscheinung. Ein bisschen altmodisch vielleicht, fand Rieke. Braune Cordhose und ein tadellos gebügeltes Freizeithemd, das er bis zum Hals zugeknöpft hatte. Seine Fingernägel waren kurz und gepflegt, genau wie der dunkle Vollbart, der seine Mundpartie umschloss.

»Ich habe meiner Mutter oft vorgespielt«, sagte er aus dem Nichts heraus und nickte Rieke zu. »Da in dem Sessel hat sie gern gesessen. Mutter hatte viel übrig für Musik.« Plötzlich hielt er inne. »Jenna Rachnow … ich kann das noch gar nicht wirklich glauben.«

»So etwas ist immer schwer zu verstehen«, sagte Rieke leise. Sie nahm einen Schluck Tee. Unter der leichten Bitterkeit schmeckte sie einen Hauch Süße, den die Kluntjes am Boden der Tasse verbreiteten.

Sattner hob seine rechte Hand und rückte seine Brille gerade. »Haben Sie schon irgendwelche Anhaltspunkte? Ich meine … was den Täter angeht?«

Die Kommissarin schüttelte sanft den Kopf. »Wir fangen gerade erst an, in alle Richtungen zu ermitteln. Hauptsächlich sind wir auf der Suche nach einem Mordmotiv.«

»Ich verstehe.«

»Aus den Unterlagen von Frau Rachnow geht hervor, dass Sie bereits seit drei Jahren bei ihr Unterricht nehmen, ist das richtig?«

»Ja, das kann hinkommen«, antwortete Sattner, der kurz in sich gegangen war. »Damals verschlechterte sich Mutters Zustand und sie ging kaum noch aus dem Haus. Das hat sie …

reichlich deprimiert. Sie wollte niemandem zur Last fallen, wissen Sie? Also suchte ich nach etwas, das sie aufmuntern konnte. Ich wollte schon immer Klavier spielen lernen und so kam ich irgendwann auf Frau Rachnow.«

»Wie kam es dazu?«

»Ich glaube, sie hatte damals in den *Langeoog News* inseriert.«

»Hatten Sie ein gutes Verhältnis zu ihr? Zu Frau Rachnow, meine ich?«

»Absolut. Sie kam jeden Donnerstag her. Das ist mein freier Nachmittag. Ich bin Betreuer drüben im Haus Westwind.«

Rieke hob fragend die Brauen.

»In der Langeoog-Klinik«, ergänzte Sattner. »Frau Rachnow hat mir alles beigebracht, was ich heute kann. Wollen Sie … aber nein, sicher nicht.« Er lächelte und blickte zu Boden.

»Was wollten Sie fragen?«, hakte die Kommissarin nach.

»Ob Sie etwas hören möchten«, sagte Sattner leise. »Die Noten da …«, er blickte zum Klavier hinüber, »das ist ein neues Stück, das wir einüben wollten. Meine … Hausaufgabe sozusagen.«

»Ich würde gern etwas hören«, antwortete Rieke. Seltsam, dachte sie. Das war nun schon das zweite Mal, dass man ihr so ein Angebot machte. Bei Sattner hatte sie allerdings weniger Bedenken, sich darauf einzulassen, als bei Peer Stading, bei dem sie vermutlich ein Shanty-Konzert zu erwarten gehabt hätte, und das alles auf einem uralten Keyboard in seinem stickigen Schlafzimmer.

Sie beobachtete Sattner, wie er einen Schluck Tee nahm, als ob er sich erst Mut antrinken müsse. Er stand auf und trat zum Klavier hinüber, vor dem ein breiter Hocker mit gepolsterter Sitzfläche stand. Sattner lupfte kurz seine Hosenbeine an und setzte sich. Er blinzelte seine Notenblätter an, rückte sie zurecht und legte schließlich seine Hände auf die Tasten.

Rieke bemerkte, dass er schlanke Hände und lange Finger besaß, mit denen er vermutlich aber auch kräftiger zupacken konnte, wenn er wollte.

Die ersten Töne klangen durch den Raum und füllten ihn sofort auf angenehme Weise aus. Sattner spielte flüssig und beinahe ohne seinen Blick vom Notenblatt zu wenden.

Klassik. Ein Thema von Franz Schubert, das leicht und sommerlich klang. Eine fröhliche Melodie. Irgendwann hob Sattner die Finger von der Tastatur und drehte sich halb zu seiner Besucherin um.

»Ich hätte es ihr gerne vorgespielt«, sagte er.

»Das war sehr schön, Herr Sattner«, sagte Rieke in die plötzliche Stille hinein. »Direkt bewegend irgendwie.«

»Ich habe mich sehr gut mit ihr verstanden«, gestand der junge Mann. »Wir haben viel gelacht, wenn sie hier war. Auch Mutter hat diese Zeit sehr genossen. Und jetzt … sind beide plötzlich nicht mehr da.«

»Herr Sattner«, sagte Rieke ernst, »haben Sie eine Idee, wer für diese Tat infrage kommt?«

Der Bärtige blickte an der Kommissarin vorbei, ziellos. Dabei nagte er an seiner Unterlippe.

»Nein. Es tut mir leid, aber da fällt mir niemand ein. Ihr Mann war ja wohl … ich meine …«

»Sagen Sie ruhig offen, was Sie denken«, ermunterte ihn die Ermittlerin.

»Was ich sagen wollte: Ich hatte immer den Eindruck, dass sie eine glückliche Ehe führte. Jedenfalls hat sie immer sehr positiv über ihre Beziehung zu Doktor Rachnow gesprochen. Manchmal haben wir über Privates gesprochen. Aber nicht oft.«

»Haben Sie vielleicht an Frau Rachnow in letzter Zeit eine Veränderung bemerkt?«, wollte Rieke wissen. »Sie wissen schon, wirkte sie vielleicht kurz angebunden, nervös oder sogar ängstlich? Gab es irgendwelche Anzeichen?«

Sattner stand vom Klavierhocker auf und kehrte zu seinem Sessel zurück, wo er seine Teetasse leerte. »Ich kann es nicht mit Bestimmtheit sagen, aber es ist gut möglich, dass sie die letzten Male etwas mehr in sich gekehrt war.«

»Schweigsam?«, schlug Rieke vor. »Hatten Sie den Eindruck, als beschäftigte sie etwas?«

Sattners Blick klärte sich. »Ja. Ich denke, genauso könnte man es formulieren. Wenn ich ihr vorspielte, was ich eingeübt hatte, hatte ich manchmal den Eindruck, sie hätte gar nicht zugehört. Aber … ich kann mich auch täuschen.«

»Ich denke nicht«, antwortete Rieke gedehnt. »Kennen Sie das Umfeld von Frau Rachnow genauer? Mögliche Verwandte, Freunde? Oder mit wem sie sonst noch Umgang hatte?«

Sattner breitete kurz die Arme aus. »Nein, darüber bin ich nicht im Bilde, tut mir leid. Ich glaube, sie erwähnte mal einen Cousin, der in Süddeutschland lebt und den sie im kommenden Jahr besuchen wollte. Aber so genau weiß ich das wirklich nicht.«

Rieke nickte und erhob sich. »Dann haben Sie vielen Dank, Herr Sattner. Und …«, sie deutete zu dem Instrument hinüber, »ich hoffe doch, dass Sie damit weitermachen werden.«

Sattner warf dem Klavier einen Blick zu, als hätte er es dort gerade eben erst entdeckt.

»Ich weiß noch nicht. Ja. Sicher.«

Als Rieke das Haus verließ, war sie in Gedanken versunken. Sie hatte nicht das Gefühl, etwas Wichtiges in Erfahrung gebracht zu haben oder den Antworten auf all die Fragen, die sie beschäftigten, auch nur einen Schritt näher gekommen zu sein.

Schon wieder ein Mörder, dachte sie. Irgendwo hier auf der Insel. Sie blickte sich um, bevor sie auf ihr Fahrrad stieg.

Wie konnte an einem solch herrlichen Ort überhaupt jemand auf den Gedanken kommen, jemand anderen umzubringen?

Aber so etwas gab es. Sogar in genau dieser Sekunde.

Kapitel 11

Gerret Kolbe saß mit angezogenen Knien auf dem Stuhl und hob seinen Kuchenteller ein gutes Stück höher, sodass der Rand fast seinen Brustkasten berührte und das restliche Stück Schwarzwälder Kirschtorte bedenklich ins Rutschen geriet. Dabei blickte er unsicher in das bullige Gesicht eines dicken Hundes, der sich vor ihm aufgebaut hatte und ihn keine Sekunde lang aus den Augen ließ.

»Er scheint Sie wirklich in sein Herz geschlossen zu haben«, erklärte der Mann auf dem Sofa, Heinrich Gooßmann. Er ließ ein meckerndes Lachen folgen und biss dann umständlich mit Zähnen, die ganz sicher schon seine dritten waren, von einem Keks ab.

»Mögen Sie noch mehr Tee, Herr Kolbe?«, fragte Edith Gooßmann, die sich eigens so neben ihren Mann gesetzt hatte, dass sie stets alle Füllstände der aufgebotenen Tassen überblicken konnte.

»Nein, vielen Dank«, antwortete der Inselkommissar und versuchte, mit der Kuchengabel ein Stück Torte von seinem Teller aufzuspießen.

Der Hund vor ihm quittierte die Aktion mit einem schmatzenden Laut. Ein Speichelfaden hing an dem Fell unter seiner Schnauze und baumelte munter umher.

»Samson, jetzt ist es aber genug«, rief Edith das Tier an.

»Nun lass ihn doch«, wandte Heinrich ein, »er tut doch nichts. Ich glaube, er mag unseren neuen Kommissar einfach wirklich.«

Oder er ist einfach nur bis zum Anschlag verfressen, dachte Kolbe und beeilte sich, das letzte Stückchen Torte von seinem Teller zu klauben.

Samson machte ein enttäuschtes Gesicht und winselte. Dabei löste sich der Sabberfaden und formte sich auf dem Fliesenboden zu einer rutschigen Lache.

»Unser Samson macht uns viel Freude«, erklärte Heinrich Gooßmann. »Sie müssen nämlich wissen, er ist ein reinrassiger Chesapeake Bay Retriever.«

Kolbe blinzelte. »Ein … was?«

Der Alte beugte sich weit nach vorne und rief, als ob er es mit einem Schwerhörigen zu tun hätte: »Ein Chesapeake Bay Retriever! Warten Sie, ich schreibe es Ihnen auf.«

»Nein, nein, nicht nötig«, warf der Kommissar hastig ein. Er stellte seinen Kuchenteller auf den Wohnzimmertisch und erhob sich, immer darauf bedacht, Samson nicht zu nahe zu kommen. Er fürchtete sich nicht vor Hunden, aber dieses Tier war ihm nicht ganz geheuer. Zumal es ihm im Sitzen beinahe auf Augenhöhe begegnet war.

»Wie schade, dass Sie schon gehen wollen«, sagte Edith Gooßmann und wand ihre Hände in einer verzweifelten Geste in ihrem Schoß umeinander. »Wir bekommen nämlich nicht mehr so viel Besuch, seitdem unsere Tochter mit den Kindern ausgewandert ist.«

Kolbe rang sich ein Lächeln ab. »Nun ja, wenn es sich einrichten lässt, schaue ich gerne irgendwann nochmal bei Ihnen vorbei.«

»Obwohl heute ja doch schon Besuch da war«, sagte Heinrich, als ob er sich gerade wieder daran erinnert hätte.

Er erntete einen schiefen Blick von seiner Frau.

»So? Wer denn?«

Heinrich Gooßmann seufzte laut. »Na, der Herr Doktor war doch heute schon hier. Ich hab dir doch vorhin erst davon erzählt.«

»Ach, das meinst du«, entgegnete Edith in ärgerlichem Tonfall. »Das war doch kein richtiger Besuch. Er wollte ja nicht mal auf ein Stück Torte bleiben.«

Kolbe blickte die beiden Alten an. »Entschuldigung, aber von welchem Doktor sprechen Sie beide?«

»Na, vom Herrn Rachnow«, erklärte Heinrich Gooßmann wie selbstverständlich. »Der Mann von der Toten, nach der Sie uns ausgefragt haben.«

Kolbe, der sich bereits halb zum Gehen gewandt hatte, blieb wie elektrisiert stehen. »Herr Rachnow war bei Ihnen? Wann?«

Die beiden Alten sahen sich an, sahen zur Wanduhr und sahen sich erneut an, bevor sie sich dem Kommissar zuwandten.

»Vor fast genau einer Stunde«, sagten sie wie aus einem Mund.

»Und was hat er von Ihnen gewollt?«, hakte Kolbe nach.

»Naja«, druckste der Alte herum, »ich weiß nicht recht, ob wir Ihnen das sagen sollen.«

»Aber wieso denn nicht?«, fragte seine Frau von der Seite.

»Na, weil er uns doch ausdrücklich gebeten hat, dass wir mit niemandem darüber reden sollen.«

»Aber Herr Kolbe ist doch von der Polizei. Der tratscht das doch nicht weiter.«

Kolbe räusperte sich lautstark. »Was sollten Sie niemandem erzählen? Frau Gooßmann, Herr Gooßmann ... Sie können sich darauf verlassen, dass Doktor Rachnow nicht das Geringste von mir erfahren wird.«

Heinrich hob warnend den dürren Zeigefinger. »Na, das müssen Sie uns aber auch versprechen, junger Mann. Sonst gibt's nämlich Ärger.«

Für die Bemerkung kassierte er einen Ellenbogenrempler von links. »Heinrich!«

»Was denn? Stimmt doch.«

»Sie können ganz offen sprechen«, erinnerte Kolbe.

Heinrich Gooßmann legte seinen angebissenen Keks geräuschvoll zurück auf den Teller. Offenbar hatte er entschieden, dass dem harten Gebäck mit seinem Gebiss nicht beizukommen war. »Es ist so: Doktor Rachnow kam vor einer Stunde zu uns und hat uns diese schlimme Sache von seiner Frau erzählt. Wir hatten uns ja vorher schon gewundert, was da heute Morgen wohl im Polderweg los gewesen ist. Aber an sowas haben wir nun doch nicht gedacht. Oder, Edith?«

»Nein, wirklich nicht. Die arme Frau.«

»Jedenfalls wollte er von uns wissen, ob wir einen jungen Mann gesehen haben, der nicht hierher nach Langeoog gehört. Und ob der sich bei uns versteckt hält.«

»Wie bitte?«, platzte es aus Kolbe heraus.

Heinrich Gooßmann nickte eifrig. »Wissen Sie, was ich glaube? Ich glaube, der Doktor denkt, dass der Mann etwas mit dem Tod seiner Frau zu tun hat. Dass der von irgendwem angeheuert worden ist. Für Geld.«

Kolbe trat einen Schritt näher, zog den Stuhl mit sich und setzte sich so, dass er den beiden Alten direkt ins Gesicht sehen konnte.

»Jetzt nochmal ganz langsam der Reihe nach. Doktor Rachnow sucht einen Mann? Hier auf der Insel? Und er denkt, es könne der Mörder seiner Frau sein? Hat er das so gesagt?«

Die beiden Rentner tauschten einen kurzen Blick miteinander. Dann schüttelten beide die weißen Köpfe.

»So hat er es nicht gesagt«, antwortete Heinrich schließlich. »Aber man konnte aus seinen Formulierungen heraushören, dass er diesen Verdacht hat.«

»Hat er einen Namen genannt?«, wollte Kolbe wissen.

»Nein.«

»Sind Sie ganz sicher? Bitte denken Sie gut nach, das ist vielleicht sehr wichtig.«

»Er hatte keinen Namen«, antwortete Heinrich. »Ich glaube beinahe, dass er ihn selbst nicht gekannt hat. Ich sagte ja: Ich glaube, er hat nur einen vagen Verdacht.«

»Hat er Ihnen den Mann vielleicht beschrieben?«, fragte Kolbe.

»Oh ja, das hat er«, bestätigte der Alte. Er fasste sich mit der rechten Hand an die Stirn. »Warten Sie … ja! Etwa Mitte dreißig, blond. Aber nicht lang, sondern die Haare kurz geschoren. Mehr so Stoppelschnitt. Dazu so eine gefleckte Tarnhose und eine dunkle Jacke. Oder? Ja. Ich glaube, ich habe nichts vergessen.«

Kolbe nickte den beiden nacheinander zu und lächelte. »Ich danke Ihnen beiden wirklich sehr. Für Ihre Hilfsbereitschaft … und natürlich auch für die Torte.«

»Aber gern«, antwortete Edith Gooßmann. »Und schauen Sie bei Gelegenheit mal wieder bei uns vorbei. Ich glaube nämlich, Samson hat Sie wirklich gern. Er mag nämlich lange nicht jeden, wissen Sie?«

Kolbe hörte Samson noch einmal zum Abschied bellen, als er das Haus verließ. Kaum war er draußen, zückte er sein Handy und wählte die Nummer der Dienststelle. Schon nach dem ersten Klingeln wurde abgehoben. Enno Dietz war dran.
»Ah, Herr Kolbe, was kann ich tun?«
»Ich brauche dringend mal die Handynummer von Doktor Rachnow. Ich hab sie mir leider nirgendwo aufgeschrieben.«
»Kein Problem, ich sende sie Ihnen gleich als Nachricht zu. Vielleicht haben Sie ja mehr Glück, ihn zu erreichen.«
»Was heißt das?«, fragte der Kommissar.
»Naja, die Chefin versucht schon seit über einer Stunde, ihn anzurufen. Aber er geht nicht ans Telefon.«
»In Ordnung«, antwortete Kolbe. »Senden Sie mir die Nummer einfach rüber, ich versuche es dann. Hat Frau Voss sich zwischendurch nochmal gemeldet?«
»Nein. Soll ich ihr vielleicht etwas ausrichten?«
Kolbe verneinte knapp und verabschiedete sich. Er hatte kaum aufgelegt, als sein Handy zweimal kurz vibrierte. Auf Enno Dietz war wirklich Verlass.
Kolbe drückte auf die blau hinterlegte Handynummer und presste sich sein Telefon ans Ohr. Es war ein kurzes Knacken in der Leitung zu hören, dann meldete sich eine blecherne Frauenstimme, die emotionslos mitteilte, dass der angewählte Gesprächsteilnehmer *temporarily not available* sei. Die Möglichkeit, eine Nachricht zu hinterlassen, bestand anscheinend nicht, also legte Kolbe auf.
Was er eben bei den Gooßmanns in Erfahrung gebracht hatte, gefiel ihm nicht. Was zum Teufel trieb Rachnow da?
Er musste diese Neuigkeiten mit Rieke Voss besprechen, am besten auch mit der Chefin, und das Ganze so schnell wie möglich.
Kolbe befand sich in der Nähe des Polderwegs, daher entschied er, kurz bei seiner Wohnung vorbeizufahren, um sich ein frisches Hemd anzuziehen.
Nur wenige Minuten später erreichte er das Haus mit der Nummer zwölf. Er lehnte das Rad gegen die Mauer und hastete ins Innere.

Im Hausflur war es angenehm schattig, fast schon kühl. Zudem roch es verführerisch nach frisch gebackenen Waffeln. Und tatsächlich öffnete sich die Küchentür, und Bente Franzen kam ihm mit einem Tablett entgegen.

»Meine Güte, haben Sie mich erschreckt«, sagte sie. »Ich hab um die Zeit gar nicht mit Ihnen gerechnet.«

»Sie sehen mich eigentlich auch gar nicht, Frau Franzen«, gab Kolbe zurück. »Ich will mich nur eben frisch machen und mir ein neues Hemd aus dem Schrank nehmen.«

Sie trat an ihm vorbei und stellte das Tablett im Nebenraum ab. Von Ladengast war im Augenblick nichts zu sehen.

Bente Franzen kam sofort zurück. Sie trug eine lange, saubere Schürze, die sie auf dem Rücken mit einer Schleife zusammengebunden hatte. Eine dunkle Haarsträhne hatte sich aus dem Knoten am Hinterkopf gelöst. Die junge Frau strich sie sich aus der Stirn und klemmte sie hinter ihr rechtes Ohr. »Gibt es schon etwas Neues?«

»Im Fall Rachnow, meinen Sie?« Kolbe schüttelte den Kopf. »Sie wissen doch genau, dass ich mit Ihnen darüber nicht sprechen darf.«

»Also nein«, entgegnete sie.

Kolbe verzog die Mundwinkel. »Wenn wir etwas Handfestes haben, lasse ich es Sie wissen, in Ordnung?«

»Gut«, sagte sie mit einem Lächeln. »Übrigens ist Post für Sie gekommen. Ein Brief. Ich habe noch nicht geschafft, ihn nach oben zu bringen. Er liegt da vorn auf dem Tischchen.«

Kolbe murmelte einen kurzen Dank. Er war in Gedanken bereits wieder bei Rachnow, als er sich der Treppe zuwandte. Im Vorbeigehen nahm er das Kuvert an sich, drehte es in seinen Händen und hielt abrupt in seinen Bewegungen inne.

Bente Franzen sah zu ihm herauf. Er hatte gerade mal die dritte Treppenstufe erreicht.

Kolbe warf einen Blick auf den Absender. Das Gesundheitsamt in Wittmund hatte ihm geschrieben. Mit zittrigen Fingern riss er den Umschlag auf und überflog die wenigen Zeilen, aus denen das Anschreiben bestand. Er blätterte es beiseite, da die beigefügte Kopie ohnehin wesentlich interessanter für ihn war. Er faltete das Blatt Papier auseinander. Und schließlich hielt er in Händen, worum er das Amt gebeten hatte: die Kopie eines Totenscheins.

Es war nicht irgendein Totenschein, sondern das Exemplar, das das Ableben seiner Mutter beschrieb, vor fast genau vierzig Jahren. Das Ergebnis war ernüchternd, schockierend und aufwühlend zugleich. Der zuständige Arzt bescheinigte darin einen natürlichen Tod. Todesursache: Herzversagen.

Als Kolbes Blick auf die Unterschrift des Arztes fiel, keimte in ihm etwas auf, das er gern unterdrückt hätte. Ein Gefühl, das ihm normalerweise fremd war. Der Arzt war niemand anderes gewesen als Doktor Wilhelm Sartorius. Und damit wusste Kolbe, dass der gesamte Totenschein nichts anderes war als eine einzige, schmutzige Lüge.

Kapitel 12

Vertrauen. Darum ging es. Er musste es sich wieder aufbauen, es sich verdienen, nachdem er es fast vollkommen verspielt hatte. Um die Kohle abzugreifen. Aber nicht nur die Kohle. Er musste verdammt nochmal hier raus. Als Erstes aus diesem Keller, dann aus dem Haus und als Nächstes von dieser verfluchten Insel.

Irgendwo über ihm spielte jemand Klavier. Das brachte unangenehme Erinnerungen zurück. Sein Vater hatte immer gewollt, dass er ein Instrument lernte. Irgendeins, ganz egal welches. Und dann war er eines Tages mit einer Gitarre angekommen, die er seinem Kollegen Günni für kleines Geld abgeschwatzt hatte. Günnis Sohn hatte nicht drauf spielen wollen oder können. So war das Ding, leicht angestaubt, in Russ' Hände gewandert und kurz darauf auch schon wieder hinaus, ab in die Zimmerecke. Es schien das Schicksal dieser Klampfe zu sein, an Jungs zu geraten, die nichts mit Musik im Sinn hatten. Trotzdem waren das irgendwie glückliche Tage gewesen, überlegte Russ. Behütete Tage. Tage, an denen er sich noch nicht darum sorgen musste, wo er was zum Essen oder den nächsten Stoff herbekam. Diese Zeiten waren erst später angebrochen, kurz nachdem ihn André und die anderen dazu überredet hatten, die Schule abzubrechen und stattdessen lieber bei ihnen mitzumachen.

Er fühlte sich fiebrig. Immer wieder fielen ihm die Augen zu. In einer dieser Phasen musste es diesem Dreckskerl da oben gelungen sein, ihn mit Kabelbindern an die Heizungsanlage zu fesseln und ihm den Mund mit Tape zu versiegeln. Was hatte er mit ihm vor? Was zur Hölle sollte das hier alles?

Dabei hatte alles so gut begonnen. Er hatte sich so sicher gefühlt. Der Job war eine reine Routinesache. Sicher, eine, vielleicht sogar zwei Nummern größer als alles, was er bisher gemacht hatte, aber … hey … letzten Endes doch eine ziemlich einfache Nummer. Hatte er gedacht.

Stefan Russ schließt die Augen. Wieder greift das Fieber nach ihm. Schweiß perlt auf seiner Stirn und tropft zu den Flusen auf den steinigen Betonboden des Kellers.

Er betritt das schmucke Einfamilienhaus durch die unverschlossene Vordertür. Einfach so. Eine Maskierung braucht er nicht. Er weiß, dass sich nur eine Person im Haus befindet. Und die wird nicht mehr reden können, wenn er es gleich wieder verlässt. Er zieht die Pistole aus der Tasche und entsichert sie mit einem leisen Klicken. Es ist nicht das einzige Geräusch, das in diesem Moment im Haus der Rachnows zu hören ist. In der Küche ist das Klappern von Porzellan und Besteck zu hören. Irgendjemand räumt den Geschirrspüler ein oder aus. Sie ist es. Jenna Rachnow. Russ hat den Namen und ihr Foto von seinem Auftraggeber. Ein schneller Blick auf die Uhr. Noch genügend Zeit. Er kann seinen Auftrag in Ruhe ausführen und dann gemächlich zum Hafen schlendern, um die nächste Fähre aufs Festland zu nehmen. Er hätte auch über Nacht hierbleiben können, sich irgendwo auf der Insel verstecken, aber das erscheint ihm zu riskant.

Russ kommt näher, durch den hellen Flur, an der Garderobe vorbei und der antiken Holztruhe, die er leicht umrunden muss, um nicht dagegen zu stoßen.

Die Tür zur Küche ist leicht angelehnt. Dahinter noch immer das Geräusch von Geschirr, Gläsern. Schritte.

Russ befeuchtet sich die Lippen mit der Zungenspitze. Er fasst seine Waffe fester. Dann versetzt er der Tür einen leichten Stoß, sodass sie nach innen aufschwingt. Er springt einen großen Schritt nach vorne und richtet seine Pistole auf die Stelle vor dem Geschirrspüler. Sie ist leer.

In der Küche ist niemand.

Russ atmet ein wenig schneller. Er ist konzentriert, sein Gedankenapparat läuft auf Hochtouren.

Links von ihm ein Durchgang. Dahinter liegt der Wohn- und Essbereich. Schritte. Ein leises Quietschen. Die Tür einer Vitrine wird geöffnet.

Russ katapultiert sich nach vorne. Er passiert den Durchgang, befindet sich in der nächsten Sekunde in dem großen Raum. Da steht sie. Vor der geöffneten Vitrine, ein bauchiges Rotweinglas in der Hand.

Ihre Blicke treffen sich.

Russ hat mit allem gerechnet. Dass sie schreien würde, in Panik geraten, dass sie versuchen würde, zu fliehen.

Stattdessen nur eine kurze Schrecksekunde, die sich in ihren Augen bemerkbar macht. Sie weiten sich unmerklich. Aber sie sagt kein Wort, steht wie angewurzelt da. Ihr Haar fällt sanft und locker über ihre Schultern. Ihre geschwungenen Lippen sind leicht geöffnet. Der Ansatz ihrer weißen Schneidezähne ist erkennbar. Sie hält das Glas mit beiden Händen. Ihre Pose hat etwas Sinnliches, Anziehendes.

Russ könnte es niemals beschreiben, aber er sieht es, spürt es mit jeder Faser seines Körpers.

Er hat schon ein paar Mal eine Waffe auf einen Menschen gerichtet. Aber geschossen hat er noch nie. Ausgemalt hat er es sich oft, sehr oft sogar. In seinen schlaflosen Nächten ist er die Namen der Personen durchgegangen, die ihm in seinem Leben übel mitgespielt haben. Im Laufe der Zeit ist es eine verhältnismäßig lange Liste geworden. Aber die Pistole auf einen Menschen zu richten und ohne Gewissensbisse abzudrücken, ist etwas anderes. Russ macht diese Erfahrung genau jetzt. Der Zeigefinger seiner rechten Hand schmiegt sich um den Abzug. Das Material hat sich erwärmt, hat Körpertemperatur angenommen, was ihm das trügerische Gefühl gibt, eins mit der Waffe zu sein.

Er muss seinen Finger jetzt nur noch krümmen. Alles andere wird die P30 erledigen.

Aber ganz so einfach ist es dann doch nicht.

Sie macht es ihm schwer, die Frau. Jenna.

Wenn sie doch nur schreien würde. Versuchen, abzuhauen, wie es jeder vernünftige Mensch in dieser Situation tun würde. Meinetwegen sogar auf ihn zustürmen, um ihm die Waffe zu entreißen. Das alles würde es einfacher, so viel einfacher für ihn machen.

Aber sie tut weder das eine noch das andere. Sie steht einfach nur da und sieht ihn aus ruhigen Augen an. Kein Zeichen der Nervosität, der Unruhe an ihr.

In ihrem engen Kleid wirkt sie auf Russ wie die Erfüllung all seiner Träume. Ein Sinnbild dessen, was er vermutlich nie haben wird. Nicht einmal, wenn er das Dreifache der Summe bekäme, die er für diesen Auftrag ausgehandelt hat.

Noch immer sehen sie sich an.

Russ schwitzt immer stärker. Seine rechte Hand zittert. Er muss sich zwingen, sie ruhig zu halten, nicht die linke dazuzunehmen, um sie zu stützen. Er öffnet den Mund, atmet jetzt hörbar zwischen seine trockenen Lippen hindurch.

Er gibt sich einen Ruck, lässt neue Kraft und Entschlossenheit in seinen ausgestreckten rechten Arm wandern und glaubt für eine Sekunde oder zwei, es tatsächlich tun zu können.

Da schließt sie die Augen, als hätte sie es gespürt. Bleibt einfach stehen und erwartet die Kugel, die ihrem Leben ein Ende bereiten soll. Dabei klammert sie sich an ihr Weinglas, das ihr noch immer nicht aus den Fingern gerutscht ist.

Sie sagt nichts, keinen Ton. Stellt keine Fragen. Steht nur da.

Russ lässt seinen Arm sinken, der sich plötzlich anfühlt, als hätte ihn jemand mit schweren Bleigewichten behängt. Der Lauf der Pistole zeigt zu Boden, als der junge Mann sich der Frau nähert. Warum tut er das? Will er etwa mit ihr reden? Will er ihr etwas sagen, sie anschreien vielleicht, dass sie es ihm verdammt nochmal leichter machen soll? Vielleicht. Etwas treibt ihn auf sie zu.

Als ihn nur noch wenige Zentimeter von ihr trennen, bemerkt er, wie sich ihr Brustkorb unter dem Kleid leicht hebt und senkt. Ruhig und regelmäßig.

Russ nimmt einen schwachen Duft wahr. Es ist ihm unmöglich zu bestimmen, was es ist, weil nie eine der wenigen Frauen, denen er sich bisher nähern durfte, auch nur vergleichsweise so anziehend gerochen hat.

Wenn er seine Hand ausstreckt, die unschuldige linke, wird er sie berühren können. Das lange Haar, das wellenförmig über ihre Schulter fließt. Und ihre ...

Russ reißt ungläubig die Augen auf, als plötzlich sein Schritt zu explodieren scheint. Ihr vorgestrecktes Knie hat ihn mit voller Kraft getroffen. Er taumelt einen Schritt zurück, findet kein Gleichgewicht, taumelt weiter. Alles in ihm krampft sich zusammen. Sein Körper ist erfüllt von Schmerz, der ihm den Atem raubt.

Aus einem Reflex heraus presst er sich beide Hände in den Schritt. Dabei lässt er die Pistole fallen, die ein Stück weit über den glatten Boden schlittert.

Russ geht mit einem schweren Keuchen in die Knie, den Oberkörper weit vornübergebeugt. Er hat das Gefühl, keine Luft mehr zu bekommen.

Seine Augen füllen sich mit Tränen. Durch dieses verschwommene Bild erkennt er, wie sich Jenna Rachnow nach der Waffe bückt und sie aufhebt. Sie starrt sie an wie ein neugieriges Kind, das unvermittelt auf ein fremdes Spielzeug gestoßen ist.

»Nein«, keucht Russ. Er streckt die rechte Hand aus, um nach der Pistole zu greifen. Eine Geste der Verzweiflung, denn die Frau steht ganz sicher mindestens zwei Meter von ihm entfernt.

Russ stemmt sich in die Höhe. Ihm ist so übel, dass er sich am liebsten hier und jetzt übergeben möchte, wenn damit nur endlich dieser Schmerz vorbei wäre. Aber vorher gibt es da noch eine Kleinigkeit in Ordnung zu bringen.

Er taumelt auf Jenna Rachnow zu, während er versucht, die Nässe aus seinen Augen zu blinzeln.

Durch den Schleier hindurch erkennt er, wie sich ihr Körper strafft und sie die Pistole auf ihn richtet.

Der Knall des Schusses ist unsagbar grässlich und hell. Russ hat das Gefühl, dass seine Trommelfelle in Stücke gerissen werden. Zeitgleich sieht er aus dem Lauf der Waffe etwas aufblitzen. Mündungsfeuer.

Ein neuer Schmerz trifft ihn. Noch viel schneller und brutaler als der Kniestoß. Die Kugel dringt in ihn ein und raubt ihm fast in derselben Sekunde die Luft.

Er wird dabei nicht zurückgeworfen, wie es oft in Filmen zu sehen ist. Russ blickt an sich herab und sieht seine zerfetzte Jacke. Darunter beginnt sich sein Shirt mit Blut vollzusaugen.

Er hebt den Kopf, sieht Jenna Rachnow noch immer mit der Pistole bei der Vitrine stehen. Zu ihren Füßen liegt das Weinglas, zersplittert.

Ihre Augen sind geöffnet. Weit aufgerissen sogar. Jetzt ist sie diejenige, die geräuschvoll atmet. Auf ihrem Gesicht liegt ein Ausdruck der Panik. Sie kann nicht fassen, was sie gerade getan hat. Sie ringt mit ihrem Gewissen, während sie erkennt, dass Russ noch am Leben ist. Sie hadert mit sich, kann sich nicht entscheiden, ob sie noch einmal abdrücken soll. Vielleicht weiß sie nicht einmal, ob das mit der Pistole überhaupt möglich ist.

Russ hat zwar nicht allzu viel Grips, aber so viel weiß er doch rein instinktiv, dass er diese Chance nutzen muss. Weil es möglicherweise seine letzte ist. Er sammelt seine Kraft und springt ohne erkennbare Anzeichen auf die Frau zu.

Jenna erschrickt, versucht noch, ihren Arm mit der Pistole hochzureißen, doch ihre Bewegung kommt zu spät.

Der Schlag trifft sie am Handgelenk. Die Pistole wird ihr aus der Hand gesprengt und fliegt in hohem Bogen durch die Luft. Sie selbst taumelt zurück und prallt mit der Hüfte gegen den Küchentresen. Ein stöhnender Laut dringt aus ihrer Brust.

Russ' Blick sucht fieberhaft den Fußboden nach der Waffe ab. Er entdeckt sie in der Nähe der Verandatür, durch die noch ein schräger Keil wärmender Abendsonne fällt.

Beide erkennen die Pistole in derselben Sekunde und setzen sich in Bewegung. Beide angeschlagen.

Wie sich zeigt, hat Russ trotz seiner schweren Verletzung die besseren Karten. Vielleicht ist es seine Verzweiflung, die ihn antreibt. Während er auf die Verandatür zuhastet, knicken seine Beine ein. Mit einem heiseren Aufschrei stürzt er zu Boden, schlägt der Länge nach hin.

Jenna ist irgendwo hinter ihm.

Mit rudernden Handbewegungen greift Russ um sich und bekommt die Pistole zu fassen.

Während sie heranstürmt, zögert er nicht. Nicht dieses Mal. Er drückt ab, mit verzerrtem Gesicht und Zähnen, die er vor Anstrengung und Schmerz knirschend aufeinanderpresst.

Die Frau im Kleid reißt die Augen auf, ganz kurz nur. Sie ist bereits tot, bevor ihr Körper hart auf den Fliesen aufschlägt.

Russ schreit vor Entsetzen auf und wirft die Pistole weit von sich, als hätte er ein glühendes Eisen in der Hand.

Er presst sich die Hand auf den Bauch. Als er sie wegzieht, ist sie mit Blut besudelt. Russ droht, die Besinnung zu verlieren. Nein, denkt er. Nicht jetzt. Später vielleicht, aber NICHT jetzt!

Er befindet sich in der Nähe des Tresens, der die Küche vom Wohnbereich trennt. Russ streckt die Hand danach aus, um wieder auf die Beine zu kommen. Dass er einen Abdruck hinterlässt, registriert er nicht. Er blickt sich mit noch immer verschleiertem Blick und rasend vor Schmerz flüchtig nach der Waffe um, kann sie nicht entdecken und beschließt, den Rückzug anzutreten. Was immer noch zu seinem ursprünglichen Auftrag gehört, wird warten müssen.

Er taumelt wie in Trance durch das Haus, schleppt sich weiter voran, bis er die Tür erreicht.

Die Fähre. Es ist noch nicht zu spät. Noch kann er es schaffen. Er kann nicht hier bleiben. Jetzt auf keinen Fall mehr. Er muss einen Arzt erreichen. Auf dem Festland. Eine halbe Stunde entfernt.

Die Überfahrt mit der Fähre wird zur Hölle für ihn. Seine schwere Blutung kann er nur dadurch verbergen, dass er seine Jacke geschlossen hat.

Auf dem Festland kommt er nicht weit. Noch in Bensersiel, auf dem Weg zu einem Taxi, bricht er bewusstlos zusammen.

Erst sehr viel später wird er wieder wach. Irgendwann wird ihm klar, dass er aus einer Vollnarkose wieder aufgewacht ist. Er befindet sich auf der Intensivstation einer Klinik. Rasch schließt er wieder die Augen, für den Fall, dass eine Kamera auf ihn gerichtet ist. Seine linke Hand tastet sich unter dem dünnen Laken vorsichtig zu seiner Leibesmitte. Dort befinden sich ein Verband und etwas, das sich wie ein riesiges Pflaster anfühlt.

Russ weiß, dass er so schnell wie möglich von hier verschwinden muss. Sie haben ihm die Kugel rausgeholt und sicher sind die Ärzte in solch einer Situation verpflichtet, die Polizei einzuschalten. Möglich, dass die bereits auf dem Weg hierher sind oder schon draußen auf dem Flur warten, dass er aufwacht, um ihn mit den ersten Fragen zu löchern. Wenn das passiert, ist alles vorbei.

Russ öffnet die Augen, unmerklich, ganz vorsichtig. Kameras kann er keine entdecken, was allerdings nicht heißt, dass keine da sind. Dafür erblickt er auf dem Stuhl neben dem Bett seine Kleidung, darunter seine Schuhe. Alles, was er bei sich hatte, als man ihn hierher brachte.

Als er die Klinik verlässt, hat er Glück. Vielleicht sogar unverschämtes Glück, was ihm allerdings erst später bewusst wird. Kein gellender Schrei am Ende irgendeines Korridors. Er verlässt die Klinik in Oldenburg durch einen Nebeneingang und ist frei. Zwar fühlt er sich schwach und angeschlagen, und irgendwo in ihm beginnt sich ein lästiger Schmerz zu rühren, aber er ist ihnen entkommen.

Und er wird sogar noch mehr tun. Er wird die Nacht abwarten und am nächsten Morgen mit der ersten oder spätestens der zweiten Fähre zurück nach Langeoog fahren, um sich den Lohn für seinen Auftrag abzuholen. Und vielleicht wird er den feigen Kerl, seinen Auftraggeber, noch etwas mehr drauflegen lassen. Für die entstandenen Unannehmlichkeiten.

Jemand riss ihm mit einer einzigen Bewegung das Klebeband vom Mund. Russ gab einen heiseren Schrei von sich, riss die Augen auf und starrte in das Gesicht des Mannes, dem er diesen ganzen Schlamassel letztlich zu verdanken hatte. Er war vor ihm in die Hocke gegangen.

»Na, ausgeschlafen?«

»Machen Sie mich los«, keuchte Russ und zerrte demonstrativ an den Kabelbindern, die sich bereits in das Fleisch seiner Handgelenke geschnitten hatten.

»Das hängt ganz davon ab«, sagte der andere ausweichend.

»Wovon?«

Sein Gegenüber lächelte. »Ob Sie kooperieren, mein Freund.«

Russ verzog das Gesicht, als er versuchte, sich in eine angenehmere Sitzposition zu bringen. »Ich dachte … an diesem Punkt waren wir schon. Ich hab Ihnen doch gesagt …«

Sein Auftraggeber wedelte aufgeregt mit den Händen. »Sie haben eine Menge gesagt, seit Sie hier sind. Die Frage ist nur, wie viel ich Ihnen davon glauben kann.« Er stand auf und schüttelte sich das angestaute Blut aus den Beinen. »Um ehrlich zu sein, bin ich ein bisschen ratlos, was ich mit Ihnen anstellen soll.«

Irgendwo über ihnen im Haus setzte wieder das Klavierspiel ein. Dieses Mal ein anderes Stück.

»Aber … Sie wissen doch, warum ich nochmal zurückgekommen bin«, erklärte Russ.

»Sie wollen das Geld«, kam es zurück. »Natürlich, das ist mir klar. Aber sind Sie auch bereit, den Rest des Auftrages auszuführen?« Der Mann blieb stehen und blickte auf Russ hinunter. »Und sind Sie überhaupt noch in der Lage dazu? Ich bin mir da inzwischen nicht mehr so sicher. Sie machen nicht gerade einen fitten Eindruck auf mich.«

»Das täuscht«, presste Russ hervor. »Machen Sie mich los und ich werde es Ihnen beweisen. Ich erledige den Rest, Sie geben mir das Geld und … und dann werden wir uns nie mehr wiedersehen.«

Der andere lächelte. »Daran würde ich wirklich gern glauben. Aber irgendetwas sagt mir, dass ich Ihnen nicht mehr vertrauen kann. Dazu kommt noch …«

»Was?«, keuchte Russ, als der Kerl nicht weitersprach.

Für einen kurzen Moment hatte sein Peiniger innegehalten, als das Klavierspiel pausierte. Nach einigen Sekunden setzte es wieder ein.

»Dazu kommt, dass da oben jemand rumläuft und Fragen stellt.«

»Die Polizei?«

Der Auftraggeber schüttelte den Kopf. »Ich meine jemand anderes. Der Doktor.«

»Aber …«

Der Mann trat näher. »Ich denke, ich weiß auch, wieso. Deswegen!«

Der Tritt in Russ' Magengrube kam urplötzlich und trieb ihm die Luft aus den Lungen. Ein greller Schmerz flutete seinen Körper und ließ bunte Blitze vor seinem inneren Auge aufsteigen.

»Er hat Ihnen die Kugel rausgeholt.« Ein humorloses Lachen war zu hören. »Ausgerechnet Rachnow. Was für eine Ironie. Er rettet dem Mann das Leben, der seine geliebte Frau auf dem Gewissen hat.«

»Oh … Scheiße«, entfuhr es Russ. Und in diesem Augenblick wurde ihm klar, dass er diesen Keller vermutlich nie mehr lebend verlassen würde.

Kapitel 13

In der Dienststelle trafen sie zusammen. Kolbe war ein wenig spät dran, mittlerweile war es fast fünfzehn Uhr. Als er das Büro seiner Vorgesetzten betrat, war diese am Telefonieren, gab ihm jedoch ein lautloses Zeichen, hereinzukommen.

Rieke Voss saß auf dem rechten Besucherstuhl und nickte ihm zu. Dabei blätterte sie in ihrem Notizbuch, ergänzte mit ihrem Kugelschreiber hier und da etwas oder setzte ein Fragezeichen hinter den einen oder anderen Namen. Kolbe machte einen langen Hals. Irgendwie hätte er gerne mal einen Blick auf diese kryptischen Aufzeichnungen geworfen.

Rieke Voss bemerkte seine Neugier und zog das Buch zur rechten Seite weg, wobei sie den Deckel zu einem geraden Winkel hochklappte.

Kolbe hob beschwichtigend die Hände und zog es für die nächsten Sekunden vor, stur geradeaus zu blicken.

»Nein, Robert«, sagte Gesa Brockmann in diesem Augenblick entschieden, »schön für dich, wenn du noch zwei Karten ergattern konntest, und ganz toll, dass du dabei an mich gedacht hast, aber meine Antwort lautet trotzdem nein.« Gesa Brockmann begann damit, sich die Schnur ihres Festnetztelefons um den rechten Zeigefinger zu wickeln, während sie leise seufzte und die Augen für einen Moment schloss. »Sag mal, welchen Teil von *nein* verstehst du eigentlich gerade nicht? Jetzt sieh doch endlich ein, dass es vorbei ist, Robert. Du … nein, du kannst die Zeiten nicht zurückholen. … Nein, Robert, das kannst du nicht! Auch nicht mit einer Eintrittskarte. … Was? … Nein, das ist mein letztes Wort. Und ruf … ruf … hör bitte einfach auf, mich auf meinem Dienstanschluss anzurufen, verdammich!« Die Chefin schoss in ihrem Bürostuhl nach vorne und knallte den Hörer auf den Apparat. Für einen Moment saß sie mit gesenktem Kopf über der Schreibtischplatte. Ihre rotblonden Korkenzieherlocken fielen ihr wie ein Vorhang über die Stirn.

»Dieser Mann macht mich noch wahnsinnig!«

Als die Dienststellenleiterin den Kopf anhob, sah sie um Jahre gealtert aus. Sie blickte ihre beiden Kommissare nacheinander an. »Robert, mein zweiter Ex-Mann. Hat Karten besorgt für die Eröffnung der Kunstgalerie am Marktplatz heute Abend.«

»Ach«, platzte es aus Kolbe heraus. »Ein gewisser Harm Uthoff, richtig?«

Beide Frauen machten einen überraschten Gesichtsausdruck und blickten ihn an.

»Sie kennen ihn?«, hakte Gesa Brockmann nach.

»Nein«, gab Kolbe zurück, etwas heftiger im Tonfall als beabsichtigt, »ich bin ihm heute Mittag begegnet, das ist alles.«

Gesa Brockmann legte ihre Fingerspitzen an ihre Schläfen. »Mein Ex will mich unbedingt heute Abend zu der Eröffnung schleifen. Die soll ja groß gefeiert werden. Es werden auch bereits erste Bilder und Objekte ausgestellt. Von einer jungen Künstlerin. Wie hieß die noch gleich?« Die Chefin begann in einer ihrer Schubladen herumzuwühlen. »Irgendwo hatte ich doch so einen Flyer.«

»Fabienne Hoffmann«, half Rieke Voss aus.

»Richtig«, antwortete die Chefin. »Haben Sie davon gelesen? Oder haben Sie etwa auch eine Karte?«

»Viel besser«, gab Rieke mit einem Schmunzeln zurück. »Ich habe heute eine persönliche Einladung erhalten.«

»Genau wie ich«, sagte Gesa Brockmann verblüfft. »Ich bin also ohnehin heute Abend da. Ich wollte es Robert nur nicht auf die Nase binden. Hoffentlich kommt er nicht auf die Idee, trotzdem ohne mich da aufzukreuzen.« Sie setzte sich aufrecht und blickte die beiden Inselkommissare an. »Zurück zu unserem Fall. Was Sie mir da erzählt haben, Kolbe, klingt absolut beunruhigend. Das Letzte, was wir jetzt brauchen können, ist ein rachsüchtiger Ehemann, der auf eigene Faust irgendwelche Ermittlungen anstellt.«

»Ich kann übrigens bestätigen, dass er offenbar alle Klavierschüler seiner Frau nacheinander abklappert«, ergänzte Rieke. »Bei der Familie Ebsen ist er auch gewesen, ich habe ihn anscheinend nur knapp verpasst. Ähnliches Spiel bei einer weiteren Familie. Nur dass er da nicht persönlich erschienen ist. Er hat sie angerufen.«

»Sein Handy scheint also doch zu funktionieren«, warf Gesa Brockmann grimmig ein. »Nur unsere Anrufe drückt er weg oder geht einfach gar nicht ran.«

»Die Frage ist doch: Was fangen wir jetzt mit ihm an?«, wollte Kolbe wissen.

Gesa Brockmann warf einen Blick auf die Liste der Klavierschüler, die vor ihr auf dem Tisch lag. »Ich habe Enno angewiesen, alle Schüler zu informieren und uns sofort zu verständigen, sollte Doktor Rachnow dort auftauchen. Wir werden ihn dann abfangen und zur Rede stellen.«

»Wir müssen wissen, was es mit der Person auf sich hat, nach der er sucht«, fügte Kolbe hinzu. »Für mich macht es nämlich den Anschein, als würde er den Täter kennen.«

»Könnte sein«, antwortete die Chefin, »wobei er offenbar nirgends einen Namen genannt hat.«

»Weil er ihn vielleicht selbst nicht kennt«, mutmaßte der Kommissar.

»Mir geht da eine Sache nicht aus dem Kopf«, sagte Rieke, die zwei Seiten in ihrem Notizbuch zurückgeblättert hatte. Dabei klopfte sie sich nachdenklich mit der Spitze ihres Kugelschreibers gegen die Stirn. »Bei unserer Befragung hat Doktor Rachnow angegeben, er sei deswegen gestern Abend nicht mehr zurück auf die Insel gelangt, weil sich ein Termin verschoben habe. Er sei daraufhin in der Klinik geblieben.«

»Was ist nicht in Ordnung mit der Aussage?«, wollte Gesa Brockmann wissen. »Wir haben sie inzwischen bestätigen lassen. Eine Mitarbeiterin hat ausgesagt, dass Rachnow aufgrund einer kurzfristig angesetzten Operation gestern noch bis kurz nach dreiundzwanzig Uhr im Einsatz war. Wie wir inzwischen wissen, war Jenna Rachnow da bereits tot.«

Rieke nickte, noch immer in Gedanken versunken. »Trotzdem passt da etwas nicht zusammen. Ich meine … warum spricht Rachnow von einer Terminverschiebung, wenn er doch durch eine unvorhergesehene OP gezwungen wurde, länger zu bleiben?«

Gesa Brockmann zuckte mit den Schultern. »Was weiß ich? Vielleicht hat er im Augenblick der Befragung nicht die richtigen Worte gefunden. Oder er hat die Zusammenhänge nicht ganz klar umrissen. Vergessen Sie nicht seinen emotionalen Zustand. Er hatte gerade erst erfahren, dass seine Frau ermordet wurde.«

»Natürlich war er aufgewühlt«, räumte Kolbe ein. »Allerdings hat er sich uns gegenüber zu jeder Zeit klar ausgedrückt. Er hat gewusst, was er sagte. Warum benutzt er also die Erklärung einer Terminverschiebung?«

»Vielleicht, weil er nicht wollte, dass wir von der OP erfahren«, antwortete Rieke. Sie blickte auf, sah die Chefin an. »Wir müssen nochmal mit der Klinik telefonieren. Wir müssen ganz genau wissen, was da los gewesen ist.«

Gesa Brockmann nickte knapp. »Einen Augenblick. Das werde ich sofort erledigen.« Sie blätterte in der Ermittlungsakte und stieß auf eine handschriftliche Notiz, die eine Telefonnummer enthielt. Sie griff nach dem Telefonhörer und tippte in flinken, energischen Bewegungen ein paar Zahlen ein. Es dauerte nicht lange, bis sie einen Gesprächspartner in der Leitung hatte. Nachdem sie sich vorgestellt hatte, wurde sie weiterverbunden. Kurz darauf gleich noch einmal, bis sie offenbar jemanden gefunden hatte, dem sie ihr Anliegen vortragen konnte.

»Ja, ich verstehe«, sagte die Chefin. »Vielleicht können Sie mir kurz erklären, was genau … ah … Ah ja! Können Sie ihn mir beschreiben?« Gesa Brockmann wartete einen Moment ab, bekam dann große Augen. Sie sah zu Rieke hinüber und nickte zweimal energisch, bevor sie sich wieder ihrem Gesprächspartner zuwandte. »Doch, das hat mir sogar sehr weitergeholfen … Nein, das wird nicht nötig sein. Ich danke Ihnen vielmals, Doktor. Auf Wiedersehen.«

Gesa Brockmann ließ den Hörer auf den Apparat sinken und hielt ihn noch für ein paar weitere Sekunden halb umklammert. Dann löste sie sich aus der Haltung und wandte sich als Erstes an Rieke Voss.

»Wie es aussieht, haben Sie recht. Es war kein gewöhnlicher Termin, der sich bei Rachnow gestern dazwischengeschoben hat. Es war auch keine gewöhnliche Routine-Operation, und eine geplante gleich dreimal nicht.«

»Was ist passiert?«, wollte Kolbe wissen.

»Gestern Abend um kurz nach achtzehn Uhr wurde im Klinikum Oldenburg per Rettungshubschrauber ein junger Mann mit einer Schussverletzung eingeliefert. Er musste sofort operiert werden. Leitender Chefarzt bei diesem Eingriff war Doktor Rachnow. Ich habe gerade mit dem Anästhesisten gesprochen, der gestern dabei war. Seinen Aussagen zufolge wurde der Verletzte aus Bensersiel geborgen, in der Nähe des Fähranlegers, etwa zehn Minuten, nachdem die Fähre von Langeoog angelegt hatte. Und jetzt halten Sie sich fest: Die Beschreibung des Mannes passt exakt auf die Angaben, mit denen Rachnow hier gerade über die Insel zieht.«

»Was um alles in der Welt hat denn das zu bedeuten?«, fragte Kolbe dazwischen.

Die Chefin hob abwehrend die Hand. »Moment! Es kommt sogar noch besser: Der Verletzte hatte keine Papiere bei sich. Seine Identität konnte bis zum Schluss nicht geklärt werden.«

»Bis zum Schluss?«, fragte Rieke.

»Der Patient ist am frühen Morgen aus der Klinik geflohen. Der Vorgang wurde natürlich sofort der Polizei in Oldenburg gemeldet. Bereits gestern Abend hatte man eine Meldung wegen der Schussverletzung gemacht.«

»Die zweite Kugel«, platzte es aus Rieke heraus. Sie schnippte kurz mit den Fingern. »Ich habe doch gewusst, dass die noch eine Rolle spielt. Was hatte die Kugel, die man dem Mann aus den Rippen geschält hat, für ein Kaliber?«

Gesa Brockmann verzog aufgrund der flapsigen Bemerkung kurz das Gesicht, antwortete dann aber zügig: »Neun Millimeter.«

»Wie aus einer P30, richtig?«, hakte Rieke nach. »Liegen uns schon die Ergebnisse der Blutuntersuchung vor?«

»Bis jetzt noch Fehlanzeige«, antwortete die Chefin.

Rieke legte Notizbuch und Stift auf eine freie Ecke des Schreibtischs. »Okay«, begann sie gedehnt, »was ist also gestern Nachmittag und gestern Abend im Haus der Rachnows passiert? Wir haben zwar noch keinen Namen, aber eine ziemlich exakte Täterbeschreibung. Der Mann dringt also in das Haus ein und bedroht Jenna Rachnow mit der Pistole. Kurz darauf kommt es zu einem Handgemenge. Aus der Waffe löst sich ein Schuss und trifft den späteren Täter. Im Verlauf des Kampfes gelingt es ihm, noch einmal an die Pistole zu kommen. Er erschießt Jenna Rachnow, lässt die Waffe fallen und verlässt fluchtartig das Haus. Es gelingt ihm, sich bis zur Fähre durchzuschlagen, und er verlässt damit die Insel bis Bensersiel. Dort muss er dann erkannt haben, dass seine Verletzung schwerer ist, als er dachte. Er bricht zusammen und ... den Rest kennen wir dann.«

»Er wird in die Klinik eingeliefert«, ergänzte Kolbe, »und landet ausgerechnet bei Doktor Rachnow auf dem OP-Tisch. Und vermutlich ohne es zu wissen, rettet er dem Mörder seiner Frau das Leben. Der Mann ist ihm bis dahin vermutlich vollkommen unbekannt. Erst hier bei uns erfährt Rachnow die näheren Umstände, die zum Tod seiner Frau geführt haben. Wir erwähnen unter anderem auch das Kaliber und das Modell der Pistole.«

»Rachnow hat jetzt nichts weiter zu tun, als eins und eins zusammenzuzählen«, führte Rieke weiter aus. »Er ahnt, wen er da gestern Abend operiert hat, und macht sich nun auf die Suche.«

»Schöner Mist«, fasste Gesa Brockmann zusammen. »Aber eines verstehe ich dabei nicht: Wieso sucht er den Mörder seiner Frau ausgerechnet bei uns auf Langeoog, wenn er doch anscheinend nicht mal dessen Namen weiß?«

»Für mich gibt es da nur eine logische Erklärung«, sagte Rieke. »Der Kerl mit der Schussverletzung ist ein Auftragsmörder. Und derjenige, der ihn angeheuert hat, hockt irgendwo hier auf der Insel. Es ist wahrscheinlich einer von Jenna Rachnows Schülern. Und Rachnow weiß das. Wenigstens ahnt er es, genauso wie wir.«

»Allmählich ergibt das alles einen Sinn«, ergänzte Kolbe. »Warum kommt der Täter nochmal nach Langeoog zurück? Da kann es doch nur eine mögliche Erklärung geben.«

»Er will sich seine Prämie abholen«, antwortete Rieke bitter, »sein Erfolgshonorar.«

»Wenn das tatsächlich stimmen sollte«, sagte Gesa Brockmann, »und Doktor Rachnow Täter und Auftraggeber irgendwie dazwischenfunkt, dann ist keiner der drei seines Lebens mehr sicher.«

Kapitel 14

Das war es jetzt. Aus und vorbei.

Zumindest hatte Russ das gedacht. Dann allerdings war von irgendwo im Haus das penetrante Klingeln eines Telefons zu hören gewesen. Ein durchdringendes Geräusch, das den Peiniger veranlasst hatte, die Treppe nach oben zu hasten, nicht ohne jedoch Russ noch einen letzten wissenden Blick zuzuwerfen. Das war vor ein paar Minuten gewesen, und Russ wusste, dass es jetzt an der Zeit war zu handeln, wenn er noch eine Chance haben wollte, aus diesem Haus zu entkommen. Nur wie?

Seine Handgelenke waren längst blutig, von den Kabelbindern wundgescheuert und blau-lila angeschwollen. Der Schmerz raubte Russ fast den Verstand. Doch vielleicht war es genau diese Empfindung, gepaart mit dem Mut der Verzweiflung, die es ihn noch einmal versuchen ließ. Er saß platt auf dem nackten Kellerboden, die Hände auf dem Rücken überkreuzt und gefesselt an ein altes Kupferrohr, das etwa fünf Zentimeter über dem Boden an der Wand entlangführte, um in der hinteren Ecke des Raums nach oben, Richtung Decke, zu führen.

Immer wieder hatte Russ erfolglos an seinen Fesseln gezerrt und sich damit die neuen Verletzungen an seinen Gelenken eingehandelt. Bei seinem jüngsten Versuch allerdings hatte er plötzlich ein Geräusch gehört, das vorher noch nicht da gewesen war. Ein leises Quietschen, Knirschen, so als wolle sich irgendwo etwas lösen oder aus der Wand brechen. Es dauerte nicht lange, bis Russ die Quelle seiner Hoffnung gefunden hatte. Links in der Ecke, neben einer Waschmaschine, die aussah, als hätte der junge Moses bereits seine Gewänder darin gereinigt, ging das Kupferrohr in ein kurzes Bogenstück über. Und Russ war sich sicher, dass das alte Gewinde eben geächzt hatte.

Gute drei Meter trennten ihn von der Stelle. Er musste sie überwinden, ehe sein Auftraggeber zurückkehrte.

Im Augenblick war oben alles still. Vielleicht telefonierte er. Oder er war auf dem Klo, um sich noch einmal zu erleichtern, bevor er einen Mitwisser ausschaltete. Was auch immer, Russ durfte keine Zeit mehr verlieren. Das Schicksal hatte ihm diesen Aufschub, diese Chance beschert, und sie nutzlos verstreichen zu lassen, kam ihm wie ein ungeheuerlicher Frevel vor.

Er stellte seine Füße nebeneinander, sodass sie festen Halt auf dem Zementboden fanden. Dann spannte er seine Muskeln an und schob seinen Körper ein paar Zentimeter weit nach links. Dabei zog er seine gefesselten Handgelenke mit sich. Die unerbittlichen Kabelbinder schnitten in sein Fleisch und trieben ihm die Tränen in die Augen. Russ biss seine Zähne so fest aufeinander, dass er sie unter dem frischen Streifen Teppichklebeband knirschen hörte.

Weiter!

Erneut setzte er seine Füße auf, zog seinen Hintern und alles andere nach. Beim zweiten Mal waren die Schmerzen weniger schlimm. Vielleicht, weil die erste Welle noch gar nicht abgeklungen war oder er jetzt schon Übung darin hatte, seine Bewegungen zu koordinieren.

Ihm fehlte noch ein gutes Stück, sicher noch zweieinhalb Meter. Oben war noch immer alles ruhig. Geradezu gespenstisch still.

Der einzige Laut im Keller war Russ' stoßweiser Atem, den er durch seine Nase ausstieß und der hier unten eine unheimliche Klangfarbe bekam.

Er schob sich weiter. Seine Hose scheuerte über den staubigen Boden, der sich kalt und klamm anfühlte.

Wieder ein Aufschrei seiner Gelenke. Die Kabelbinder waren längst nass von Blut und Wundwasser. Russ durfte nicht daran denken. Wenn alles so blieb wie jetzt, war er dem anderen hilflos ausgeliefert. Und genau das wollte er unter allen Umständen verhindern.

Das nächste Stück. Wertvolle Zentimeter. Russ hörte das kleine Verbindungsstück in der Ecke leise ächzen. Vielleicht bestand noch Hoffnung. Er wollte daran glauben, wollte die

Hoffnung aufrechterhalten, seine Hände schützend um sie legen wie um ein flackerndes, ersterbendes Licht.

Nur noch einen Meter. Ein Blick zur Treppe, die vor ihm im dämmrigen Zwielicht des Kellers lag. Staub auf den Stufen, die nach oben führten, aus seinem Blickfeld heraus. Irgendwo dort lag die Freiheit. Russ wollte sie so sehr wie noch nichts zuvor in seinem Leben. Noch einmal die salzige Nordseeluft einzuatmen, dafür würde er sogar auf das Geld verzichten, das der verdammte Penner ihm wieder abgenommen hatte.

Er hätte sich nie auf diese Sache einlassen sollen, dachte er. Aber er brauchte das Geld. Er stand tief in der Kreide bei jemandem, der keinen Spaß verstand. Und das würde er ihn spüren lassen, wenn er bis zum nächsten Ersten nicht wenigstens eine Anzahlung leistete.

Und dennoch waren all diese Dinge im Moment für ihn in weite Ferne gerückt, sie zählten nicht. Was wirklich wichtig war, das nahm möglicherweise dort vorn in der Mauerecke seinen Anfang. Russ atmete geräuschvoll durch die Nase. Anstrengung und Schmerz forderten ihren Tribut. Seine Arme kribbelten, begannen trotz der Bewegung gefühllos zu werden. Inzwischen waren sie ohnehin schwer wie Blei, doch die pure Verzweiflung trieb Russ voran.

Einen letzten Ruck, ein paar letzte Zentimeter, dann hatte er sich bis zu seinem Ziel vorgearbeitet.

Russ blinzelte, versuchte, seinen Blick zu schärfen. Das Kupferrohr, an dem er sich entlanggearbeitet hatte, mündete in das gebogene Verbindungsstück. Vor grauer Vorzeit waren sowohl das horizontal als auch das vertikal nach oben führende Rohr mit zusätzlichen Schellen an der Wand befestigt gewesen. Diese fehlten jetzt teilweise, was die gesamte Konstruktion einen Deut instabiler gemacht hatte und auch das quietschende Geräusch erklärte. Nach Russ' schneller erster Einschätzung handelte es sich um eine einfache Steckverbindung. Und zumindest diese hier hatte sich offenbar gelockert.

Russ blieb keine Zeit mehr, länger darüber nachzudenken. Er setzte sich leicht schräg und versuchte sich in Position zu bringen. Er zielte mit seinem rechten Fuß auf das Bogenstück in der Mauerecke und trat, so kräftig er konnte, zu.

Die Rohre erzitterten, und Russ spürte den Schmerz an seiner Ferse durch seinen dünnen Schuh hindurch. Ansonsten passierte … nichts.

Von oben war ein Geräusch zu hören. Schritte. Jemand ging in der Wohnung umher.

Russ blinzelte einen Schweißtropfen weg, der ihm ins rechte Auge geronnen war. Er musste sich jetzt zusammenreißen, wenigstens noch dieses eine Mal.

Noch einmal holte er mit seinem Fuß aus. Er schloss die Augen und trat mit voller Kraft zu. Dabei stieß er unter dem Klebeband einen stummen Schrei aus. Für den Bruchteil einer Sekunde glaubte er, sein Fuß sei gebrochen. Der Schmerz schoss ihm durch das rechte Bein bis in die Hüfte hinauf.

Etwas gab unter der brachialen Gewalt nach, schien einfach wegzubrechen. Russ rutschte ab und sein Fuß schrappte über die weiß gekalkte Wand, bis er sich in der von Spinnenweben überzogenen Mauerecke verfing.

Als er die Augen wieder öffnete, hatte sich das Rohr aus seiner wackligen Verankerung gelöst. Mit einem plätschernden Geräusch ergoss sich ein jahrzehntealter Schwall Wasser auf den Boden.

Russ rutschte noch ein kleines Stück näher heran und achtete nicht darauf, dass sich seine Hose dabei mit stinkendem Wasser vollsog. Für ihn zählte jetzt ganz allein, sich von diesem verdammten Rohr zu lösen. Das lose Ende baumelte jetzt zitternd über dem Boden. Russ bewegte beide Arme nach links. Die Kabelbinder rutschten mithilfe des aus Blut bestehenden Schmiermittels über das schmale Kupferrohr. Plötzlich war seine linke Hand frei, und, nachdem er seinen Rücken in Richtung der Kellerecke gedreht hatte, kurz darauf auch seine rechte. Russ stieß unter dem Klebeband einen triumphierenden Laut aus. Für einen Augenblick war er versucht, sich den verdammten Streifen einfach herunterzureißen, im nächsten Moment jedoch überlegte er sich die Sache anders. Wenn er jetzt nach oben stürmte, würde er die Kellertür verschlossen vorfinden und hätte somit nichts erreicht. Sein Auftraggeber würde ihn sofort entdecken, wenn er die Tür öffnete. Dahinter lag direkt die Treppe. Es gab für Russ keine Möglichkeit, sich zu verstecken. Er musste das Überraschungsmoment ausnutzen.

Also versuchte er, das Kupferrohr wieder in das Verbindungsstück zu bugsieren, was ihm allerdings nur halbwegs gelang. Anschließend musste er nichts weiter tun, als …

Ein Schlüssel drehte sich oben im Schloss der Kellertür.

Eine Woge Adrenalin schoss durch Russ' Eingeweide. Er sprang auf und hätte diesen Schritt beinahe bereut, als seine Beine unter ihm nachgeben wollten. Auch sie waren durch das lange Verharren am Boden taub und gefühllos geworden. Im letzten Augenblick gelang es Russ, sich an der Mauer hinter ihm abzustützen. Er rutschte mit der rechten Gesichtshälfte für zwei Sekunden hilflos an der Wand herunter. Dann hatte er sich endlich gefangen.

Die Tür wurde geöffnet. Am oberen Ende der Treppe erschienen zunächst ein trüber, heller Fleck und schließlich ein Schatten, der entfernt menschliche Umrisse besaß.

Lockere, leichte Schritte näherten sich über die Stufen.

Währenddessen brachte sich Russ in Position. Er kehrte in geduckter Haltung an die Stelle zurück, an der ihn der andere gefesselt hatte. Er verschränkte die Arme hinter dem Rücken, schloss die Augen und ließ seinen Kopf halb auf die Brust sinken.

Die Schritte näherten sich. Jemand blieb direkt vor Russ stehen und warf einen blassen Schatten auf sein Gesicht. Russ konnte die Konturen seines Peinigers durch seine halb geschlossenen Lider erahnen.

Ein Tritt traf ihn am rechten Knie. Schmerzhaft.

»He, aufwachen!«

Russ öffnete die Augen und hob den Kopf. Er blinzelte, während er zu dem Mann hinaufsah.

Der andere beobachtete ihn. Sein Blick fiel auf Russ' nasse Hose. »Oh, kleines Malheur gehabt, was? Hätten Sie damit nicht noch warten können?«

Russ schüttelte den Kopf. Währenddessen ballte er die Hände hinter seinem Rücken zu Fäusten.

Das Gesicht seines Auftraggebers bekam einen mitleidigen, fast traurigen Ausdruck. »Tja, mein Lieber, ich fürchte, was ich jetzt tun muss, wird Ihnen nicht gefallen.« Er zückte ein stabiles Fleischmesser aus seinem Hosenbund, hielt es in beiden Händen und betrachtete demonstrativ die Klinge.

»Sie sind leider zu einem unkalkulierbaren Risiko für mich geworden. Dieser Rachnow sucht Sie überall. Und ich fürchte, wenn er Sie finden sollte, wird er nicht sehr zimperlich mit Ihnen umspringen. Er wird wissen wollen, für wen Sie das alles gemacht haben. Und dann Russ … spätestens wenn er anfängt, Sie in die Mangel zu nehmen … werden Sie reden.«

Russ riss die Augen auf und schüttelte noch einmal den Kopf, dieses Mal noch energischer.

Der andere nickte. »Doch, Russ. Genau das werden Sie. Das würde vermutlich jeder in Ihrer Situation tun. Auch ich. Und daher …«

Sein Auftraggeber beugte sich leicht zu ihm herunter. Er hielt das Messer nun in seiner rechten Hand, hatte den Griff so fest gepackt, dass seine Fingerknöchel ganz weiß waren.

»Tut mir leid, Junge, aber ich habe keine andere Wahl, als …«

Russ erfuhr nie, wie der Satz weitergegangen wäre. Er katapultierte sich aus seiner Position heraus nach vorne und rammte seinen Kopf in die Magengrube seines Gegners.

Der Mann stieß einen Laut aus, der eine Mischung aus Überraschung und Schmerz widerspiegelte. Er geriet ins Straucheln. Mit rudernden Armbewegungen versuchte er gegenzusteuern, doch der Aufprall war zu hart gewesen. Er stolperte und fiel hintenüber.

Russ hörte den Kopf des Mannes hart auf dem Beton aufschlagen. Das Messer wurde ihm dabei aus der Hand geprellt und schlitterte etwa einen halben Meter weit über den Boden.

Russ riss sich das Klebeband vom Mund und setzte sofort nach. Er stürzte auf den Kerl zu und packte ihn am Kragen, als sein Peiniger sich gerade wieder aufrichten wollte. Mit einer kraftvollen Bewegung drückte Russ ihn nieder.

»Du verfluchtes Schwein!«

Der andere ächzte, lag wie ein Käfer auf dem Rücken und versuchte verzweifelt, sich aus dieser Situation zu befreien.

»Du hättest mich glatt kaltgemacht, hä?«

Russ schüttelte seinen Gegner durch. Mit beiden Händen hielt er ihn gepackt. Was ein Fehler war.

Sein Gegner nutzte die Bewegungsfreiheit seiner Arme aus. Ein gezielter Faustschlag traf Russ genau dort, wo am Tag zuvor die Kugel eingedrungen war, zwischen seinen Rippen, nicht unweit der Lunge.

Russ ächzte vor Schmerz. Ihm wurde die Luft geraubt. Schwarze Flecken tauchten vor seinen Augen auf.

Im nächsten Augenblick wurde er gepackt und zur Seite geschleudert.

Das Messer!, schoss es ihm durch den Kopf. Wenn der Kerl es wieder zu fassen bekam, war es vorbei, dann hatte er alles verspielt.

Erneut warf er sich nach vorn, blindlings, und hatte in diesem Fall pures Glück. Sein verzweifelter Sprung ließ ihn genau an der Stelle landen, wo das Messer liegen geblieben war. In einer hektischen Bewegung hob er es auf und stieß es ohne Ziel nach vorne.

Ein unterdrückter Schrei war zu hören.

Russ spürte, wie sich die Klinge in das Fleisch seines Gegners bohrte. Als er aufsah, erkannte er den Mann, der wie versteinert stehen geblieben war. Er presste beide Hände auf seinen linken Oberschenkel. Aus der Mitte seiner Finger ragte der Schaft des Fleischmessers.

In der nächsten Sekunde ging der andere mit einem seufzenden Geräusch in die Knie. Er blieb auf der Seite liegen und gab wimmernde Laute von sich.

»Das hast du dir selbst zuzuschreiben, du verdammter Wichser!«, spie Russ aus, während er sich mühsam in die Höhe stemmte. Breitbeinig blieb er über seinem Peiniger stehen und starrte verächtlich auf ihn herunter.

»Glaub ja nicht, dass ich dich umbringe. Den Gefallen werde ich dir nicht tun! Falls die Polizei je dahinterkommen sollte oder meinetwegen auch dieser Doktor, dann sind Sie mit dran. Darauf können Sie sich verlassen!«

Der Mann am Boden erwiderte nichts. Er hatte seine Zähne vor Schmerz aufeinandergepresst. Sein Hosenbein hatte sich im Bereich des Oberschenkels bereits dunkel verfärbt.

Russ wandte sich ab. Er taumelte vorwärts. Das Gehen fiel ihm schwer. Möglich, dachte er, dass die OP-Wunde wieder aufgegangen war. Dann würde er kurz über lang ein sehr ernstes Problem haben. Aber damit konnte er sich später befassen. Jetzt galt es erst einmal, aus diesem verfluchten Gefängnis zu entkommen.

Er schleppte sich durch das Halbdunkel des Kellers, auf die Treppe zu. Fünfzehn, vielleicht zwanzig Stufen, die ihn hinauf in die Freiheit führten.

Als er bei der sechsten angelangt war, hörte er hinter sich ein Geräusch, das ihn sofort herumfahren ließ.

Was er sah, konnte er zunächst nicht fassen. Das Bild war zu abstrakt, zu surrealistisch, als dass er es im ersten Moment für wahr halten konnte.

Sein Auftraggeber hatte sich etwa zwei Meter weiter geschleppt. Dabei benutzte er lediglich das gesunde Bein, da aus dem linken noch immer das Messer ragte.

Er stand an der Stelle zwischen Waschmaschine und Trockner, wo ein Sportbogen und ein Köcher mit Pfeilen an der Wand hing. Mit einer erschreckend flinken Bewegung brachte der Kerl beides an sich und legte einen Pfeil auf die Sehne.

Russ gab einen keuchenden Laut von sich. Er drehte sich um und wollte nach oben hasten, als der Pfeil durch den Keller sirrte und sich Russ in der nächsten Sekunde durch seine Hose hindurch in die rechte Wade bohrte.

Russ stieß einen kurzen, abgehackten Schmerzenslaut aus. Zu mehr war er inzwischen nicht mehr fähig. Sein rechtes Knie knickte ein und Russ wäre gestürzt, hätte er sich nicht aus einem Reflex heraus am Treppengeländer festgeklammert. Er starrte in dem Licht, das von weiter oben über die Treppenstufen flutete, auf seine Wade, aus der ein giftgrüner, etwa vierzig Zentimeter langer Pfeil aus Aluminium ragte.

Unten aus dem Kellerraum war ein heiseres Keuchen zu hören, begleitet von schlurfenden Schritten. Der Auftraggeber kam näher. Mitten in seiner Vorwärtsbewegung zerrte er einen weiteren Pfeil aus dem Köcher, den er hinter sich her schleifte. Er legte ihn mit zitternden Bewegungen auf die Sehne. Dabei hinkte er ein paar Schritte vor, sodass er sich nun direkt am Fuß der Treppe befand.

Russ zerrte am Treppengeländer, das unter seinen Bewegungen heftig zu vibrieren begann. Er zog sich daran in die Höhe. Eine Stufe. Zwei.

Dann sirrte der nächste Pfeil heran. Es war, als hätte Russ ein gewaltiger Faustschlag mitten in den Rücken getroffen.

Er ließ das Geländer los und bäumte sich mitten auf der Treppe auf. Dann verlor er endgültig den Halt und kippte nach hinten weg.

Russ' Welt überschlug sich. Als er selbst auf dem harten Kellerboden aufkam, brach der Pfeil in seinem Rücken, während sich die Spitze des Geräts weiter in den Körper bohrte. Sich in Krämpfen windend, blieb Russ liegen. Schaumiger Speichel sprühte von seinen Lippen und färbte sich rasch dunkelrot.

Irgendwo, wie aus weiter Ferne, hörte er wieder Musik. Jemand spielte Klavier, eine traurig anmutende Melodie.

Russ blickte noch einmal nach oben, zur Treppe hinauf. Das Licht und die Welt dort oben würden für ihn auf immer unerreichbar bleiben.

Kapitel 15

Mit einem klappernden Geräusch fiel der Sportbogen auf den Boden. Die restlichen Pfeile rutschten aus dem Köcher und prasselten hinterher.

Der Mann im Keller stieß einen verzweifelten Laut aus, als er auf seine Jeans hinuntersah. Auf sein linkes Bein, an dem das Blut bis zu seiner Socke hinunterrann.

In das Klavierspiel, das von oben zu hören war, mischte sich erneut das aufdringliche Geräusch des Telefonapparats im Flur. Er versuchte, es auszublenden. Stattdessen warf er dem Toten in seinem Keller einen verächtlichen Blick zu. Er widerstand dabei dem Impuls, dem Kerl, der alles vermasselt hatte, als kleinen Abschiedsgruß noch einen kräftigen Tritt zu verpassen.

Es gab Wichtigeres zu tun. Zum Beispiel sich um das verdammte Messer in seinem Bein zu kümmern. Und das so schnell wie möglich, bevor er verblutete. Außerdem hatte er das Gefühl, dass es nicht mehr lange nur bei dem Telefonklingeln bleiben würde. Wenn es Rachnow war, und darauf musste er sich immerhin einstellen, tat er gut daran, sich vorzubereiten. Der Typ war jemand, der nicht lockerließ. Möglich, dass er bereits einen Verdacht hatte.

Er stöhnte, sammelte Kraft und blickte schließlich nach vorn. Dort befand sich die Treppe. Normalerweise für ihn keine Hürde. Jetzt jedoch konnte sie zu einem beinahe unüberwindlichen Hindernis für ihn werden.

Er hinkte auf dem rechten Bein voran, bis er das Treppengeländer zu fassen bekam. Er stützte sich mit der linken Hand darauf ab und brachte sich mit einem Sprung auf die erste Stufe. Obwohl er das verletzte Bein, so gut es eben ging, entlastete, schoss ein scharfer Schmerz bis in sein Gehirn hinauf.

Das Ganze jetzt noch sechzehn Mal, dachte er.

Als er oben ankam, war er in Schweiß gebadet. Sein Atem ging rasselnd und keuchend. Im Haus war es wieder still. Kein Geräusch. Auch nicht das verdammte Telefon.

Obwohl er nicht wusste, ob das wirklich ein gutes Zeichen war. Rachnow konnte bereits auf dem Weg hierher sein. Und auf Langeoog war innerhalb des Ortskerns kein Weg wirklich weit.

Er schleppte sich ins Badezimmer, riss den verspiegelten Hängeschrank auf und kramte fahrig in den Fächern herum. Cremetuben, Shampoo-Probefläschchen und anderes Zeug fiel klappernd und rasselnd in das große Waschbecken darunter. Er achtete nicht darauf. Endlich bekam er die Box mit dem Verbandsmaterial zu fassen. Darin befand sich auch eine Schere. Mit der würde er sich von den Resten seiner vollgesogenen Jeans befreien müssen. Doch zuerst gab es noch eine andere Sache für ihn zu erledigen.

Er zog einen Waschlappen vom Wandhaken und wandte sich vom Waschbecken ab, in den Raum hinein. Er öffnete seinen Mund und stopfte den von der letzten Benutzung am Morgen noch klammen Lappen hinein. Danach biss er fest zu.

Er atmete geräuschvoll durch die Nase, als er sich leicht vornüberbeugte. Seine Hände näherten sich dem Schaft des Messers in seinem Bein und umklammerten ihn vorsichtig.

Als Nächstes schloss er seine Augen und zählte in Gedanken langsam bis drei.

Mit einem einzigen Ruck zog er das Messer aus seinem Oberschenkel. Der Waschlappen, der seinen Mundraum ausfüllte, tat seinen Dienst und erstickte den Schmerzschrei fast vollkommen. Zwei dünne, klare Rotzfäden schossen aus seinen Nasenlöchern, während sich aus seinem Oberschenkel ein Schwall Blut über den Fliesenboden des Badezimmers ergoss.

Der Verletzte wühlte sich den Waschlappen aus dem Mund und ließ ihn in die Blutlache fallen. Abwechselnd keuchend und stöhnend machte er sich daran, sich aus seinen Jeans zu schälen, wobei er sich am Rand des Waschbeckens abstützte. Seine Finger hinterließen schmierige rote Abdrücke, während er immer wieder versuchte, neuen Halt zu finden.

Mit der Schere arbeitete er sich durch den zähen Stoff seiner Hose, bis er das verletzte Bein freigelegt hatte.

Die Wunde in seinem Oberschenkel gehörte mit zu dem Furchtbarsten, was er je in seinem Leben gesehen hatte, schlimmer noch als das Rehkitz, das damals in den Mähdrescher geraten war. Vielleicht aber auch, weil es ihn nun selbst unmittelbar betraf.

Hinkend schleppte er sich zur Toilette, klappte den offen stehenden Deckel herunter und setzte sich darauf, um den Rest seiner Hose loszuwerden.

Den blutigen Fetzen knüllte er schließlich zwischen seinen Händen zusammen und warf ihn mit einem wütenden Aufschrei in die Ecke zu den Reinigungsmitteln. Nicht, dass der Hose damit noch beizukommen wäre. Nicht mal mit dem stärksten Fleckenmittel, überlegte er. Der Gedanke brachte ihn zum Lachen, und das, obwohl er vor Schmerz beinahe durchdrehte.

Mühsam erhob er sich. Er wusste, dass ihm keine Zeit mehr blieb. Er riss eines der Handtücher vom Haken und drehte den Wasserhahn auf. Mit dem nassen Tuch rieb er sich das Blut vom Bein, obwohl von oben noch immer neues nachströmte.

Nachdem das Gröbste erledigt war, riss er mit den Zähnen die Verpackung des Verbandmulls auf und spie den Plastikzipfel auf den Boden.

Was er jetzt tat, musste fürs Erste reichen. Er presste einen sauberen Waschlappen auf die Wunde und machte sich dann daran, den Verbandsstoff so fest wie möglich um sein Bein zu wickeln. Das letzte Ende trennte er mit der Schere auf und zog den Knoten so fest, wie er konnte. Dabei schoss eine neue Welle Schmerz durch seinen Körper, die ihn für mehrere Sekunden vollkommen ausfüllte und fast bis an den Rand der Besinnungslosigkeit trieb.

Er ließ sich erneut auf die Toilette sinken, um nicht zu stürzen. Er lehnte sich zurück gegen den Spülkasten und schloss für einen kostbaren Moment die Augen. Mit weit geöffnetem Mund und zurückgelehntem Kopf atmete er gegen die Decke.

Schritte auf dem Kiesweg vor dem Haus!

Der Mann auf der Toilette riss die Augen auf und setzte sich kerzengerade.

Durch die zugezogenen Gardinen zeichnete sich gegen das einfallende Sonnenlicht ein Schatten ab, der am Fenster vorbeiging, in Richtung des Hauseingangs.

Es war so weit, dachte der Mann im Badezimmer. Die nächste Bewährungsprobe stand an. Mit etwas Glück würde er auch die überstehen. Und mit noch etwas mehr käme er vielleicht sogar am Ende ungeschoren aus diesem ganzen verfahrenen Schlamassel heraus. Wenn er sich nicht irritieren ließ. Und wenn ihm niemand etwas anmerkte. Rasch stand er auf und hinkte durch das Badezimmer, wobei er darauf achtete, nicht in das verschmierte Blut am Boden zu treten.

Er brauchte dringend frische Kleidung. Hose, Socken. Oh ja, und irgendein neues Oberteil zum Drüberziehen.

Und seine Hände! Mein Gott, die sahen aus, als hätte er den ganzen Tag in einem Schlachthaus zugebracht.

Da klingelte es das erste Mal an der Haustür.

Kapitel 16

»Ist keiner da?«

Kolbe drehte sich zu Rieke um, die ihm in diesem Augenblick zur Haustür folgte.

Der Kommissar zuckte mit den Schultern und betätigte erneut den Klingelknopf.

An der Ecke des Hauses war ein Windspiel angebracht, das fröhlich vor sich hin klimperte.

Die beiden Inselkommissare warteten ab, bis die massive, fensterlose Tür vor ihnen geöffnet wurde. Ein Mann tauchte auf der Schwelle auf. Kräftig, leicht untersetzt, mit hochrotem Kopf und angegrautem Haar, das sich offenbar heute Morgen jeglicher Behandlung durch Kamm oder Bürste erfolgreich widersetzt hatte.

Ein wenig atemlos sah er die beiden Beamten an.

»Ja, bitte?«

Rieke Voss übernahm das Vorstellen und eine erste kurze Schilderung ihres Anliegens. »Sie sind Herr Walter Schrade?«

Der Angesprochene nickte.

Kolbe erkannte von der Seite, dass Rieke dem Mann ein durchaus bezauberndes Lächeln schenkte.

»Dürfen wir vielleicht für einen Moment mit reinkommen? Ich glaube, drinnen lässt es sich leichter reden.«

Schrade machte ein Gesicht, als müsse er sich noch einen Moment gedanklich mit dem Inhalt der Frage befassen, dann jedoch gab er die Tür frei, wobei er sich von innen unmerklich auf der Klinke abstützte.

»Am besten, wir gehen gleich durch ins Wohnzimmer«, sagte Schrade und deutete auf die offene Tür, die geradeaus vor ihnen lag.

Kolbe und Voss gingen voran. Ein in der Tat wohnlich eingerichteter Raum, in dessen Mitte sich ein altmodischer Kachelofen befand, der so in die Wand eingelassen war, dass er zugleich offenbar auch das Zimmer nebenan mit beheizte.

Schrade deutete auf die Sitzkombination, die aus einem Dreiersofa, einer kleinen Couch und einem Sessel bestand. Die

Mitte bildete ein wuchtig erscheinender Kacheltisch. Darauf befand sich eine Vase mit frischen Schnittblumen, daneben ein Kerzenhalter und eine Schachtel Streichhölzer.

Das Wohnzimmer ging in einen sonnendurchfluteten Raum über, der fast vollständig von einem weißen Flügel eingenommen wurde.

Die Inselkommissare nahmen nebeneinander auf dem großen Sofa Platz, während sich Schrade auf den Sessel zubewegte.

Dabei ging er schwerfällig, zog das linke Bein ein wenig nach. Er ächzte, als er sich in den Sessel fallen ließ. Als er den Blick Kolbes bemerkte, erklärte er: »Ich habe vor einem halben Jahr einen Arbeitsunfall gehabt. Einem Kollegen ist ein Teil der Ladung vom Gabelstapler gerutscht, und …«

Er deutete auf sein linkes Bein. »War eine ziemlich üble Sache. Ich bin auf dem Weg der Besserung, aber bis ich wieder voll einsatzfähig bin, wird es wohl noch etwas dauern.«

»Herr Schrade«, begann Rieke vorsichtig, »wir sind zu Ihnen gekommen aufgrund der Vorkommnisse im Haus des Ehepaars Rachnow. Ich weiß nicht, ob Sie schon davon gehört haben?«

Schrade winkte ab. »Schlimme Sache. Hat ja heute Morgen direkt die Runde gemacht. Frau Rachnow ist ermordet worden, heißt es.«

»Deswegen sind wir hauptsächlich hier«, erklärte Kolbe. »Bevor wir dazu kommen, noch ein anderer Punkt: Ist Herr Doktor Rachnow heute im Laufe des Tages hier gewesen?«

Schrade blickte den Kommissar fragend an.

»Oder hat er vielleicht auf anderem Wege versucht, Kontakt zu Ihnen aufzunehmen? Per Telefon vielleicht?«

»Nein«, antwortete Schrade gedehnt. »Der Mann ist nicht hier gewesen. Und angerufen hat er auch nicht. Warum sollte er, wenn ich fragen darf?«

»Doktor Rachnow versucht möglicherweise, Befragungen auf eigene Faust durchzuführen«, erklärte Rieke lächelnd. »Zudem versuchen wir, ihn zu erreichen. Falls Sie also etwas von ihm gehört haben sollten …?«

Schrade verneinte.

In diesem Moment waren Schritte im Haus zu hören. Jemand kam von oben die Treppe herunter. Eine schlanke blonde Frau tauchte in der Tür zum Wohnzimmer auf. Sie war schätzungsweise Ende vierzig, trug eine schlichte Bluse und einen ebensolchen Rock, dessen Saum ihr bis auf die Fußknöchel herunterreichte. Ihr Haar trug sie straff zurückgekämmt und zu einem einfachen Pferdeschwanz gebunden. Ihre Gesichtszüge wirkten streng, fast verhärmt.

»Ich habe die Klingel gar nicht gehört«, sagte sie, während sie von Schrade ausgehend entschuldigend die beiden Besucher anblickte.

»Das ist meine Frau Heike«, erklärte Schrade und stellte bei der Gelegenheit die beiden Inselkommissare vor.

Schrades Frau blieb für einen Moment im Türrahmen stehen. Ihr Blick wirkte ein wenig stechend, dann schien sie sich etwas zu entspannen, löste sich und kam näher.

»Sie kommen wegen dieser entsetzlichen Sache mit Frau Rachnow?«, fragte sie, während sie einen Zipfel ihres Rocks ergriff und sich auf die Kante der Couch setzte. Ein leichter, kaum wahrnehmbarer Hauch von Lavendel haftete an ihr, wie Kolbe beiläufig bemerkte.

Rieke Voss erklärte noch einmal den Grund ihres Besuchs und stellte Fragen, die sich vor allem auf die Rachnows bezogen. Natürlich habe man zu ihr den meisten Kontakt gehabt. Ihn habe man so gut wie nie zu Gesicht bekommen. Er sei nie hier gewesen und wenn die Schrades einmal dort anriefen, sei immer nur Jenna an den Apparat gegangen.

»Frau Schrade«, sagte Rieke und deutete auf den offenen Durchgang, »ich sehe dort drüben einen wunderschönen Flügel. Aber auf der Liste der Klavierschüler steht unter Ihrer Anschrift der Name Mayla Schrade. Darf ich fragen, wer das ist? Ihre Tochter vielleicht?«

»Es ist unsere Tochter«, kam Walter Schrade seiner Frau zuvor. Sie ist zehn Jahre alt und stammt aus Venezuela. Wir haben sie als Sechsjährige adoptiert.«

»Ah, verstehe«, sagte Rieke. Eine kurze Pause entstand. »Und wäre es wohl möglich, auch einmal mit Mayla zu sprechen?«

»Wozu das?«, fragte Schrade, ein wenig schärfer im Tonfall. Die Schrades sahen sich kurz an.

»Ich meine … wir haben Ihnen doch alles gesagt, was wir wissen. Es gab nie irgendwelche Probleme mit den Rachnows. Ihn kennen wir im Grunde kaum, und Frau Rachnow war …«

»Was war sie denn?«, fragte Kolbe, als sein Gegenüber pausierte.

»Sie war ein sehr angenehmer Umgang für unsere Tochter. Frau Rachnow ist hier quasi ein und aus gegangen und hat Mayla Stunden gegeben. Sogar außer der Reihe.«

»Was heißt das genau?«, hakte Kolbe nach.

»Die beiden haben sich sehr gut verstanden«, erklärte Schrade mit einigem Widerwillen. »Normalerweise gab es einen festen Termin am … am Montagnachmittag. Aber oftmals war es so, dass Mayla schon am Mittwoch nach neuen Noten oder Übungen gefragt hat. Frau Rachnow ist dann auch an anderen Terminen vorbeigekommen. Nachmittags zum Beispiel, wenn einer ihrer anderen Schüler kurzfristig abgesagt hatte. Jenna Rachnow war hier immer willkommen. Es gab nie Streit mit ihr.«

Schrade erklärte diese Dinge wie ein trotziges Kind. Es hätte nur noch gefehlt, wenn er dabei die Arme vor der Brust verschränkt und die Unterlippe vorgeschoben hätte.

»Herr Schrade, wir sind nicht hier, um Ihnen irgendwelche Vorwürfe zu machen«, lenkte Rieke Voss ein.

»Mayla ist ein sehr sensibles Kind«, erklärte Heike Schrade. »Sie hat in ihrer Heimat einige … schlimme Erfahrungen mit Erwachsenen gemacht. Wir befürchten einfach, dass Sie das Kind mit Ihren Fragen zu sehr aufwühlen.«

»Ich versichere Ihnen, dass wir sehr behutsam sein werden«, erklärte Rieke und sah die Schrades abwechselnd an. »Mayla weiß vermutlich noch nicht, was passiert ist?«

»Nein«, gab Heike Schrade zurück.

»Wir werden diese Sache mit keinem Wort erwähnen«, versprach die Kommissarin.

»Ich bin trotzdem nicht dafür«, maulte Schrade. »Was versprechen Sie sich davon?«

Noch ehe einer der Beamten reagieren konnte, erhob sich Heike Schrade. »Ich werde sie holen. Einen kleinen Moment nur.«

Schrade stieß einen ärgerlichen Seufzer aus, hob kurz die rechte Hand und ließ sie dann wieder auf die Sessellehne fallen.

Sie alle hörten Heike Schrades Schritte, wie sie sich durch den Flur entfernten und die Treppe nach oben eilten.

Im Wohnzimmer entstand eine peinliche Stille.

»Haben Sie zufällig in letzter Zeit irgendwelche Veränderungen an Frau Rachnow festgestellt?«, fragte Rieke Voss.

Schrade blickte sie an, als sei er gerade aus einer Trance erwacht. »Veränderungen? Welcher Art? Sie meinen sicher keine äußerlichen?«

»Jede Art von Information kann uns helfen, Herr Schrade«, half Kolbe mit einem Lächeln nach.

»Ich habe ja gar nicht so oft mit ihr zu tun gehabt«, erklärte Schrade, während er mit seiner rechten Hand am Polster der Sessellehne herumzupfte. »Nur in letzter Zeit, seitdem ich krankgeschrieben bin, habe ich sie häufiger gesehen.«

»Und wie waren da Ihre Eindrücke von ihr?«

Schrade machte ein lustloses Gesicht. »So wie immer. Sie war freundlich, hat sich gut mit Mayla verstanden. Das ist alles. Ich weiß wirklich nicht, was ich Ihnen …«

Schrades Antwort wurde von Schritten unterbrochen, die sich näherten. Heike Schrade tauchte zusammen mit einem dunkelhaarigen Mädchen auf.

Mayla trug ein rot geblümtes Sommerkleid, darüber einen leichten capeartigen Überwurf mit langen Ärmeln.

Ihre großen, wachsamen Augen hatten die Farbe von Haselnüssen. In ihrem gelockten Haar trug sie einen Reif, an dem eine künstliche rote Rose befestigt war. Ein wenig scheu blickte das Mädchen die beiden Fremden an.

Rieke reagierte zuerst. Sie stand auf, lächelte Mayla an und ging vor ihr leicht in die Hocke.

»Hallo Mayla«, sagte sie sanft, »ich bin Rieke.« Die Kommissarin streckte ihre Hand vor, die das Kind nach kurzem Zögern ergriff.

»Bist du von der Polizei?«, fragte sie.

Rieke nickte. »Bin ich. Aber ich hoffe, du bist nicht erschrocken darüber?«

Mayla schüttelte den Kopf.

»Prima«, sagte Rieke fröhlich, »ich bin nämlich eigentlich auch ganz nett.«

»Wenn sie sich Mühe gibt«, sagte Kolbe mit einem Augenzwinkern, beugte sich leicht vor und gab dem Mädchen die Hand. »Hi, ich bin Gerret.«

»Hi«, sagte die Kleine und grinste ihn an.

Kolbe ignorierte dabei den giftigen Blick, den er sich von seiner Kollegin einfing. Er konzentrierte sich ganz auf Mayla. »Sag mal, wir haben gehört, dass du schon ganz gut Klavier spielen kannst.« Kolbe deutete nach nebenan. »Hast du vielleicht Lust, uns auf dem Ding mal was vorzuspielen?«

»Das ist ein echter Flügel«, beharrte Mayla. »Du hast davon wohl gar keine Ahnung, oder?«

»Hab ich wohl«, antwortete Kolbe grinsend. »Ich kann sogar den Flohwalzer spielen. Soll ich mal?«

Mayla rollte mit ihren ausdrucksstarken Augen. »Bloß nicht.« Sie drehte sich so schnell um, dass der Saum ihres Kleids eine kleine Welle schlug. In der nächsten Sekunde war sie bereits nebenan, ging auf die weiße Klavierbank zu und setzte sich, wie es die großen Pianisten tun. Nur, dass sie keinen Frack besaß, dessen Schwanz sie elegant hinter sich werfen konnte.

Mayla musste nicht auf die Noten sehen, die ringsherum im Überfluss vorhanden waren. Sie brachte ihre Finger in die richtige Lage und spielte sofort drauflos. Dabei blickte sie hin und wieder keck zur Seite und sah die beiden Polizisten an, die sich am Durchgang aufgebaut hatten.

Das Mädchen spielte ihr Stück gewissenhaft und fehlerfrei zu Ende. Sie beließ ihre Hände auf der Tastatur, bis der letzte Ton verklungen war. Erst dann blickte sie sich wieder um.

Rieke klatschte in die Hände. »Bravo«, rief sie. »Das hast du toll gemacht.«

Mayla lächelte, stand von der Bank auf und kam näher. Sie hielt direkt auf Kolbe zu. »Und wie fandst du es?«

»Joa«, sagte Kolbe gedehnt, »schon nicht übel. Aber ich wette, du kannst keinen Boogie-Woogie.«

Sie stemmte ihre Hände in die Hüften. »Machst du Witze? Natürlich kann ich das. Soll ich mal?«

»Vielleicht ein anderes Mal, okay?«, antwortete der Kommissar. »Sag mal, und das alles hat dir die Frau Rachnow beigebracht?«

»Jenna«, sagte das Mädchen. Dabei schlug sie die Augen nieder. Auch ihre Mundwinkel sackten für einen Moment unmerklich herab. Als sie Kolbe wieder ansah, war ihr Blick allerdings klar und freundlich.

»Sie kann dir bestimmt auch noch was beibringen«, sagte sie. »Damit du auch noch was anderes spielen kannst als den langweiligen Flohwalzer. Den kann doch jeder.«

»Hast recht«, sagte Kolbe und klopfte Mayla kameradschaftlich auf die Schulter. »Mach's gut, bis zum nächsten Mal. Und versprich mir, dass du nie aufhörst, zu spielen, ja? Egal, was passiert.«

Mayla zuckte mit den Schultern. »Klar.«

Kolbe fing einen dankbaren Blick von Heike Schrade auf, als sie auf das Kind zuging. »Wenn du willst, kannst du wieder auf dein Zimmer gehen, Mayla. Ich rufe dich dann, wenn es Abendbrot gibt.«

»Ist gut«, sagte das Mädchen, grinste Kolbe im Vorbeigehen an und verschwand durch die Tür. Im nächsten Moment waren die hellen, klappernden Geräusche ihrer Sandalen auf der Treppe zu hören.

»Ich hoffe, Sie sind jetzt zufrieden«, sagte Schrade, der ihnen, noch immer im Sessel sitzend, den Rücken zudrehte.

»Zufrieden?«, schnappte Kolbe zurück. Mit ein paar Schritten war er bei Schrade und blickte auf ihn herunter. »Warum sollten wir wohl zufrieden sein?«

Schrade erwiderte den Blick des Polizisten. Seelenruhig sah er zu ihm auf. »Wir können Ihnen nicht helfen. Was immer der Grund gewesen sein mag, warum man der Frau den Garaus gemacht hat … wir wissen ihn nicht.«

Kolbe biss sich auf die Unterlippe.

»Schon gut«, antwortete Rieke Voss an seiner Stelle. Sie zupfte ihren Kollegen am Hemdärmel.

»Wir müssen ohnehin weiter. Frau Schrade, Herr Schrade, vielen Dank für Ihre Zeit und die Beantwortung unserer Fragen.«

Walter Schrade grunzte eine kaum verständliche Verabschiedung. Seine Frau brachte die beiden Beamten noch bis zur Tür.

»Ich hoffe, dass Sie den Mörder finden werden«, sagte sie, als die Inselkommissare ins Freie traten.

Die Tür schloss sich hinter ihnen. Sie durchquerten den Vorgarten und gelangten zum Jägerzaun, an dem ihre Fahrräder lehnten.

Rieke blieb stehen und sah nachdenklich zum Haus zurück. Ihre Stirn zeigte tiefe Furchen.

»Okay«, sagte Kolbe, nachdem er bemerkt hatte, was mit seiner Kollegin los war. »Was genau macht Ihnen Sorgen?«

»Alles«, gab Rieke knapp zurück.

»Bisschen viel, oder? Vielleicht geht es ein klein wenig konkreter?«

Rieke wirbelte auf der Stelle herum und sah Kolbe mit einem fast schon aggressiven Blick an. »Ist Ihnen etwa an Mayla nichts aufgefallen?«

Kolbe machte ein verblüfftes Gesicht. »Nein, um ehrlich zu sein …«

»Dachte ich mir«, fuhr seine Kollegin dazwischen. »Weil Sie die ganze Zeit nur mit ihr herumgefeixt haben.«

Der Kommissar seufzte. »Was wird das jetzt … eine Eifersuchtsszene? Ich hab nur versucht, das Vertrauen der Kleinen zu gewinnen. Und ohne mich selbst loben zu wollen, denke ich, dass mir das auch ganz gut gel…«

»Mayla hat Hämatome an beiden Handgelenken«, unterbrach Rieke ernst.

Kolbe blinzelte sie an. »Was?« Er trat einen Schritt auf die Rothaarige zu. »Woher …«

»Woher ich das weiß? Wollen Sie mir sagen, dass Sie die komische Stimmung da drinnen nicht bemerkt haben? Und dann habe ich mich gefragt, warum das Mädchen an einem so heißen Tag ein Oberteil mit langen Ärmeln tragen muss. Ich habe die blauen Flecken gesehen, als ich ihr die Hand gegeben habe. Und beim Klavierspielen waren sie auch einmal kurz zu sehen, als ihr rechter Ärmel verrutscht ist.«

»Scheiße«, sagte Kolbe leise. »Warum haben Sie da drinnen nichts gesagt? Wir hätten die Schrades darauf ansprechen müssen.«

»Kann schon sein«, antwortete Rieke. »Allerdings wollte ich uns den Weg nicht verbauen.«

»Was genau meinen Sie?«

Rieke deutete mit ihrer Kinnspitze zum Haus der Schrades hinüber. »Da drinnen stimmt irgendwas nicht. Hätten wir jetzt sofort alle Karten auf den Tisch gelegt, hätten wir beim nächsten Mal nur mit einem Durchsuchungsbeschluss wiederkommen dürfen. Und wer weiß, was noch alles passieren kann, bis wir den in Händen halten.«

»Wenn das alles wahr ist«, setzte Kolbe zu einer Antwort an, doch seine Kollegin winkte ab.

»Kurz vor sechzehn Uhr«, sagte Rieke. »Wir sollten machen, dass wir zur Dienststelle kommen. Ich glaube, es gibt da einiges zu klären.«

Kolbe nickte. Sie stiegen auf ihre Räder und fuhren los.

Der Kommissar warf im Fahren noch einen Blick zurück. Möglicherweise lag dort irgendwo ein dunkles Geheimnis begraben. Und möglicherweise hatte es mit dem Mord an Jenna Rachnow zu tun.

Kapitel 17

»Der Mann, den wir suchen, heißt Stefan Russ«, begrüßte Gesa Brockmann die beiden Inselkommissare, als diese um kurz nach sechzehn Uhr ihr Büro betraten. Enno Dietz folgte ihnen auf dem Fuß. Er hielt einen großen, von außen leicht beschlagenen Glaskrug in der Hand, in dem verheißungsvoll Eiswürfel gegen die durchsichtigen Wände klickten.

Ohne zu fragen, schenkte er vier Gläser voll und setzte sich auf einen Stuhl, den er sich herangezogen hatte.

»Eistee, hm?«, vergewisserte sich die Chefin, als sie ihr Glas in der Hand drehte.

»Hat meine Mutter gerade gebracht«, erklärte Enno mit einer Portion unüberhörbarem Stolz in der Stimme. »Und garantiert ohne Zucker«, ergänzte er in Riekes Richtung. Dabei lief er leicht rot an.

»Es ist zwar deutlich zu früh, um auf einen Erfolg anzustoßen«, erklärte die Chefin, »aber ich habe einen verdammten Durst. Also prost zusammen!«

Sie nickten sich zu, deuteten das Anstoßen lediglich an.

»Zurück zu Russ«, sagte Gesa Brockmann, nachdem sie das halb geleerte Glas auf ihren Schreibtisch zurückgestellt hatte. »Die Kollegen aus Oldenburg haben uns Diensthilfe geleistet. Sie hatten sich als Erste eine Personenbeschreibung des unbekannten Verletzten eingeholt, weil der Fall bei ihnen gelandet war. Und was soll ich sagen? Ganz so unbekannt war der Unbekannte dann doch wieder nicht.« Sie legte ihren Mitarbeitern den Ausdruck eines Polizeifotos vor. Es zeigte einen Mann mit leicht brutalen Gesichtszügen und kurz geschorenem Haar.

»Russ wurde früher der rechten Szene zugeordnet, geriet mit Drogen in Berührung und ließ sich seitdem immer wieder für eindeutig illegale Aufträge anheuern. Als bezahlter Schläger, Krawallmacher, Einbrecher. Er hat bereits ein beachtliches Vorstrafenregister vorzuweisen.«

»Und jetzt ist auch noch ein Mord dazugekommen«, stellte Rieke fest.

»In seiner Polizeiakte findet sich zudem das Ergebnis einer DNA-Analyse, weil Russ vor anderthalb Jahren in einem Vergewaltigungsfall zum engeren Kreis der Verdächtigen zählte. Man konnte ihm die Tat zwar nicht nachweisen, aber … Enno?«

Der junge Dietz hatte auf genau dieses Stichwort gewartet. Er zog aus seinen Unterlagen ein einzelnes Blatt Papier hervor. »Das Labor hat uns vor einer Viertelstunde mitgeteilt, dass die zusätzlichen Blutspuren, die im Haus von Doktor Rachnow gefunden wurden, eindeutig Stefan Russ zugeordnet werden konnten. Ebenso konnten seine Fingerabdrücke auf der Waffe sichergestellt und als eindeutig identifiziert werden.«

»Damit wissen wir also mit ziemlicher Sicherheit, wer Jenna Rachnow erschossen hat«, stellte Rieke fest. Doch zufrieden klang sie nicht. Alle wussten, warum.

»Was bleibt, ist die Frage nach dem Motiv und dem Drahtzieher des Auftragsmordes«, sagte Gesa Brockmann. »Zudem ist wohl davon auszugehen, dass Doktor Rachnow einen Verdacht hat. Vielleicht weiß er sogar, um wen es sich handelt. Leider ist nach wie vor nicht bekannt, wo er sich aufhält. Ich fürchte beinahe, dass wir das Schlimmste annehmen müssen.«

»Dieser Idiot«, fluchte Rieke leise. »Warum hat er sich uns nicht anvertraut? Warum müssen Männer immer versuchen, den Helden zu spielen?«

»Ich glaube nicht, dass er den Helden spielt«, gab Kolbe zu bedenken, »sondern vielmehr den Racheengel.«

»Was auch immer«, fuhr die Chefin dazwischen, »das ist beides der größte Mist, der uns passieren konnte.«

»Was ist denn aus der Handyortung geworden?«, fragte Rieke in Ennos Richtung.

Der junge Polizist machte ein sauertöpfisches Gesicht. »Leider negativ. Doktor Rachnow hat das Telefonieren offenbar eingestellt. Die Ortung hat lediglich ergeben, dass er sich zuletzt mit seinem Handy vor etwas mehr als zwei Stunden ins Mobilnetz eingebucht hat. Wir können daraus leider nur ableiten, dass er sich vermutlich noch immer auf der Insel befindet.«

»Super«, bemerkte Rieke, »das hätte ich auch vorhersagen können.«

»Ich warte da allerdings noch auf eine etwas genauere Auswertung«, schob Enno etwas kleinlaut hinterher. »Einen Nachweis vom Netzbetreiber, mit welchen Nummern Rachnow zuletzt Kontakt hatte. Eingehend und ausgehend.«

»Immerhin etwas«, sagte die Chefin. »Was hat denn die Befragung der *Personen* ergeben, die zuletzt Kontakt zu den Rachnows hatten?«

»Sie meinen die Klavierschüler«, präzisierte Rieke. »Wir haben da möglicherweise einen Ansatz.«

Gesa Brockmann sah von ihren Unterlagen auf und bedeutete Rieke mit einer Geste, fortzufahren.

Die Kommissarin schilderte in kurzen, knappen Worten ihren Besuch im Haus der Schrades und ihre Begegnung mit der jungen Mayla.

Als sie geendet hatte, schellte irgendwo im Büro das Telefon.

»Oha, das ist meins«, stieß Enno aus, setzte sein Glas Eistee ab und hastete aus dem Büro und den Korridor entlang.

»Erklären Sie mir das mit den Hämatomen mal genauer«, forderte Gesa Brockmann ihre Inselkommissare auf. »Glauben Sie, dass das Mädchen im Haus der Schrades misshandelt wird? Liegen dazu konkrete Verdachtsmomente vor?«

Rieke Voss rutschte unruhig auf ihrem Stuhl hin und her. »Im Augenblick ist nur sicher, dass die blauen Flecken an ihren Unterarmen existieren. Ob sie an anderen Körperstellen noch weitere hat, können wir nur vermuten. Das trifft auch auf die möglichen Ursachen zu, woher die Hämatome rühren können. Kolbe und ich hatten jedoch unabhängig voneinander den Eindruck, dass beide, Herr und Frau Schrade, das Mädchen vor uns verstecken wollten.« Rieke blickte zu Kolbe hinüber.

»Sie sind an der Reihe«, sagte ihr Blick.

Der Kommissar räusperte sich. »Die Begleitumstände könnten ebenfalls darauf hindeuten, dass sich das Mädchen die blauen Flecken zu Hause eingehandelt hat. Ihr Adoptivvater hatte zum Beispiel nach eigenen Angaben vor etwa einem halben Jahr einen Arbeitsunfall, bei dem sein linkes Bein was abgekriegt hat. Seitdem hockt er im wahrsten Sinne zu Hause.«

»Auch Heike Schrade wirkt so, als sei sie … irgendwie eingeschüchtert«, ergänzte Rieke.

Gesa Brockmann stützte ihre Ellenbogen auf die Tischplatte und faltete die Hände wie zu einem Gebet. Dabei nagte sie nachdenklich an einem ihrer Finger. Sekunden verstrichen, bevor sie die Kommissare über den Tisch hinweg ansah.

»Sie glauben also, dass häusliche Gewalt vorliegen könnte.«

Kolbe und Voss warfen sich einen kurzen Blick zu.

»Ja, das ist unser Eindruck«, antwortete Rieke schließlich. »Außerdem glauben wir, dass wir nicht die Ersten sind, denen das aufgefallen ist. Wir vermuten, dass Jenna Rachnow ebenfalls Verdacht geschöpft hat.«

»Was naheliegend wäre, da sie ja offenbar eng mit dem Kind zusammengearbeitet hat«, überlegte Gesa Brockmann laut.

»Hinzu kommt«, warf Kolbe ein, »dass Mayla ihre Lehrerin offenbar sehr gern gehabt hat. Die beiden haben viel Zeit miteinander verbracht. Frau Voss und ich halten es für möglich, dass sich Mayla Jenna Rachnow anvertraut hat.«

»Und die hat vermutlich die Eltern daraufhin zur Rede gestellt«, führte Rieke weiter aus. »Zumindest scheint das doch naheliegend zu sein. Und wer weiß … vielleicht wollten die Schrades verhindern, dass irgendwas davon ans Licht gelangt.«

»Mit irgendwas meinen Sie vermutlich nicht nur die Hämatome«, fragte Gesa Brockmann, »sondern möglicherweise noch mehr?«

»Es sind Dinge, die man sich nicht ausmalen will«, antwortete Rieke leise, »die man aber im vorliegenden Fall nicht ganz ausschließen kann.«

Gesa Brockmann rieb sich mit den Fingerspitzen die Stirn.

»Gut, in Ordnung«, sagte sie und blickte die beiden ernst an. »Ich will, dass Sie beide nochmal zu den Schrades fahren und das Haus durchsuchen. Machen Sie sich dabei keine Gedanken über den fehlenden richterlichen Beschluss, den werde ich jetzt gleich im Anschluss erwirken. Bis dahin berufen wir uns darauf, dass Gefahr im Verzug ist.«

»In Ordnung«, sagte Rieke, die irgendwie erleichtert über die Entscheidung ihrer Vorgesetzten war.

In dieser Sekunde kehrte Enno Dietz zurück. Er war außer Atem, und auf seinen Wangen prangten rote Flecken.

»Entschuldigung«, sagte er hektisch, »aber ich habe den Nachweis des Netzbetreibers bekommen. Das sollten Sie sich ansehen.«

»Keine Zeit«, erklärte die Chefin mit einer herrischen Geste. »Was hat die Überprüfung ergeben?«

Enno warf einen Blick auf das Papier in seiner Hand. »Doktor Rachnow hat seit heute Morgen fast alle Klavierschüler seiner Frau angerufen. Ich habe die Rufnummern mit unserer Liste abgeglichen. Interessant dürfte allerdings tatsächlich die letzte Verbindung sein. Demnach hat Rachnow fast zwanzig Minuten lang mit einer Nummer hier auf Langeoog telefoniert.«

»Und zu wem gehört die?«, wollte die Chefin wissen.

»Zu Peer Stading.«

»Unser Shanty-Freund«, bemerkte Rieke.

»Was kann ein Mann wie Rachnow zwanzig Minuten lang mit einem wie dem Stading zu bereden haben?«, fragte Kolbe.

»Interessant ist auch, dass Rachnow das Handy danach ausgeschaltet hat. Es war seitdem nicht wieder im Netz eingebucht.«

»Entweder hat er es abgeschaltet oder es wurde ihm abgenommen«, sagte Gesa Brockmann. Sie atmete tief durch und presste entschlossen ihre Lippen aufeinander. »Es hilft nichts. Wir müssen auch zu Stading. Enno, das werden wir beide zusammen erledigen.«

Der junge Polizist nickte. »Soll ich versuchen, Stading vorher telefonisch zu erreichen?«

»Besser nicht«, wiegelte die Chefin ab. »Wir wollen keine schlafenden Hunde wecken.«

Damit öffnete sie eine ihrer Schreibtischschubladen und zog, was in letzter Zeit selten passiert war, ihre Dienstwaffe hervor.

Sie blickte ihre Mitarbeiter nacheinander an. »Sie wissen alle Bescheid. Wir bleiben über Funk miteinander in Verbindung. Gibt es noch irgendwelche Fragen?«

Blicke wurden getauscht. Fragen gab es keine mehr.

»Gut, dann los«, entschied Gesa Brockmann.

In den Fall Jenna Rachnow kam Bewegung.

Kapitel 18

Das Haus von Peer Stading lag in der Nähe des Kiefernwegs. Der Garten wirkte verwildert. Blickfang war das alte, blau bemalte Ruderboot, das mit Erde befüllt war und aus dem ein paar langstielige Sonnenblumen wuchsen.

Bereits bei ihrer Ankunft bemerkten Gesa Brockmann und Enno Dietz etwas, das ihnen eigenartig vorkam.

Am Gartenzaun lehnte ein Fahrrad, das nicht nur brandneu, sondern auch sehr kostspielig aussah. Es war nicht einmal mit einem Fahrradschloss gesichert.

»Ob Stading Besuch hat?«, fragte Gesa Brockmann.

Enno Dietz war bei dem Rad stehen geblieben. »Sehen Sie mal hier«, sagte er und deutete auf die Rückseite des gut gepolsterten Sattels.

Gesa Brockmann gesellte sich zu ihrem Mitarbeiter. »Die Initialen J.R. Wenn damit nicht gerade J.R. Ewing gemeint ist, würde ich sagen, es handelt sich um das Rad von Doktor Rachnow.«

Enno nickte. »Das dachte ich eben auch. Bis auf die Sache mit diesem Ewing. Wer soll das sein?«

»Die Ewings aus Dallas. Das war eine alte …« Gesa Brockmann winkte ab. »Nicht weiter wichtig. Sagen Sie mir lieber, was wir jetzt annehmen sollen. Dass Rachnow nach seinem Telefonat mit Stading direkt zu dessen Haus gefahren ist?«

»Dann müsste er ja noch immer hier sein«, folgerte Enno und sah auf seine Armbanduhr. »Und das jetzt bereits seit fast zwei Stunden.«

»Da stimmt doch was nicht«, brachte es die Chefin auf den Punkt. Sie holte ihre Dienstpistole hervor und entsicherte sie. Der junge Polizist neben ihr tat es ihr gleich.

Im vorgeschriebenen Abstand hasteten sie über den Rasen auf das Haus zu. Nur Sekunden später erreichten sie die Tür. Gesa Brockmann rüttelte vergeblich daran. Da die Klingel offenbar defekt war, betätigte die Beamtin stattdessen den Türklopfer.

Dabei handelte es sich um einen aus Eisen gegossenen Rettungsring im Miniaturformat.

Die Chefin wiederholte das Klopfen, doch nichts tat sich.

»Scheint niemand da zu sein«, vermutete Enno.

»Oder man will uns nicht hören«, gab seine Vorgesetzte zu bedenken. Gesa Brockmann gab ihrem Mitarbeiter einen Wink und setzte sich gleich darauf in Bewegung. Sie umrundeten das kleine Einfamilienhaus und arbeiteten sich bis zur Rückseite vor. Dort führten ein paar einfache Zementstufen von einem höher gelegenen Rasenstück auf eine gläserne Verandatür zu. Dieses Mal hatten sie Glück.

Enno deutete stumm auf den inneren Türgriff, der in waagerechter Position stand. Vorsichtig drückte er die Tür mit der rechten Schulter nach innen auf. Sie verfing sich in einer dünnen Gardine, die kurz unterhalb der Decke einen langen Riss erhielt. Die beiden Polizisten gingen über das Geräusch hinweg.

Sie befanden sich im Wohnzimmer, in dem Rieke Voss sich auch bereits aufgehalten hatte. Im Haus war es absolut still. Keine Stimmen, keine Geräusche. Nichts.

Sie sicherten die Räume. Einen nach dem anderen. Auch im Keller sahen sie nach. Das Haus schien verlassen.

»Vielleicht sind die beiden zusammen weggegangen«, überlegte Enno.

Gesa Brockmann schürzte die Lippen. »Schon möglich. Aber in einem hat Kolbe recht: Was haben zwei so unterschiedliche Männer wohl miteinander zu tun? Warum haben sie vorher so lange telefoniert? Ich kann mir nicht helfen, Enno. Irgendetwas ist hier faul. Und ich habe das Gefühl, wir sollten besser schnell herausfinden, was es ist.«

»Was schlagen Sie vor, Chefin?«

»Wir nehmen uns nochmal die einzelnen Räume vor. Und dieses Mal sehen wir etwas genauer hin.«

Enno nickte und steckte seine Waffe zurück ins Gürtelholster. Er stemmte seine Hände in die Hüften und sah sich um. Sie befanden sich wieder im Wohnzimmer.

»Wenn du was anrührst«, erklärte seine Vorgesetzte, »dann leg es am besten wieder dahin zurück, wo du es gefunden hast. Muss ja nicht gleich jeder wissen, dass wir hier herumgeschnüffelt haben, du verstehst?«

»Keinen unnötigen Ärger einhandeln«, antwortete Enno mit einem schiefen Grinsen.

»Ich sehe, wir verstehen uns«, antwortete Gesa Brockmann. Auch sie steckte ihre Pistole zurück, auch wenn sie in diesem Haus noch immer ein merkwürdiges Gefühl in der Magengegend verspürte.

Sie drehte sich um und öffnete erneut die Tür, die in das Schlafzimmer führte. Abgestandene Luft, muffiger Geruch.

Das Bett war unordentlich, das Laken sah aus, als sollte es dringend mal gewechselt werden. Die Matratze war durchgelegen. Vom alten eisernen Bettgestell selbst war hier und da die Farbe abgeplatzt.

Der Boden war mit billiger Auslegeware zugepflastert. An der Stelle vor dem Bett, dort wo ein Paar alter Pantinen stand, zeigte das Material einen verschlissenen hellen Fleck.

Neben dem Bett ein kleiner dunkler Nachtschrank aus Holz. Darauf befanden sich ein altmodischer Wecker und ein Glas, das zur Hälfte mit Wasser gefüllt war. Daneben lag eine angebrochene Schachtel Reinigungstabletten für die dritten Zähne.

Gesa Brockmann wollte nicht hier sein. Für einen Moment überlegte sie, Enno zu rufen, um die Zimmer zu tauschen, aber sie wollte es nicht später als Schwäche ausgelegt bekommen, daher blieb sie bei ihrem Vorhaben. Sie zog die Schublade des Nachtschränkchens auf. Sie quietschte und ruckelte, ließ sich nicht mit einem Mal öffnen. Darin befand sich eine unbestimmbare Anzahl Leinentaschentücher, zum Glück sauber und ordentlich übereinandergestapelt. Dahinter mehrere angebrochene Schachteln Tabletten unterschiedlicher Hersteller und eine angebrochene Flasche Hustensaft mit verklebtem Plastikdeckel.

Gesa Brockmann schob die Schublade zu, durchsuchte oberflächlich eine Kommode, in der sich kaum etwas anderes als Strickpullover und Socken befanden.

Sie wandte sich dem großen, knorrigen Kleiderschrank zu, der zwei breite, schwere Türen besaß. Er war abgeschlossen, doch der Schlüssel steckte.

Die Polizistin drehte ihn herum. Ein lautes Knacken war zu hören, dann sprang ihr bereits die rechte Tür um ein paar Zentimeter entgegen. Das Erste, was sie erblickte, war ein altes Keyboard, das aufrecht im Schrank stand, an die Seitenwand gelehnt. Daneben befand sich eine Reisetasche und darüber wiederum eine kleinere, eckige Tasche mit Reißverschluss. Sie war es, die Gesa Brockmanns Interesse weckte. Sie bückte sich herunter und zog die Tasche vorsichtig an ihrem Gurt heraus. Dann drehte sie sich zum Bett um, legte die Tasche darauf ab und öffnete den Reißverschluss. Zum Vorschein kam eine alte Videokamera, die noch mit Kassetten betrieben wurde, die allem Anschein nach jedoch noch in Gebrauch und vollkommen funktionsfähig war.

Gesa Brockmann hob das klobige Gerät in die Höhe und schaltete es ein. Sofort begann eine kleine grüne Kontrolllampe zu leuchten. Sie drückte auf den Tasten herum, bis die Kassette im Gerät ein Stück weit zurückspulte. Dann drückte die Polizistin auf *Play* und blickte auf den kleinen Monitor, der das Aufgenommene im Kleinstformat anzeigte.

Auf ihrem Gesicht entstand ein fragender Ausdruck. Dann endlich begriff sie, was sie da sah. »Enno?«, rief sie.

Es kam keine Antwort.

Sie wiederholte ihren Ruf, dieses Mal lauter.

Irgendwo im Haus knarrte leise eine Tür.

»Mist«, flüsterte Gesa Brockmann, warf die noch immer laufende Kamera aufs Bett und zog ihre Waffe.

Kapitel 19

»Wenn wir da jetzt reingehen, sprechen Sie am besten mit Mayla«, schlug Rieke Voss vor.

Sie hatten die Räder an der Straße abgestellt und blickten in diesem Moment beide skeptisch zu dem Haus mit dem Windspiel herüber.

»Warum ausgerechnet ich?«, fragte Kolbe.

Rieke baute sich vor ihm auf und sah ihn durchdringend an. Dabei strich sie eine Haarsträhne weg, die ihr der Wind ins Gesicht geweht hatte.

»Weil die Kleine Vertrauen zu Ihnen gefasst hat. Haben Sie das nicht mitbekommen? Außerdem sind Sie von uns beiden besser geeignet.«

»Wieso? Ich habe überhaupt keine Erfahrung mit Kindern.«

»Eben darum«, antwortete Rieke. »Die Erfahrungen, die ich mit Kindern habe, sind nämlich fast alle negativ. Außerdem haben Sie doch selbst damals …« Sie brach ab.

Kolbe blinzelte. »Was wollten Sie sagen?«

Sie winkte ab. »Gar nichts.«

»Doch, doch«, beharrte er. »Was war es?«

Die rothaarige Polizistin machte einen ärgerlichen Laut. »Sie haben doch selbst als Kind irgendwas Unangenehmes erlebt, oder etwa nicht?«

»Woher wissen Sie das?«

»Von Ihnen selbst. Sie tragen es doch manchmal geradezu zur Schau. Diese gedanklichen Aussetzer, die Sie manchmal haben. Die Sache mit dem Haus von Doktor Sartorius. Muss ich wirklich noch mehr sagen?«

»Nein«, presste Kolbe durch seine fast geschlossenen Zähne hindurch.

»Sorry«, sagte sie, »das war vielleicht nicht ganz fair. Was ich eigentlich damit sagen wollte, war, dass Sie sich am ehesten von uns beiden in ein Kind hineinfühlen können, das irgendein traumatisches Erlebnis mit sich herumträgt.«

»Ja. Kann schon sein.«

Rieke Voss straffte ihre Uniformweste. »Über Ihres sollten wir vielleicht bei Gelegenheit mal reden, finden Sie nicht?«

Kolbe erwiderte ihren Blick. »Wieso? Haben Sie nebenbei ein Psychologiestudium absolviert, von dem ich noch nichts weiß?«

Die Kommissarin sah ihren Kollegen schief an. »Eigentlich wollte ich Ihnen gerade was Nettes sagen. Deswegen bekommen Sie jetzt nur Antwort B von mir: Ich möchte keinen Partner haben, bei dem ich im Einsatz jede Sekunde befürchten muss, dass er nicht ansprechbar ist, weil er irgendwelche Aussetzer hat.«

Kolbe blieb vor Rieke Voss stehen. Die beiden lieferten sich für mehrere Sekunden ein stummes Blickduell.

»Wir sollten jetzt besser reingehen«, sagte er leise und wandte sich ab. Im Gehen löste er die Klappe seines Gürtelholsters. Der Kolben seiner Dienstwaffe lugte jetzt schwarz und bedrohlich heraus. Der Kommissar erreichte die Tür und drückte den Klingelknopf.

Rieke holte ihn ein, stellte sich neben ihn und ordnete ihr Haar.

»Vielleicht haben Sie recht«, sagte Kolbe leise. »Vielleicht sollte ich tatsächlich besser mit Mayla sprechen.«

Als Rieke etwas erwidern wollte, wurde die Tür geöffnet.

Walter Schrade sah sie mit einem seltsamen Gesichtsausdruck an. »Sie schon wieder? Was ist denn jetzt noch?«

»Es tut mir leid, Herr Schrade«, erklärte Kolbe, »aber es haben sich noch einige neue Gesichtspunkte ergeben, die es notwendig machen, noch einmal mit Ihnen, Ihrer Frau und mit Mayla zu sprechen.«

Schrades Blick wanderte von Kolbe zu Rieke und wieder zurück. »Nein!«

»Herr Schrade …«

»Ich habe Nein gesagt und dabei bleibt es! Bitte gehen Sie. Wir haben nichts zu sagen und Sie können uns nicht …«

»Ich denke doch, dass wir das können«, sagte Kolbe und stellte in genau dem richtigen Augenblick seinen Fuß in die Tür.

Schrade, der die Tür ins Schloss hatte werfen wollen, prallte entsetzt zurück. »Was fällt Ihnen ein? Sind Sie verrückt geworden?«

»Treten Sie bitte zurück, Herr Schrade, und machen Sie uns keine Schwierigkeiten. Meine Kollegin und ich werden uns jetzt bei Ihnen umsehen.«

Kolbe drückte sich an Schrade vorbei in den Flur. Rieke Voss schlüpfte hinterher und schloss die Tür hinter sich.

»Das dürfen Sie nicht!«, ereiferte sich der Hausbesitzer. »Sie haben kein Recht dazu! Ich werde mich bei Ihrer Vorgesetzten beschweren!«

»Frau Brockmann besorgt in diesem Augenblick den Durchsuchungsbeschluss«, stellte Rieke klar, auch wenn sie sich in diesem Punkt gar nicht so sicher war. »Bis die Angelegenheit hier geklärt ist, besteht Gefahr im Verzug.«

»Gefahr?«, blaffte Schrade. »Was für eine Gefahr denn? Die einzige Gefahr, die ich hier sehe, sind Sie!«

»Wo befindet sich Ihre Frau?«, fragte Rieke energisch.

»Ich bin hier«, ertönte eine Stimme hinter ihnen.

Rieke wirbelte mit der Waffe in der Hand herum.

Heike Schrade, die im Halbdunkel des Flurs stand, stieß einen erschrockenen Laut aus und hob aus einem Reflex heraus die Hände.

»Tut mir leid«, sagte Rieke und ließ die Pistole sinken, behielt sie aber in der Hand. »Frau Schrade, Herr Schrade, gehen Sie bitte ins Wohnzimmer und bleiben Sie dort. Wir werden uns in Ihrem Haus umsehen. Bis dahin sollten Sie sich eine Erklärung dafür überlegt haben, woher Ihre Tochter die Hämatome an ihren Armen hat. Und falls Sie uns darüber hinaus noch etwas zu sagen haben, wäre das ebenfalls eine gute Gelegenheit.«

Die Schrades wechselten einen Blick miteinander. Heike Schrade senkte kurz darauf den Kopf. Sie drehte sich wortlos um und verschwand im Wohnzimmer.

Walter Schrade stand mit geöffnetem Mund da und starrte die Inselkommissare abwechselnd an. »Was Sie hier tun, ist … das wird ein Nachspiel haben. Darauf können Sie sich verlassen.«

»Wir haben es gehört«, gab Kolbe zurück und deutete mit der rechten Hand zur Wohnzimmertür hinüber. »Wenn Sie jetzt bitte Ihrer Frau folgen würden?«

Es war Schrade anzusehen, dass es in ihm brodelte. Ihm lag noch etwas auf der Zunge, doch offenbar hatte er sich entschieden, sich diesen Gifthappen für später aufzuheben.

Kolbe und Voss blieben allein im Hausflur zurück.

»Ich kümmere mich um den unteren Bereich«, entschied Rieke. »Sehen Sie oben nach dem Rechten und sprechen Sie vor allen Dingen mit dem Mädchen.«

»Genau das hatte ich vor«, antwortete Kolbe und nickte seiner Kollegin zu.

Er hastete die Treppe nach oben, immer zwei Stufen auf einmal nehmend. Er geriet in einen weiteren Flur, von dem gleich vier Türen abzweigten. Zwei von ihnen waren leicht geöffnet, die dritte führte in ein kleines Badezimmer.

An der weißen Tür am Ende des Flurs prangte der Name *Mayla*, der mit Fingerfarbe aufgemalt und von einem Herz aus Strass-Steinen umgeben war.

Kolbe trat näher an die Tür heran und klopfte leise.

Er widerstand dem Impuls, seine rechte Hand auf die Waffe an seiner Hüfte legen zu wollen. Nicht vor einem Kinderzimmer, dachte er.

»Herein«, rief ein dünnes Stimmchen.

Der Kommissar drückte die Klinke herunter und öffnete. Nach der Verzierung der Zimmertür hatte er eigentlich erwartet, das pinkfarbene Paradies einer Prinzessin zu betreten, doch das genaue Gegenteil war der Fall. Der Raum wirkte in seiner Ausstattung beinahe nüchtern. Sicher, es gab ein Bett, eine Kommode, einen Kleiderschrank und einen kindgerechten Schreibtisch, und das alles in sauberer und ordentlicher Qualität, aber dass dies das Zimmer eines zehnjährigen Mädchens war, erkannte Kolbe im Grunde nur an dem Mädchen selbst.

Mayla hatte es sich mit einem Buch in einem Sessel neben dem Fenster bequem gemacht. Das Fenster war leicht geöffnet. Der hereinwehende Wind spielte mit den Vorhängen.

»Ach, du bist es«, sagte das Mädchen, als sie den Kommissar erkannte. Sie sagte es so, als habe sie ihn erwartet. Demzufolge klappte sie auch das Buch zu und legte es noch im Sitzen auf ihren Schreibtisch. Sie streckte ihre Beine vor und legte ihre Hände in den Schoß. Mit ihren großen, braunen Augen sah sie den Polizisten an.

Kolbe schloss die Tür hinter sich, kam langsam näher und blieb in der Mitte des Zimmers stehen.

»Hübsch hast du's hier. Und eine recht gute Aussicht über die Insel, hm?« Kolbe deutete zum Fenster hinüber.

Mayla folgte seiner Geste nicht. Ihr Blick ruhte weiter auf ihm. Aufmerksam, aber auch mit einer Spur von Scheu, die aber vermutlich jedes Kind in ihrem Alter verspüren musste, wenn sie mit einem Fremden zusammenstieß, der noch dazu von der Polizei war.

Kolbe suchte vergeblich nach einem Stuhl oder einer anderen Sitzgelegenheit, die das Gewicht eines Erwachsenen getragen hätte, also setzte er sich einfach im Schneidersitz auf den hochflorigen Teppich vor Maylas Sessel.

Das Mädchen beobachtete ihn dabei. Vermutlich waren ihre Gedanken gerade in Aufruhr, kreisten immer wieder um die Frage, was der Polizist von ihr wollte. Aber vielleicht wusste sie es längst, überlegte Kolbe.

»Wie lange lebst du schon hier auf Langeoog, Mayla?«, fragte er.

»Seit vier Jahren«, antwortete sie ohne das geringste Zögern. »Meine Eltern haben mich adoptiert, als ich sechs war.«

»Hm«, machte Kolbe und nickte dabei bedeutungsvoll.

»Deswegen sind die beiden eigentlich nicht meine richtigen Eltern. Die sind nämlich gestorben, als ich noch ein Baby war. In Venezuela.« Sie legte eine kurze Pause ein, sah ihren Besucher skeptisch an und fügte hinzu: »Das liegt in Südamerika.«

»Ah ja«, sagte Kolbe und tat so, als hätte er gerade etwas Bedeutsames hinzugelernt.

»Aber das willst du alles gar nicht wissen, stimmt's?«

»Stimmt.« Kolbe verblüffte nicht nur die Offenheit, sondern auch die Intuition des Kindes. »Ich würde sehr gerne noch einmal mit dir über deine Klavierlehrerin sprechen. Über Jenna.«

»Sie ist meine Freundin. Sie ist toll.«

»Das glaube ich dir sofort. Jemand, der Musik so gernhat, kann kein allzu schlechter Mensch sein. Genauso wie du.«

Mayla schien für einen Augenblick über Kolbes Worte nachzudenken, dann zuckte sie zweimal kurz mit ihren Schultern, die noch immer unter dem langärmligen Oberteil verborgen waren.

»Frau Rachnow … Jenna … habt ihr beide auch über andere Dinge gesprochen?«

»Klar«, sagte Mayla. »Ist doch nur normal, oder?«

»Total normal für gute Freundinnen«, bestätigte Kolbe und lächelte. Allerdings nur kurz, denn er wusste, dass er in Kürze ein ernsteres Thema würde anschneiden müssen.

»Mayla«, fuhr Kolbe zögernd fort, »hast du mit Jenna auch über das hier gesprochen?« Kolbe hob seinen linken Arm und tippte sich auf eine Stelle oberhalb des Handgelenks.

Das Mädchen presste ihre Lippen zusammen und versteckte ihre Arme hinter dem Rücken.

»Entschuldige bitte«, sagte Kolbe in ruhigem Ton. »Ich will dich damit nicht ärgern. Aber … weißt du … Niemand darf einem Kind so etwas antun. Auch Erwachsene nicht. Besonders Erwachsene nicht.«

Kolbe rechnete damit, dass Mayla ihn im nächsten Moment anschreien oder aus dem Zimmer laufen würde. Aber weder das eine noch das andere geschah. Stattdessen holte sie zögerlich ihre Arme wieder hinter dem Rücken hervor.

Sie streifte einen ihrer Ärmel hoch, sodass Kolbe zwei Hämatome sehen konnte. Einen im Bereich des Unterarms, den anderen weiter oben, knapp über der Ellenbeuge.

»Hast du noch mehr von diesen Flecken?«, fragte Kolbe leise.

Sie schüttelte den Kopf. Dabei hielt sie seinem Blick stand, weswegen der Kommissar ihr Glauben schenkte.

»Mama kann nichts dafür«, sagte Mayla in diesem Augenblick.

Kolbe sah sie aufmerksam an. »Mama?«, wiederholte er.

Das Mädchen nickte. »Mama sagt oft, dass ich rausgehen soll. Wenn ich im Wohnzimmer bin und fernsehe. Wenn Mama und Papa streiten.«

»Und du willst nicht gehen?«, hakte der Kommissar vorsichtig nach.

Mayla schüttelte den Kopf. »Mama sagt dann immer, es muss sein. Ich will aber trotzdem nicht. Und irgendwann packt sie mich am Arm und schiebt mich raus. Sie kann nichts dafür, sagt sie. Es tut ihr hinterher immer leid, sagt sie.« Das Mädchen schniefte leise. »Ich laufe dann immer hier rauf, in mein Zimmer. Hier höre ich Mama und Papa dann auch immer miteinander streiten. Sie streiten oft. Fast jeden Tag.«

»Das ist schlimm«, antwortete der Kommissar. »Weißt du, worüber sie streiten?«

»Meistens über Geld«, sagte Mayla. »Eigentlich sogar immer. Papa verdient im Augenblick nicht so viel, weil er schon so lange krank ist. Und Mama findet keine Arbeit.«

»Du hast Jenna von diesen Streitereien erzählt, nehme ich an. Und sicher auch, woher die blauen Flecken an deinen Armen kommen.«

»Nein, nie«, antwortete Mayla.

Kolbe stutzte. Die Antwort der Kleinen passte nicht in die Geschichte, die er und Rieke Voss sich zurechtgelegt hatten. Er blickte das Mädchen ruhig an.

»Du kannst mir ruhig die Wahrheit sagen. Du weißt doch, dass ich Polizist bin, oder? Auch wenn ich keine Uniform trage.«

»Ich hab dir die Wahrheit gesagt!«, schrie sie ihn plötzlich an. Auf ihrer Stirn erschien eine Zornesfalte, und ihre Augen funkelten ihn mit einem besonderen Glanz an. Dann begannen sie sich mit Tränen zu füllen.

»Dir habe ich die Wahrheit gesagt«, fügte sie wesentlich leiser und von einem Schniefen begleitet hinzu. »Aber Jenna nicht. Ich hab sie angelogen. Ich habe ihr immer erzählt, dass ich mir die Flecken in der Schule geholt habe. Beim Spielen in der Pause oder im Sportunterricht. Ich hab sie angelogen, und jetzt tut es mir leid.«

»Es muss dir nicht leidtun«, erklärte Kolbe trocken. Er fühlte sich mit einem Mal unwohl. So wie immer, wenn er glaubte, irgendein wichtiges Detail in einem Fall übersehen zu haben. Und doch wusste er, dass er der Wahrheit noch nie so nahegekommen war wie jetzt im Augenblick.

»Es ist aber so«, beharrte Mayla. »Manchmal kann man eine Lüge nicht mehr zurücknehmen. Besonders nicht, wenn …«

»Wenn was?«, fragte Kolbe, als sie nicht weitersprach.

Mayla wurde so ruhig, dass es dem Kommissar beinahe unheimlich wurde. Der Blick ihrer dunklen Augen ruhte auf ihm, schien ihn regelrecht zu durchdringen.

»Du bist hier, weil sie tot ist, stimmt's?«

Die Frage der Kleinen traf den Kommissar beinahe wie ein Schlag. Für einen Moment war er perplex. Was sollte er jetzt tun? Er war auf diesen Fall nicht vorbereitet …

Kolbe entschloss sich, die Wahrheit zu sagen. Deswegen nickte er.

»Ich habe es mir schon vorhin gedacht, als du das erste Mal hier gewesen bist.« Mayla wischte sich eine Träne von ihrer rechten Wange. »Ich habe gehört, wie du und deine Kollegin Mama und Papa ausgefragt habt.«

»Du hast gelauscht«, stellte Kolbe fest.

Sie nickte. »Bist du jetzt sauer?«

»Quatsch«, platzte es aus ihm heraus. »Wenn du wüsstest, wie oft ich in meinem Leben schon irgendwo gelauscht hab.«

»Du bist Polizist. Du darfst das.«

Der Kommissar wiegte den Kopf hin und her. Gleich darauf wurde er wieder ernst.

»Mayla, ich muss unbedingt herausfinden, was passiert ist. Verstehst du? Irgendjemand hat … hat Jenna getötet, und er muss dafür zur Rechenschaft gezogen werden.«

»Rechenschaft? Was ist das?«

»Er muss bestraft werden für das, was er getan hat. Das verstehst du doch, oder?«

»Natürlich«, sagte sie. »Ich bin doch nicht blöd.«

Kolbe erhob sich langsam. Sie waren einer falschen Spur nachgejagt, Rieke und er. Wieder einmal.

Er nickte der Kleinen im Sessel zu.

»Wir sehen uns wieder, Mayla. Ich werde nochmal mit deinen Eltern reden. Man kann ihnen helfen, weißt du? Ich werde dafür sorgen, dass man sich darum kümmert.«

»Ist gut«, sagte sie, beugte sich nach links und hangelte nach dem Buch, in dem sie vorhin gelesen hatte.

Kolbe wandte sich zum Gehen, als ihm plötzlich etwas einfiel, dem er vorhin keine Beachtung geschenkt hatte.

Er ging noch einmal an das Fenster heran. »Eines würde mich aber doch noch interessieren«, sagte er. »Was stimmt denn mit der Aussicht von hier oben nicht? Die ist doch toll.«

»Ist sie nicht«, murrte das Mädchen und zog dabei einen Schmollmund, der eher zu einer Vierjährigen gepasst hätte.

Der Kommissar blickte durch die saubere Fensterscheibe nach draußen. »Du kannst von hier aus den Strand und das Wasser sehen. Und weiter hinten bei klarer Sicht bestimmt sogar die Schiffe. Gut, da vorne links sind ein paar Häuser im Weg, die stören die Sicht, aber …« Kolbe stockte.

Er blickte schräg zu einer Wand hinüber, die zu einem Haus gehörte, das unmittelbar an dieses grenzen musste, vielleicht nur durch eine Brandmauer getrennt. Aus dieser Position heraus war ein relativ schmales Fenster zu sehen, das von innen mit einem von der Sonne ausgeblichenen Rollo verhängt war.

Mit seinem Schienbein stieß er gegen eine kleine Kommode und stutzte erneut. Kolbe trat einen Schritt zurück und betrachtete das Möbelstück.

»Kann es sein, dass du gar nicht mehr aus dem Fenster sehen willst?«, fragte er. »Hast du deshalb die kleine Kommode davor gerückt?«

»Hab ich ja gar nicht«, sagte Mayla mit halb erstickter Stimme.

»Ich glaube, das hast du doch«, gab Kolbe zurück und deutete nach unten. »Man sieht sogar noch die Abdrücke im Teppich.

Dort, wo sie vorher gestanden hat. Und wo sie irgendwie auch viel besser hinpasst.«

Mayla sagte nichts mehr. Sie hatte ihre Lippen so fest aufeinandergepresst, dass sich kein Blut mehr darin befand.

Kolbe legte noch einmal sein Gesicht an die Glasscheibe und sah zu dem anderen Fenster hinüber. Es war nur ein einfaches Fenster. Und ein Rollo. Und doch … mit ein wenig Einbildungskraft konnte man auf den Gedanken kommen, dass sich dahinter der schattenhafte Umriss eines Menschen abzeichnete.

Kolbe drehte sich um, trat zwei Schritte auf den Sessel zu und ging davor in die Hocke. Sanft griff er nach Maylas Händen und umschloss sie in einer lockeren Berührung. Er wartete ein paar Sekunden, dann wagte er seinen Versuch.

»Mayla. Was hast du durch das Fenster dort beobachtet? Was hast du von hier aus gesehen?«

Zunächst schien es, als wolle das Mädchen nicht antworten. Dann fingen ihre Lippen an zu beben. Und durch dieses Beben hindurch presste sie flüsternd die Worte, die Kolbe eine Gänsehaut über den Rücken jagten.

»Er hat sie umgebracht.«

Kapitel 20

Gesa Brockmann entsicherte ihre Waffe. Sie hielt sie in beiden Händen, vor sich gestreckt, bereit zum Einsatz.

Irgendwo im Haus waren Schritte zu hören gewesen. Ganz kurz nur, dann waren die Geräusche wieder verstummt.

»Enno?«, rief sie in die Stille. »Kannst du mich hören? Wo bist du?«

Erneut knarrte eine Tür. Wieder waren Schritte zu hören. Dieses Mal näherten sie sich eindeutig. Und schnell. Ein Schatten tauchte aus dem Flur auf und erschien in der Tür zum Wohnzimmer.

»Chefin?«

Die Dienststellenleiterin ließ die angesammelte Luft aus ihren Lungen entweichen, als sie ihren Mitarbeiter erkannte.

»Großer Gott, Enno, wo um alles in der Welt bist du gewesen?«

»'Tschuldigung«, sagte der Polizist kleinlaut, »ich habe hinten im Flur eine Tür entdeckt, die direkt in eine Werkstatt führt. Leider ist sie hinter mir zugefallen, und ich hatte einige Mühe, sie von der anderen Seite wieder zu öffnen.«

»Verflucht«, flüsterte seine Vorgesetzte. »Und ich dachte schon, es sei was passiert.«

»Warum haben Sie mich nicht über Funk verständigt?«, fragte Enno und deutete auf das kleine Gerät an ihrer Einsatzweste.

Gesa Brockmann folgte seinem Blick und machte ein leicht gereiztes Gesicht.

»Was war denn überhaupt los?«, wollte Enno wissen.

Die Chefin war ihm für diese Frage fast dankbar. Sie gab dem jungen Polizisten ein Zeichen, ihr zu folgen.

Sie kehrten in Stadings Schlafzimmer zurück, wo sie ihm die eingeschaltete Kamera in die Hand drückte.

Enno richtete das Gerät aus und blickte auf den Monitor, über den einige unscharfe Bilder flimmerten. Plötzlich weiteten sich seine Augen.

»Das darf doch nicht wahr sein«, platzte er heraus, »der Kerl hat ihr unter den Rock gefilmt.«

»Und das während des Klavierunterrichts«, ergänzte Gesa Brockmann. »Jedenfalls nehme ich das an, weil außer dem da kaum was zu sehen ist.«

»Moment«, sagte Enno und drehte die Kamera in seinen Händen. »Ich bin mir fast sicher, dass es das Ganze auch mit Ton gibt. Ich glaube, hier ist es schon.« Der Polizist betätigte eine Taste und schon im nächsten Moment waren die knisternden und verzerrten Klänge eines Keyboards zu hören, das von irgendjemandem furchtbar malträtiert wurde.

Kurz darauf war eine Frauenstimme zu hören. Es war nicht zu verstehen, was sie sagte, doch es handelte sich dabei laut Gesa Brockmanns Einschätzung eindeutig um Jenna Rachnow.

»Der Dreckskerl muss die Kamera irgendwo auf dem Fußboden versteckt haben«, sagte sie. »So, dass man es nicht sofort sieht.« Sie starrte widerwillig auf den kleinen Monitor, der das wiedergab, was vielleicht vor Wochen oder Monaten aufgenommen worden war. Zwei strumpflose Frauenbeine, zwischen denen weiter oben ein heller Slip durchschimmerte.

»Schalt das ab, Enno«, sagte Gesa Brockmann, »sonst vergesse ich mich noch.« Sie warf einen verächtlichen Blick auf den Kleiderschrank und die Reisetasche darin, die, wie sich herausstellte, bis zum Rand mit Frauenkleidern gefüllt war.

»Wir werden diesen ganzen Plunder beschlagnahmen«, sagte sie und wollte noch etwas hinzufügen, als Enno, der noch immer die ausgeschaltete Kamera in einer Hand hielt, den Zeigefinger an seine Lippen legte.

Jetzt hatte Gesa Brockmann es auch gehört. Jemand hatte das Haus betreten und kam rasch näher. Schwere Schritte, die durch den Flur stiefelten.

Die Tür zum Schlafzimmer wurde aufgerissen. Peer Stading starrte sie in einer Mischung aus Wut und Abscheu an.

»Schiete!«, entfuhr es ihm, als er die Waffe sah, die Gesa Brockmann auf ihn richtete.

Mit einer Geschwindigkeit, die ihm keiner der Anwesenden zugetraut hätte, wirbelte er herum und knallte die Tür des Schlafzimmers zu.

»Verdammt, er haut ab!«, rief Gesa Brockmann.

Sie setzten sich gleichzeitig in Bewegung und jagten dem Flüchtenden nach.

»Er ist nach draußen gelaufen«, rief Enno ihr über die Schulter zu. In diesem Moment hörte auch die Dienststellenleiterin die hastigen Schritte auf dem Kiesweg.

Sie hasteten durch die Haustür ins Freie und entdeckten Stading, der gerade im Begriff war, sich auf Rachnows Rad zu schwingen.

»Hat er sich so gedacht«, presste Enno hervor und spurtete durch den Garten bis zum halbhohen Zaun.

»Bleiben Sie stehen, Herr Stading!«, gellte Gesa Brockmanns Stimme über das Gelände.

Der Flüchtende reagierte nicht. Jedenfalls nicht so, wie sie es gerne gehabt hätte. Er hielt an seinem Plan fest, die Flucht mit dem Fahrrad anzutreten.

Enno Dietz stieß sich in vollem Lauf ab.

Gesa Brockmann hörte ihn bis zu sich ächzen. Sie sah mit Staunen, wie ihr junger Mitarbeiter über den Zaun wirbelte und auf der anderen Seite mit Stading zusammenprallte. Der Polizist riss den anderen mit sich. Im nächsten Moment war ein Scheppern zu hören, als das Rad auf die Seite knallte.

Gesa Brockmann fluchte lautstark und rannte über den Plattenweg, der durch den Vorgarten führte, zur Straße.

Enno hielt Stading gepackt und zerrte ihn in dieser Sekunde in die Höhe. Der Hobbymusiker wirkte für einen Moment wie eine Marionette in den Händen des anderen.

Gesa Brockmann trat entschlossen auf die beiden Männer zu. Über Ennos rechte Wange verlief eine blutige Schramme, ansonsten schien ihm nichts passiert zu sein.

Stading schien unverletzt, allerdings war er in sich zusammengesackt und wagte nicht, die Polizistin anzusehen.

»Peer Stading«, sagte die Dienststellenleiterin, »Sie sind vorläufig festgenommen!«

Kapitel 21

Sie hatte ihm alles erzählt, was wichtig erschien und auf die Schnelle möglich war. Sie hatte ihm erzählt von jener Nacht, die so unheimlich und stürmisch gewesen war, von dem Wind, der so sehr an ihrem Dachfenster gezerrt und gerüttelt hatte, dass sie davon aufgewacht war. Die Nacht war finster gewesen, kein Licht am Himmel. Nur Wolken, nur Schwärze. Nur Regen, der wie aus dem Nichts gekommen und auf ihr Fenster eingeprasselt war, in dem Augenblick, in dem sie davorgestanden hatte. Erschrocken war sie zunächst einen Schritt zurückgewichen. Sie hatte sich vom Fenster abwenden wollen und hätte es sicher getan, wenn … ja, wenn da nicht plötzlich dieser Lichtschimmer gewesen wäre. Verschwommen zwar durch das viele Wasser, das an ihrer Scheibe herunterrann, doch eindeutig ein Licht in der dunklen Nacht.

Hieß es nicht, dass, wo Licht sei, sei auch Leben? Sie hatte in einem Buch davon gelesen. Doch in dieser Nacht schien sie dazu auserkoren zu lernen, dass der Tod ebenso überall sein konnte. Selbst im Nachbarhaus.

Mayla hatte die alte Frau, die nebenan wohnte, gekannt. Sie hatte in letzter Zeit nicht mehr das Haus verlassen. Nur durch das Fenster waren sich ab und zu ihre Blicke begegnet. Die alte Frau hatte ihr zugewinkt, und Mayla hatte ihren Gruß erwidert.

Doch irgendwann hatte das Mädchen vergeblich darauf gewartet, dass sich ihre Freundin am Fenster gegenüber zeigte. Mayla hatte sie zwar immer noch sehen können, an Tagen, in denen das Rollo drüben nicht heruntergezogen war, doch es war nicht mehr dasselbe gewesen. Die alte Frau, von der sie nicht einmal den Namen kannte, hatte von nun an nur noch in ihrem Bett gelegen. Jeden Tag, jede Nacht, vielleicht nur unterbrochen von kurzen Pausen. Ob sie gerufen hatte? Nach ihm, nach dem Mann, der bei ihr wohnte? Nach ihrem Sohn?

Ja, das hatte sie. Mayla hatte sich eingebildet, die Lippen der alten Frau gesehen zu haben, wie sie den Namen ihres Sohnes geformt hatten. Mayla hatte sogar geglaubt, ihre Stimme zu hören, die zuletzt immer verzweifelter geklungen haben musste.

Bis zu jener Nacht, in der jemand in das Zimmer der alten Dame geschlichen war, um sie umzubringen. In aller Stille und Abgeschiedenheit.

Als das Licht drüben aufgeflammt war, plötzlich und unvermittelt, hatte Mayla vor ihrem Fenster gestanden und hinausgesehen.

Was sie hatte miterleben müssen, waren die letzten Sekunden im langen Leben der alten Dame von nebenan gewesen. Ihr Kopf war nicht mehr zu sehen gewesen, weil er gänzlich von dem Kissen verdeckt worden war, das ihr der Mann aufs Gesicht gepresst hatte. Ihre fast schon kraftlosen Arme mussten in einer ihrer letzten Bewegungen aus dem Bett herausgerutscht sein. Dabei hatten sich ihre Finger im Kabel der Nachttischlampe verfangen. Aus einem Reflex heraus hatte sie den Schalter betätigt, und so war die ganze Wahrheit … die schlimme Wahrheit … letztlich ans Licht geraten. Mayla hatte sie erkannt. Und was viel schlimmer war: Sie hatte auch den Mann erkannt. Ihn, den Sohn, den Mörder.

Es gab nur noch eine Sache, die für Mayla noch entsetzlicher war als das: Er hatte auch sie gesehen!

In dem Augenblick, als ihm bewusst geworden war, dass ausgerechnet in dieser Nacht das Rollo nicht heruntergelassen war, hatte er sich nach vollbrachter Tat umgedreht. Ruckartig, so als sei ihm dieser Gedanke ganz plötzlich durch den Kopf geschossen.

Ihre Blicke waren sich begegnet. Mayla hatte diesen Blick nie vergessen.

Der Mann von gegenüber auch nicht.

Jetzt jagte Kolbe die Treppe hinunter. Er kannte die Lösung. Er kannte das Motiv. Er kannte den Mörder.

Am unteren Ende der Treppe standen die Schrades und blickten ihm mit umwölkten Mienen entgegen.

Kolbe riss die Augen auf. »Wo ist Kommissarin Voss?«

»Es war jemand am Telefon«, sagte Schrade zögernd. »Er hat gesagt, er hätte Doktor Rachnow gesehen, der um sein Haus schleicht. Und … er hat gemeint, er solle doch in dem Fall sofort einem von Ihnen Bescheid sagen.«

Kolbe glaubte zu spüren, wie eine eiskalte Faust nach seinem Herz griff und es fest umschloss. Er starrte das Ehepaar an.

»Frau Voss ist rausgegangen, ohne mir etwas zu sagen?«

»Sie hat uns angewiesen, Ihnen sofort Bescheid zu sagen, wenn Sie herunterkommen«, antwortete Heike Schrade.

Kolbe widerstand dem Wunsch, die beiden auf der Stelle zu packen und durchzuschütteln.

»Wo ist meine Kollegin hingegangen? Wohin?«

Walter Schrade blickte ihn eingeschüchtert an. »Sie ist zu Herrn Sattner rübergegangen. Er wohnt direkt nebenan.«

Kapitel 22

Als Kolbe ins Freie stürmte, betätigte er im Laufen die Sprechtaste seines Funkgeräts, das er sich an den linken, aufgekrempelten Ärmel seines Oberhemds geklemmt hatte.

»Rieke, verdammt, wo stecken Sie?«

Er hastete durch eine Pforte, die die beiden Grundstücke miteinander verband. Seine Sicht wurde durch mehrere Apfelbäume behindert. Zu allem Überfluss war zwischen zweien auch noch eine Wäscheleine gespannt, auf der einige Hemden und T-Shirts hingen.

»Ich bin hier, Kolbe«, kam die Stimme der Kommissarin aus dem kleinen Gerät zurück. »Ziemlich genau hinter Ihnen.«

Der Kommissar drehte sich um und erkannte Rieke, die mit einem verschmitzten Lächeln auf ihn zutrat.

»Haben Sie wirklich gedacht, ich lasse Sie drüben hocken, während ich hier draußen irgendwo meine eigene Show abziehe?«

Kolbe verzog die Mundwinkel. »Ich hatte gehofft, dass es nicht so ist. Aber sicher war ich mir ehrlich gesagt nicht.«

»Was ist denn eigentlich los?«, fragte Rieke. »Was hat Ihr Gespräch mit Mayla ergeben? Hat sie überhaupt etwas gesagt?«

»Eine ganze Menge sogar«, antwortete Kolbe und klärte Rieke in knappen Worten über die letzten verblüffenden Ergebnisse auf.

Rieke starrte ihn an. »Sattner? Der Sattner von nebenan?«

»Es sieht ganz danach aus«, erklärte der Kommissar. »Ich habe keinen Grund, Mayla nicht zu glauben.«

»Oh Gott«, entfuhr es der Rothaarigen. »Und was hat es dann mit Sattners Anruf bei den Schrades auf sich?«

»Pure Verzweiflung, befürchte ich. Vermutlich hat Sattner mich oben am Fenster stehen sehen. Kann schon sein, dass er meine Bewegungen und meine Blicke richtig gedeutet hat. Er weiß, dass wir Bescheid wissen. Und jetzt hat er versucht, Sie in eine Falle zu locken. Möglicherweise, um Sie als Geisel zu nehmen und als Druckmittel gegen mich und den Rest der Mannschaft einzusetzen.«

»Mein Gott, das ist krank«, antwortete Rieke mit einem leisen Schauer.

»Ich fürchte, die Beschreibung trifft ziemlich genau auf ihn zu.«

»Und was tun wir jetzt?«, fragte die Kommissarin und deutete über das schmale Rasenstück zu Sattners Haus. »Die Terrassentür steht offen.«

»Sieht mir ganz stark nach einer Einladung aus«, sagte Kolbe, der ihrem Blick gefolgt war. »Auf der anderen Seite können wir nicht warten. Wir müssen damit rechnen, dass er Doktor Rachnow in seiner Gewalt hat.«

»Aber möglicherweise ist da auch noch Russ«, gab Rieke zu bedenken. »Das schaffen wir nicht. Das ist viel zu riskant.«

»Mist, verdammter«, fluchte Kolbe und griff erneut zum Funkgerät. Er setzte eine Meldung an Gesa Brockmann und Enno Dietz ab. Die Stimme der Chefin meldete sich sofort. Sie versprach, alles Notwendige in die Wege zu leiten und in ein paar Minuten mit Enno vor Ort zu sein.

Wie sich herausstellte, war das tatsächlich der Fall. Gesa Brockmann traf sich am Übergang der beiden Grundstücke mit den Inselkommissaren. Sie gingen hinter der Gartenmauer in Deckung, während Enno Dietz das Haus von der Straßenseite her unter Beobachtung behielt. Er hatte den Auftrag, jegliche Aktivität in oder am Haus sofort per Funk weiterzugeben. Bis hierhin hatte sich in Sattners Haus noch immer nichts getan.

Das änderte sich jedoch kurz nach achtzehn Uhr, als plötzlich ein Mann durch die offene Terrassentür nach draußen trat. Er hatte beide Hände erhoben. Seine Stirn war offenbar durch eine Platzwunde blutverkrustet. Dennoch konnte kein Zweifel darüber bestehen, dass es sich um Doktor Jan Rachnow handelte.

»Verdammt, also doch«, zischte Gesa Brockmann. »Dieser leichtsinnige Kerl. Warum konnte er die Sache nicht einfach uns überlassen?«

Rachnow blinzelte suchend gegen die allmählich tiefer stehende Sonne. »Herr Kolbe? Frau Voss? Sind Sie da? Kann mich jemand hören?« Die Stimme des Arztes klang dünn, unsicher und zerbrechlich. Sie spiegelte das wider, was im Augenblick von ihm selbst zu erkennen war.

»Wir sind hier«, gellte Kolbes Stimme die wenigen Meter hinüber. »Was ist mit Ihnen passiert, Doktor Rachnow?«

Aus dem Haus, hinter der Glasscheibe, war eine wispernde Stimme zu hören. Sattner, der dem Arzt auf der Terrasse Anweisungen gab.

»Es geht mir gut«, rief Rachnow. Sein Gesichtsausdruck und seine Körperhaltung straften ihn Lügen. Sattner musste ihm ganz schön übel mitgespielt haben.

»Ich wurde angewiesen, diese Linie nicht zu übertreten. Es ist eine Schusswaffe auf mich gerichtet. Ich bin hier, um Ihnen Herrn Sattners Forderungen zu überbringen.«

»Eine Geiselnahme«, flüsterte Gesa Brockmann hinter ihnen. »Das hat uns gerade noch gefehlt.« Sie wedelte Kolbe aufgeregt zu. »Reden Sie, reden Sie. Antworten Sie ihm. Halten Sie ihn irgendwie hin. Ich muss … überlegen.«

Kolbe warf seiner Vorgesetzten einen grimmigen Blick zu, bevor er sich wieder Rachnow zuwandte.

»Wir hören Sie, Doktor. Ich kann Ihnen hier und jetzt nicht garantieren, dass wir uns auf Forderungen einlassen werden, aber bitte … sprechen Sie.«

»Herr Sattner fordert eine sichere Überfahrt auf das Festland. Aber nicht mit der Fähre, sondern mit dem Versorgungsschiff, das zwischen Bensersiel und Langeoog pendelt. In Bensersiel soll ein Wagen bereitgestellt werden, der vollgetankt und abfahrbereit ist. Herr … Herr Sattner und ich werden den Wagen besteigen. Es … keine Verfolgung! Sollte dies festgestellt werden, kann für das Wohl der … der Geisel nicht mehr garantiert werden. Die Geisel wird freigelassen werden, sobald sich Herr Sattner in Sicherheit befindet.«

»Sicherheit«, wiederholte Rieke leise. »Die wird es für Sattner nicht mehr geben. Allerhöchstens eine Sicherheitsverwahrung.«

»Antworten Sie ihm, Kolbe«, mahnte Gesa Brockmann, die nebenbei ihr Handy am Ohr hatte und mit irgendeiner Instanz telefonierte.

»Wir können nicht versprechen, dass diese Forderungen erfüllt werden können«, rief Kolbe. »Aber wir werden sie in unserem Stab besprechen. Das braucht allerdings Zeit. Wir veranschlagen etwa …«

Aus dem Innern des Hauses war wieder hektisches Getuschel zu hören. Kurz darauf meldete sich Rachnow wieder zu Wort, der von Minute zu Minute schwächer klang.

»Es werden keine zeitlichen Verhandlungen akzeptiert. Das Versorgungsschiff legt in einer halben Stunde an. Wird Herr Sattner nicht unbehelligt an Bord gelassen und werden die übrigen Forderungen nicht erfüllt, wird Herr … Herr Rachnow nicht überleben.«

»In Ordnung«, rief Kolbe rüber. »Ich werde sehen, was ich erreichen kann. Sie werden wohl verstehen, dass dazu ein paar Telefonate notwendig sind. Geben Sie mir zwanzig Minuten, dann bin ich wieder hier. Meine Kolleginnen Frau Brockmann und Frau Voss befinden sich ebenfalls hier.«

Wieder Getuschel. Rachnow setzte sich langsam in Bewegung, trat Schritt für Schritt zurück, bis er durch die Terrassentür im Innern verschwunden war.

»Zwanzig Minuten«, sagte Kolbe und sah auf seine Armbanduhr. »Ich hoffe, dass die Zeit reichen wird.«

»Einen Augenblick«, flüsterte Gesa Brockmann. »Dürfte ich wohl erfahren, ganz nebenbei, was Sie vorhaben?«

Kolbe beugte sich zu seiner Chefin hinüber. »Diese beiden Häuser sind durch eine Mauer miteinander verbunden. Ich halte es für wahrscheinlich, dass sie früher mal zusammengehörten und dass irgendwann nach dem Krieg zwei Häuser draus gemacht wurden. Demzufolge könnte es sein, dass noch ein gemeinsamer Keller existiert.«

»Das wäre … brillant«, antwortete Gesa Brockmann. »Sie haben meinen Segen dazu. Gehen Sie über das Haus der Schrades, versuchen Sie, etwas über die Keller rauszubekommen. Lassen Sie sich von Schrade einen Grundriss geben.

Und sagen Sie ihm …« Gesa Brockmann winkte ab. »Er soll einfach kooperieren. Aber Sie werden auf keinen Fall allein gehen, Kolbe. Sie nehmen Frau Voss mit.«

»Aber …«

Die Chefin hob mahnend die rechte Hand. »Keine Widerrede. Und gehen Sie beide um Himmels willen behutsam vor. Sofern Ihnen die Aktion zu riskant erscheint, kehren Sie um. Ich habe bereits die Bundespolizei informiert. Es wird eine Sondereinheit in Betriebsbereitschaft gesetzt. Selbst wenn Sattner es aufs Festland schafft, wird er keine Chance haben.«

»Ich denke dabei auch weniger an Sattner als an Rachnow«, erwiderte Kolbe.

Die Unterhaltung war beendet. So oder so, die Zeit drängte.

Kolbe und Voss gaben die Deckung auf und hasteten über die Rasenfläche zum Haus der Schrades zurück.

Das Ehepaar begegnete ihnen vollkommen aufgelöst, zeigte sich jedoch im Rahmen seiner Möglichkeiten hilfsbereit.

»Sie haben vollkommen recht, was die beiden Häuser angeht«, erklärte Schrade hektisch. Er humpelte um die beiden Kommissare herum.

»Die verfügen tatsächlich über einen gemeinsamen Keller. Wir haben Sattner eine Zeit lang bei uns im Keller gehört, wenn er seiner Mutter oben was auf dem Klavier vorgespielt hat. Ich denke, dass es bestimmt auch andersrum funktioniert. Wie gesagt, Sie können gerne nach unten gehen, allerdings wurde dort irgendwann nach der Teilung des Hauses eine Trennmauer eingezogen. Ich habe hier eine Grundrisszeichnung aus meinen Unterlagen.« Schrade übergab dem Kommissar ein zusammengerolltes Papier.

»Danke«, sagte Kolbe knapp. »Und jetzt führen Sie uns runter, schnell!«

»Aber Sie lassen uns aus dieser Sache raus, ja?«

Schrade öffnete eine einfache weiße Brettertür und knipste dahinter Licht an. Stufen wurden sichtbar, die in die Tiefe führten.

Kolbe drehte sich zum Hausherrn um und legte einen Zeigefinger an seine Lippen. »Von jetzt an wird nur noch geflüstert, klar? Sie führen uns zu der Mauer im Keller. Alles Weitere liegt dann in unserer Hand.«

Schrade nickte. Nacheinander bewegten sie sich die Treppe hinunter.

Sie erreichten die besagte Stelle nur wenig später. Schrade führte sie in einen hohen Raum, der mit allerhand Regalen zugestellt war.

»Dieser Teil des Kellers wird von uns im Grunde gar nicht benutzt«, erklärte Schrade wispernd. »Wir haben das Haus hier erst vor vier Jahren gekauft. Als wir mit Mayla hergezogen sind.«

»Schon gut«, flüsterte Kolbe. »Wir werden uns das ansehen. Gehen Sie jetzt am besten zu Ihrer Frau und Ihrer Tochter nach oben. Und verhalten Sie sich um Himmels willen ruhig.«

Schrade sah die Inselkommissare nacheinander an. Er nickte knapp, drehte sich um und verschwand.

Rieke betätigte einen Lichtschalter neben dem Durchgang. Eine nackte, staubige Glühbirne, die an einem Kabel von der Decke hing, sorgte für schummriges Licht.

Die Rothaarige zog ihrem Kollegen die gerollte Zeichnung aus der hinteren Hosentasche und faltete den Plan auseinander, während Kolbe bereits die Wand inspizierte.

»Das Regal da ist im Weg«, stellte er fest. »Das muss weg.«

»Und was haben Sie dann vor?«, fragte Rieke stirnrunzelnd, während sie die Zeichnung überflog. »Wollen Sie die Wand aufstemmen und dabei hoffen, dass Sattner da oben nichts von alledem mitbekommt?«

»Notfalls auch das«, gab Kolbe giftig zurück. »Es ist immer noch besser, als es nicht zu versuchen. Sattner fühlt sich in die Enge getrieben. Er ist verzweifelt und wahrscheinlich inzwischen zu allem fähig.«

»In Ordnung«, sagte Rieke. Sie war im Begriff, die Zeichnung wegzulegen, als sich die Runzeln auf ihrer Stirn plötzlich verstärkten. »Einen Augenblick mal«, sagte sie und trat mit dem Plan direkt unter die Glühlampe. »Sehen Sie sich das hier mal an, Kolbe.«

Der Inselkommissar trat neben seine Kollegin und blickte auf das Gewirr von Linien und Abmessungsdaten.

Rieke faltete die Zeichnung kleiner und legte schließlich ihren rechten Zeigefinger auf die Stelle, an der sie beide sich gerade befanden.

»Sehen Sie diese Linie hier? Das ist die Trennwand, von der Schrade gesprochen hat. Und jetzt sehen Sie sich mal diese beiden Markierungen hier an.« Riekes Fingerspitze tippte auf das Papier.

Kolbe verengte seine Augen leicht. Dann riss er seiner Kollegin die Zeichnung aus der Hand. »Das gibt's doch nicht. Da ist ein Durchgang eingezeichnet.«

Rieke grinste. »Er muss ziemlich genau hinter dem Regal da liegen.«

Kolbe zögerte nicht. Er warf die Zeichnung in hohem Bogen beiseite und winkte Rieke, ihm zu folgen.

»Kommen Sie. Packen Sie da drüben mit an. Zu zweit sollten wir es schaffen.«

Es handelte sich um ein Metallregal, das zu ihrem Glück nicht an die Wand geschraubt war.

Sie hoben es an jeder Seite an und drapierten Teppichreste darunter, die sie in einem alten Pappkarton gefunden hatten.

Auf diese Weise gelang es ihnen, das Regal leicht und vor allem lautlos von der Wand zu zerren.

Dahinter kam tatsächlich ein schmaler Durchgang zum Vorschein. Eine Tür fehlte. Zumindest von dieser Seite.

Kolbe tastete mit den Fingern über eine raue Spanplatte, die offenbar von Sattners Kellerseite als Verkleidung diente.

»Wenn wir die Platte lösen, sind wir drüben«, flüsterte der Kommissar.

»Glauben Sie, dass Sattner von dem Durchgang weiß?«, fragte Rieke.

Er zuckte mit den Schultern. »Keine Ahnung. Falls er ihn kennt, können wir nur hoffen, dass er ihn gerade nicht mehr auf der Rechnung hat.«

Kolbe machte sich daran, sich gegen die Platte zu stemmen. Rieke half ihm, so gut es ging, dabei.

Etwas knirschte. Dann ein leises, splitterndes Geräusch.
»Sie löst sich«, flüsterte Rieke. »Achtung. Jetzt!«
Ein trockenes Knacken folgte, und die Spanplatte gab nach.
Einem schnellen, beherzten Zugreifen Kolbes war es zu verdanken, dass sie auf der anderen Seite der Wand nicht zu Boden knallte. Kolbe hielt sie fest. Mit Riekes Hilfe gelang es ihm, sie geräuschlos zu Boden zu lassen.
Der Raum hinter dem Durchgang lag fast vollständig im Dunkeln. Nur das Licht aus Schrades Keller drang durch die Öffnung in der Mauer.
Als schattenhafter Umriss war eine Tür zu erkennen, die in einen weiteren Kellerraum führen musste.
Die beiden Kommissare hielten darauf zu. Kolbe hatte seine Waffe in der Hand, während Riekes Finger sich vorsichtig um die Klinke legten. Sie drückte sie herunter und die Tür schwang leise nach innen auf.
Irgendwo hinter dieser Schwelle lag ein größerer Raum, offensichtlich zumindest ebenfalls spärlich beleuchtet.
Kolbe wagte sich einen Schritt vor und schwenkte die Mündung seiner Pistole nacheinander in alle Richtungen, während sein Blick versuchte, den Raum zu durchdringen.
»In Ordnung, sicher«, flüsterte er Rieke zu.
Die beiden bewegten sich weiter. Was sie zu sehen bekamen, versetzte sie nicht gerade in Hochstimmung.
Am Boden vor dem Treppenaufgang lag ein Toter in einer Blutlache. Er war inzwischen kein Unbekannter mehr für sie.
»Das ist Russ«, flüsterte Rieke. »Verdammter Mist. Sieht aus, als sei er … mit einem Pfeil erschossen worden.«
»Lassen wir ihn«, sagte Kolbe trocken, als er seinen Blick von der Leiche löste. »Wir können nichts mehr für ihn tun.«
Sie bewegten sich weiter in Richtung der Treppe.
Rieke deutete auf die dunklen Flecken, die sich über den Boden zogen und sich auf den Stufen weiter fortsetzten.
»Blut«, flüsterte sie und drehte sich noch einmal zu dem Toten hinter ihnen um. »Aber vermutlich nicht von Russ.«

»Ja«, gab Kolbe zurück, »kann sein, dass auch Sattner was abbekommen hat. Vielleicht zeigt er sich auch deswegen nicht oben am Fenster.«

»Wahrscheinlich ist er kurz davor, durchzudrehen«, flüsterte Rieke.

Weiter. Sie hasteten die Treppenstufen nach oben, gelangten an eine feuerfeste Tür, die sich leise öffnen ließ.

Sie hatten die Wohnung Sattners erreicht.

Rieke gab Kolbe ein Zeichen, dass sie vorausgehen würde.

Der Kommissar nickte knapp. Immerhin war seine Kollegin heute schon einmal in diesem Haus gewesen. Sie musste wissen, wo das Wohnzimmer und der Zugang zur Terrasse lagen.

Als sie den Hausflur erreichten, hörten sie die Stimmen.

Sattner und Rachnow. Der Geiselnehmer gab im Flüsterton weitere Anweisungen.

Mit gezogenen Waffen nährten sich die beiden Beamten der Tür zum Wohnzimmer. Sie war nur angelehnt.

Rieke blickte vorsichtig durch den Spalt. Da war er. Sattner.

Er lehnte an einem Bücherregal neben der Terrassentür. Mit zwei Fingern zog er den halbdurchsichtigen Gardinenvorhang beiseite und starrte nach draußen. In seiner anderen Hand hielt er eine Pistole.

Auf dem Sofa daneben hockte Rachnow, den Oberkörper vornübergebeugt, den Kopf zwischen seinen Händen.

Sattner hob die Hand mit der Pistole, doch offenbar nur, um auf seine Armbanduhr zu sehen.

»Die zwanzig Minuten sind gleich rum«, sagte er. »Ich hoffe, dass der Dreckskerl Wort hält.«

»Warum lassen Sie mich nicht einfach gehen?«, presste Rachnow hervor. Der Tonfall in seiner Frage klang so, als hätte er sie bereits zum wiederholten Mal gestellt. »Was haben Sie denn davon, mich hier festzuhalten?«

»Ich kann es noch immer schaffen«, erklärte Sattner, ohne seinen Blick abzuwenden. »Ich bin mein ganzes Leben nur für Mutter da gewesen. Ich will nicht, dass es so für mich endet, verstehen Sie das nicht, Herrgott nochmal?« Sattner starrte den

Arzt auf seiner Couch für einen kurzen Augenblick hasserfüllt an.

»Ich habe alles für sie getan. Und sie … sie hat nichts zugelassen, was wichtig für mich gewesen wäre. Selbst zum Schluss hat sie mich nicht in Ruhe gelassen. Im Gegenteil. Wissen Sie, was ich glaube?« Sattner ließ eine kurze Pause, doch irgendwie musste ihm klar sein, dass Rachnow nicht antworten würde.

»Ich glaube, dass sie mich selbst auf ihre letzte Reise noch mitnehmen wollte.« Er stieß ein verzweifeltes Lachen aus. »Nicht mal im Angesicht ihres Todes konnte sie mich loslassen, damit ich endlich das Leben führen konnte, das ich wollte. Mein Leben!«

Rachnow gab einen spröden Laut von sich, den er durch seine Hände hindurchschnorchelte. Zu mehr schien der Arzt inzwischen nicht mehr fähig.

Sattner warf einen erneuten Blick zur Uhr. »Die Zeit ist um. Vor zwei Minuten abgelaufen.« Er wandte den Kopf in Rachnows Richtung. »Gehen Sie da raus. So wie vorhin, langsam und ohne hektische Bewegungen. Gehen Sie raus und sagen denen, dass ich mich nicht hinhalten lassen werde. Ich will hier und jetzt eine Antwort. Na los! Worauf warten Sie?«

Rachnow ließ seine Hände sinken. Sie zitterten.

Kolbe und Voss beobachteten durch den winzigen Spalt in der Tür, wie sich der Arzt langsam und quälend erhob. Er musste sich dazu am Couchtisch festhalten. Dann bewegte er sich in Richtung der Terrassentür.

Sattner begleitete jede Bewegung seiner Geisel mit dem Lauf seiner Pistole.

Noch zögerte Rachnow für ein paar Sekunden, dann strich er in einer fahrigen Bewegung die Gardine beiseite und trat ins Freie, auf die Terrasse hinaus. Der Platz lag in der prallen Abendsonne, die die gesamte Szenerie in ein warmes, orangerotes Licht tauchte.

Es war der Moment, auf den die beiden Kommissare gewartet hatten. Wenn Sattner bereit war, auf Rachnow zu schießen, wovon auszugehen war, würde er dies durch die geschlossene

Fensterfront tun müssen. Es sei denn, er veränderte seine Position und folgte Rachnow zur offenen Tür. Aber genau das durfte nicht passieren.

Kolbe und Voss nickten sich zu. Es ging los.

Kapitel 23

Die Tür flog auf und knallte gegen die Wand.

Im selben Augenblick Riekes gellende Stimme: »Polizei! Lassen Sie die Waffe fallen!«

Es war sofort ersichtlich, dass Sattner sich nicht an diese klare Vorgabe halten würde. Er fuhr heftig zusammen und wirbelte herum. Gleich darauf passierte etwas, womit die beiden Polizisten nicht gerechnet hatten. Sattner ging zu Boden. Ob er sich absichtlich fallen gelassen hatte oder einfach nur gestolpert war, wurde aus der Aktion nicht ersichtlich. Nur bot er mit einem Mal kein Ziel mehr, weil er halb unter dem Couchtisch hockte, der in der nächsten Sekunde auf die Seite fiel.

Kolbe stieß einen Fluch aus und tauchte automatisch nach links weg, während Rieke die entgegengesetzte Richtung wählte. Dabei prallte sie mit der Hüfte schmerzhaft gegen eine Kommode. Eine Lampe und mehrere gerahmte Fotografien fielen zu Boden. Glas splitterte.

Sattners erster Schuss riss ein fast faustgroßes Loch in den Türrahmen.

Rieke stieß einen heiseren Laut aus und ließ sich zu Boden fallen.

Kolbe gab drei Schüsse hintereinander auf den umgestürzten Couchtisch ab, bevor auch er sich fallen ließ, um dem Schützen kein allzu großes Ziel mehr abzugeben.

Irgendwo draußen wurden Rufe laut. Jemand rief Rachnows Namen. Schatten tauchten vor den Fenstern auf, liefen durcheinander, verschwanden wieder.

Im Wohnzimmer war es totenstill. Kolbe hörte lediglich Rieke leise atmen. Aus den Augenwinkeln heraus registrierte er, dass seine Kollegin die vermeintliche Deckung des sperrigen Sofas ausnutzte.

»Sattner«, keuchte der Kommissar. »Wenn Sie mich jetzt hören können, dann werfen Sie Ihre Waffe weg. Lassen Sie sie über den Boden schlittern.«

Niemand antwortete.

Kolbes Blick wanderte über die drei Einschusslöcher, die seine Kugeln in die Tischplatte gerissen hatten. Aber hatten sie auch ihr Ziel getroffen? An der Wand über dem Sofa befand sich eine Hängevitrine mit Glastüren. Doch die Spiegelung darin reichte nicht aus, um wirklich etwas erkennen zu können. Alles, was Kolbe sah, waren die Umrisse des umgestürzten Tischs.

»Sattner! Antworten Sie!«

Keine Reaktion.

»Es hat keinen Sinn, Sattner«, versuchte es Kolbe ein letztes Mal. »Sie kommen hier nicht raus. Wir werden Sie jetzt festnehmen. Sollten Sie Widerstand leisten, wären wir gezwungen, zu schießen, da Sie noch immer im Besitz einer Schusswaffe sind.«

Kolbe ging vorsichtig in die Hocke. Schräg hinter ihm erhob sich auch Rieke. Sie hielt ihre Dienstwaffe mit beiden Händen umklammert und hatte sie auf den Tisch gerichtet.

Der Kommissar erhob sich weiter. Er ging zwei vorsichtige Schritte auf den Tisch zu.

Gegen die langsam untergehende Sonne hinter der Terrassentür zeichneten sich zwei Umrisse ab. Gesa Brockmann und Enno Dietz näherten sich vorsichtig über den Rasen.

»Herr Sattner«, sagte Kolbe noch einmal.

Sattner sprang mit einem Schrei hinter dem Tisch in die Höhe und schoss sofort.

Dass Kolbe sich aus einem Reflex heraus zur Seite gedreht hatte, rettete ihm das Leben. Eine Kugel zischte an ihm vorbei und riss ein Stück Putz aus der Wand hinter ihm.

Die Inselkommissare erwiderten das Feuer sofort.

Kolbe, der selbst mehrfach abdrückte, sah, wie Sattner von mehreren Projektilen getroffen wurde. Er zuckte dabei leicht, als hätte er einen elektrischen Schlag abbekommen. Sein Kopf sackte ihm auf die Brust. Mit der Pistole noch in der Hand kippte er zur Seite weg. Der Aufprall brach eines der Tischbeine ab, die in die Luft ragten. Sattner begrub es unter sich.

Kolbe und Voss traten vorsichtig auf die Stelle zu, an der Sattner lag.

Rieke bückte sich rasch und wand dem Mann die Waffe aus der Hand. Nicht, dass er sie noch einmal hätte betätigen können, denn Georg Sattner, der eigentliche Mörder Jenna Rachnows, war tot.

»Kolbe? Voss?« Gesa Brockmanns Stimme gellte zu ihnen herein. »Alles in Ordnung bei Ihnen?«

»Alles in Ordnung«, gab Rieke zurück. Sie trat an die Fensterfront der Terrasse und riss die Gardine mit einem festen Ruck zur Seite.

Gesa Brockmann und Enno Dietz betraten das Wohnzimmer. Ihre Blicke fielen auf den Toten.

Rieke drehte sich zu den beiden Kollegen um. »Es tut uns leid, aber … es war nicht anders zu machen. Sattner hat geschossen.«

Gesa Brockmann erwiderte im ersten Moment nichts. Sie nickte nur knapp, während sie über einige Glassplitter hinwegstakte. Sie ging auf Kolbe zu, der seine Pistole weggesteckt hatte und jetzt an der Wand neben dem Klavier lehnte.

»Kolbe?«, fragte die Chefin vorsichtig. Sie legte dem Kommissar eine Hand auf die Schulter. »Sind Sie in Ordnung?«

Gerret Kolbe nickte kurz, legte dann den Kopf in den Nacken und schloss für ein paar Sekunden die Augen.

War er wirklich in Ordnung? Er wäre vor zwei Minuten beinahe erschossen worden. Es hatte nicht viel dazu gefehlt. Ein paar Zentimeter nur. Er zwang sich zur Ruhe.

Als er die Augen wieder aufschlug, erkannte er, dass Gesa Brockmann ihn noch immer ansah und offenbar auf eine Antwort wartete.

»Es ist alles okay«, sagte er mechanisch. »Es geht mir gut.«

Kapitel 24

»Es geht mir gut«, wiederholte Kolbe, als er in Bente Franzens Küche saß, allein mit ihr. Ladengast war ausgegangen, das Haus war dunkel und still.

Draußen kündigte sich ein Sommergewitter an. Hin und wieder zuckten grelle Blitze über den Himmel und tauchten die Küche, die nur von zwei Kerzen erhellt wurde, in fahles Geisterlicht.

»Es geht Ihnen gut?«, fragte Bente Franzen. »Das ist vielleicht das, was Sie Ihrer Chefin weismachen können. Aber mir nicht.«

Kolbe sah sie an und lächelte flüchtig.

»Ich habe heute einen Menschen erschossen«, sagte er.

»Ich weiß«, antwortete sie und fügte kurz darauf hinzu: »Einen Mörder.«

»Einen Menschen!«

Seine Zimmerwirtin erhob sich von ihrem Stuhl und drehte sich zu dem alten, mit Schnitzereien verzierten Küchenschrank um. Sie öffnete eine der kleinen Glastüren und kehrte kurz darauf mit einer Flasche und zwei Gläsern zurück. Sie stellte alles auf den Tisch.

»Rum«, sagte sie knapp. »Geht auch mal ohne Tee.« Sie schraubte den Verschluss ab und warf ihn, entgegen ihrer sonstigen Art, beiseite. Er wurde heute nicht mehr gebraucht. Sie goss die beiden Schnapsgläser bis zum Rand voll und hob das ihre an.

»Ich hoffe, Sie tun mir den Gefallen und trinken wenigstens diesen einen mit? Ich habe nämlich das Gefühl, Sie könnten den jetzt wirklich brauchen.«

Kolbe starrte das Glas an. Das Kerzenlicht spiegelte sich darin und ließ die Flüssigkeit goldgelb erscheinen.

»Was soll's«, sagte er nach einer Weile und fasste das Glas zwischen Daumen und Mittelfinger.

»Na also«, sagte Bente Franzen mit einem Lächeln, »geht doch.«

Der Erste schmeckte fürchterlich. Kolbe schloss die Augen und schüttelte sich. Er knallte das leere Glas auf die Tischplatte. Kaum hatte er das getan, als er bereits das leise Glucksen der fast vollen Flasche hörte. Als er seine Augen öffnete, war das Glas so voll wie kurz zuvor.

»Auf einem Bein kann man nicht stehen«, stellte Bente Franzen fest, hob das Glas in seine Richtung und trank es in einem einzigen Schluck aus.

Kolbe sah den Kehlkopf in der Mitte ihres schlanken Halses dabei kurz hüpfen. Dann trank auch er.

Eine Stunde später saßen sie noch immer beisammen. Die Kerzen waren bis auf kurze Stummel heruntergebrannt und draußen tobte inzwischen ein handfestes Gewitter. Es war nur eine Frage der Zeit, wann endlich der lang ersehnte Regen einsetzte. Er lag bereits in der Luft, die durch das geöffnete Küchenfenster strömte.

Kolbe hatte seinen Hemdkragen gelockert. Bente Franzen war die ganze Zeit an seiner Seite gewesen. Nur einmal war sie aufgestanden, um ihm Spiegeleier zu machen, die er direkt aus der Pfanne aß.

»Was ist eigentlich Ihr Problem?«, fragte Kolbe irgendwann. Etwas in ihm registrierte, dass sich seine Zunge schwerer anfühlte und seine Worte leicht holpernd über seine Lippen kamen.

»Problem?«, fragte Bente Franzen lachend.

»Ja, Problem«, beharrte Kolbe. »Der Kerl in Ihrer Küche. Vor einigen Tagen. Sie wissen schon … der Typ, der vor mir Reißaus genommen hat. Das war doch kein Zufall, oder?«

Bente Franzen drehte das leere, klebrige Glas zwischen ihren Fingern. »Zufall. Nein, ein Zufall war das ganz sicher nicht. Es gibt da draußen ziemlich viele Mistkerle, Kolbe.«

»Und das neulich war einer davon?«

»Ja.«

»Was will er von Ihnen? Hat er Sie … irgendwie in der Hand?«

»Vielleicht glaubt er das«, antwortete sie ausweichend. »Vielleicht stimmt es sogar. Die Wahrheit ist, dass ich wohl tatsächlich in Schwierigkeiten stecke. Sie sind nicht der Einzige, der heute wichtige Post bekommen hat.«

Sie drehte sich von ihrem Platz aus um und kramte ein zerknittertes Kuvert vom Küchenschrank. Sie öffnete es und legte ihrem Mieter ein Schreiben vor.

Kolbe versuchte vergeblich, seinen Blick zu schärfen.

»Was ist das?«

»Lesen Sie es doch.«

Der Kommissar nahm das Schreiben in die Hand und führte es sich vor Augen. Die Buchstaben verschwammen und wollten ineinanderlaufen. Dennoch gelang es ihm irgendwie, den Inhalt des Anschreibens zu erfassen. »Von Ihrer Bank. Die drohen damit, Ihren Kredit zu kündigen, wenn Sie nicht bis … bis … naja, das wissen Sie ja wohl selbst am besten.« Er ließ das Schreiben sinken und warf es auf die Tischplatte. »Ein großes Problem für Sie?«

Entgegen seiner Erwartung brach sie in ein Lachen aus. »Ja. Könnte man sagen. Ein riesengroßer Haufen Bockmist!«

Sie lachte, dass ihr die Tränen kamen. Und als die flossen, ging ihre spontane Heiterkeit plötzlich in eine tiefe Trauer über, bis sie das Schreiben an sich riss, es in ihrer Hand zerknüllte und schluchzend darüber auf der Tischplatte zusammenbrach. Dabei kippte das Schnapsglas um und kullerte in Kolbes Richtung. Er fing es auf und stellte es in sicherer Entfernung ab.

»Hey, hey«, sagte er leise, nachdem ein gewaltiger Donnerschlag die Luft erfüllt hatte. »Dieses … dieser Kram wird sich doch sicher irgendwie lösen lassen, oder?«

Aus dem Gewirr ihrer Haare, die sich aus dem Knoten gelöst hatten und sie jetzt komplett einrahmten, kam nur ein erneutes Schluchzen.

Kolbe streckte langsam seine rechte Hand aus. Sie verharrte für einen Moment in der Luft, dann senkte sie sich auf den Spaghettiträger ihres Kleides und auf ihre teilweise nackte Schulter.

So saßen sie für eine ganze Weile. Er wusste nicht mehr zu sagen. Verdammt, er hatte heute einen richtig miesen Tag erwischt. Er hatte Sattner erschossen. Gut, mit ein wenig Hilfe seiner Kollegin, aber irgendwie zählte dieses Detail im Augenblick nicht für ihn. Und nun saß er hier mit einer heulenden Witwe, um die sich allerhand Gerüchte rankten, und zu allem Überfluss war sie auch noch seine Vermieterin, mit der er im gleichen Haus lebte. Er konnte sich jetzt nicht einfach die Treppe nach oben stehlen.

Dann stutzte er. Wollte er das denn überhaupt? Was erwartete ihn denn dort? Zwei stickige Zimmer, vom Tag aufgeheizt, und Stille, wenn er mal vom Gewitter absah. Stille und Einsamkeit.

Während er noch in Gedanken versunken war, hatte Bente Franzen den Kopf gehoben. Sie sah ihn an, verheult, mit verlaufener Schminke, das Haar zerzaust.

Er bemerkte ihren Blick. »Darf ich?«, fragte er.

»Was? Was dürfen Sie?«

»Sssscchhht«, machte er, griff nach ihrem langen Haar und ordnete es. Er nahm seinen Kopf zurück und betrachtete sein Werk. »Wesentlich besser.«

Sie prustete ein Lachen heraus, das ihre Augen erfüllte. Dabei wischte sie mit dem Handrücken unterhalb ihrer Nase entlang.

»Ich glaube, ich kann Sie richtig gut leiden, Kolbe«, sagte sie und lachte wieder. Sie griff nach seiner Hand, die noch immer in der Nähe war, und sah zu ihm auf. »Ziemlich richtig gut.«

Er sagte nichts, lächelte nur matt. Ein Blitz schnellte durch den Nachthimmel, ein Schwall süßlich schwerer Luft bauschte die Gardinen vor dem Fenster auf.

Bente Franzen setzte sich aufrecht, beugte sich zu ihm herüber. Dabei fiel ihr eine Haarsträhne über die linke Schulter.

Kolbe näherte sich ihrem Gesicht. Sie hielten sich bei den Händen und sahen sich lange in die Augen, während sich ihre Nasenspitzen fast berührten.

»Woran denken Sie jetzt?«, flüsterte sie.

»Ich …«

Ein Zeigefinger legte sich sanft auf seine Lippen.

»Warten Sie noch. Sie denken daran, dass es ein Fehler sein könnte, nicht wahr? Und vielleicht … haben Sie sogar recht damit. Es wäre wohl nicht gut.«

»Was?«, fragte er, wobei seine Zungenspitze kurz ihren Finger berührte, der noch immer auf seinen Lippen lag.

»So eine Verbindung«, sagte sie leise. »Zwischen Ihnen und mir. Immerhin wissen Sie gar nichts von mir.«

Er nahm sanft ihren Finger von seinem Mund, hielt ihre Hand fest. »Ich schätze, ich bin gerade dabei, einiges herauszufinden.«

»Ja«, sagte sie matt und senkte den Blick. »Und genau das macht mir ein wenig Angst.« Sie wand sich aus seinem Griff und stand auf. »Tut mir leid, Herr Kolbe. Ich hätte das nicht tun dürfen.«

Auch er stand auf. Wackliger, als er angenommen hatte. Er trat zu ihr an den Küchenschrank hinüber. »Es ist nichts passiert, weswegen sich jemand von uns schlecht fühlen müsste.«

Bente Franzen lächelte ihn dankbar an. »Vielleicht ist es gut, wenn es dabei bleibt. Warum sind Sie eigentlich nicht zur Eröffnung gegangen?«

Kolbe, verdutzt über den plötzlichen Themenwechsel, hatte zunächst fragen wollen, was sie meinte. Aber dann fiel es ihm ganz plötzlich ein.

»Sie meinen die neue Kunstgalerie am Dorfplatz? Von diesem … diesem …«

»Uthoff«, sagte sie spontan. »Harm Uthoff. Irgendwie sind alle heute Abend da. Sogar den Professor hat es dahin verschlagen.«

»Mein Vater ist auch da«, sagte Kolbe nachdenklich. »Außerdem meine Chefin und meine Kollegin.«

»Und Doktor Sartorius«, fügte sie hinzu.

Kolbe starrte sie an. »Sartorius ist wieder auf der Insel?«

»Ich habe gedacht, Sie wussten das.«

»Nein, woher denn?«

Bente Franzen sah ihn nachdenklich an. »Vielleicht ist er extra wegen der Ausstellung hergekommen. Ich habe gehört, dass er sie mit finanziert haben soll.«

Kolbe verharrte in seiner Bewegung. Sartorius. Der Mann, der den Tod seiner Mutter bescheinigt hatte. Der Mann, der in irgendwelche Machenschaften verwickelt war. Kolbe war ihm begegnet, gleich bei seinem ersten Fall hier auf der Insel.

Danach hatte sich der Doktor im Ruhestand rar gemacht. Fast schien es, als hätte er sein Haus am Waldrand seitdem gemieden. Jetzt war er wieder da. Und auch Kolbes Vater war plötzlich auf der Insel. Zusammen mit dieser merkwürdigen Frau. Und alles schien irgendwie miteinander im Zusammenhang zu stehen.

Bente Franzens Stoß mit ihrem Ellenbogen riss ihn aus seinen Gedanken.

»Wenn Sie das Gefühl haben, Sie müssten es tun, dann tun Sie es um Himmels willen. Aber stehen Sie nicht einfach nur so da und nagen an Ihrem Daumennagel. Das ist weder cool noch sexy.«

»Was tun?«, fragte Kolbe.

»Na, zu dieser Veranstaltung gehen«, erklärte sie. »Die ist ganz sicher noch in vollem Gange, und ob Sie nun eine Einladung haben oder nicht, spielt jetzt ganz sicher auch keine Rolle mehr. Ich hätte Sie ja vielleicht noch begleitet. Aber so …«, sie sah an sich herab, »werde ich da ganz sicher nicht aufkreuzen. Außerdem bin ich … betrunken.«

Sie sind alle da, dachte Kolbe. Sie sind alle da. Und das kann kein Zufall sein.

Kapitel 25

Das Gebäude war hell erleuchtet. Eine Insel im Meer der Dunkelheit. Obwohl die Fenster geschlossen waren, drangen Musik und Stimmengewirr heraus.

In einem hatte Bente Franzen recht behalten: Am Eingang fragte ihn niemand nach einer Eintrittskarte. Es gab zwar einen Mann in Livree, der hinter der Tür herumlungerte, für Kommissar Kolbe jedoch hatte er kaum mehr übrig als einen desinteressierten, schläfrigen Blick, bevor er sich wieder seinem Gesprächspartner zuwandte, mit dem er offenbar in eine lockere Plauderei verwickelt war.

Kolbe musste blinzeln. Er fühlte sich geblendet von der Helligkeit, den unzähligen Scheinwerfern und Spots, die mal hierhin, mal dorthin gerichtet waren, zumeist auf die Gemälde und Skulpturen, um sie im geeigneten Licht erscheinen zu lassen. Überall wurde getrunken und gelacht, es klirrten die Gläser.

Kaum jemand schien überhaupt Notiz von ihm zu nehmen.

An den ausgestellten Stücken hatte Kolbe nicht das geringste Interesse. Er machte sich nichts aus Kunst und deswegen verstand er auch nichts davon.

Er war betrunken. Und auch wenn er nicht weiter auffiel, war es vielleicht ein Fehler gewesen, hierher zu kommen. Er gehörte nicht an diesen Ort.

Im hinteren Bereich, dort wo die vielen Lichter nicht hinreichten, war eine Bar aufgebaut. Er lehnte sich an den Tresen. Seine rechte Hand versank beinahe automatisch in einer Schale Erdnüsse.

»Kommissar Kolbe?«

Er drehte sich um, in der Gewissheit, dass der Mann in seinem Rücken ihn vermutlich schon zwei oder drei Mal angesprochen hatte.

»Doktor Rachnow«, stieß Kolbe überrascht aus. »Was tun Sie denn hier? Ich … Entschuldigung, aber mit Ihnen hätte ich hier am wenigsten gerechnet.«

»Dann sind wir wohl schon zwei«, gab der Arzt mit einem gequälten Lächeln zurück. »Ich mit Ihnen nämlich ebenso wenig.« Rachnow hielt ein Glas in der Hand, aus dem er offenbar noch nichts getrunken hatte. Er wirkte so, als würde er es auch für den Rest der Nacht nicht mehr tun.

»Jenna und ich hatten eine Einladung für diesen Abend«, erklärte er. »Ich weiß auch nicht, warum ich hier bin. Vielleicht habe ich angenommen, es ihr schuldig zu sein.«

Kolbe wusste darauf nichts zu erwidern. Er blickte betreten zu Boden.

»Ich bin froh, dass ich Sie hier treffe«, fuhr Rachnow fort. Die beiden Männer standen abseits des Geschehens. Zwei Unbeteiligte, die die anderen dabei beobachteten, wie sie sich amüsierten. »Ich möchte mich bei Ihnen bedanken, Herr Kommissar. Dafür, dass Sie Jennas Mörder gefasst haben. Und gleichzeitig muss ich mich für mein Verhalten entschuldigen.«

Kolbe schüttelte den Kopf. »Nicht doch. Sie waren außer sich. Neben der Spur, wie man sagt. Niemand macht Ihnen einen Vorwurf.«

»Es liegt mir aber sehr viel daran, mich zu entschuldigen«, beharrte Rachnow. »Sie können sich nicht vorstellen, wie ich mich gefühlt habe. In dem Augenblick, in dem mir klar wurde, dass ich … dass ich dem Mörder meiner Frau das Leben gerettet hatte.«

»Nein, Sie haben recht«, gestand der Kommissar. »Niemand kann sich da hineinfühlen. Deswegen versuche ich, die Sache aus einem anderen Blickwinkel zu sehen, Doktor. Wir beide … Sie und ich … haben nur unsere Arbeit getan. Nichts weiter.«

Rachnow schwieg. Er war plötzlich sehr nachdenklich geworden. Dann nickte er und stellte sein Glas weg. Es war, als hätte er den ganzen Abend auf diesen einen Moment gewartet.

Rachnow legte Kolbe die Hand auf die Schulter. »Nehmen Sie es mir nicht übel, aber ich werde diese Veranstaltung jetzt verlassen. Dieser Trubel ist nichts für mich. Auf Wiedersehen.«

»Auf Wiedersehen, Doktor«, antwortete Kolbe. Er blickte Rachnow nach, wie er Richtung Ausgang schlenderte. Als ein Mann, der es nicht eilig hatte, nach Hause zu kommen. Im nächsten Moment war er verschwunden.

Kolbe zerkaute die Erdnüsse, die irgendwie schal und bitter schmeckten. Als sich im Bereich hinter dem Ausstellungsraum eine Seitentür öffnete und zwei Männer heraustraten, stockten die Bewegungen seiner Kiefer.

Kolbe kannte die beiden. Es waren Doktor Sartorius und sein Vater. Sie kamen zusammen aus einem kleinen Büro. Ob sie dort etwas zu besprechen gehabt hatten?

Sie kamen näher. Ihr Ziel war offensichtlich die Bar.

Warum war Kolbe hergekommen? Diese Frage stellte er sich selbst und fand keine rechte Antwort darauf. Das Geheimnis um den Tod seiner Mutter trieb ihn um, und er hatte den Verdacht, dass die beiden, die sich ihm in diesem Augenblick näherten, etwas damit zu tun hatten. Aber war er deswegen hier? In seinem Zustand? Und doch …

»Ah, wenn das nicht unser Held des Tages ist«, rief Sartorius, als er Kolbe erkannt hatte. Die beiden kamen nun direkt auf ihn zu.

»Sieh an, unser Inselkommissar«, sagte Sartorius, der sich direkt vor Kolbe aufbaute. »Mein lieber Hansjörg, du hast mir ja gar nicht gesagt, dass dein Sohn heute Abend herkommt.«

Kolbe senior zuckte mit den Schultern. »Ich wusste ja auch nichts davon.«

Sartorius sah den Kommissar mit seinen Adleraugen an. »Sollte es Ihr Interesse für Kunst gewesen sein, das Sie hergetrieben hat, Kommissar? Übrigens: Meinen Glückwunsch. Ich habe gehört, was Sie heute getan haben.«

So wie Sartorius es betonte, klangen seine Worte eher wie ein Vorwurf. Und Kolbe wusste, dass pure Absicht dahintersteckte.

»Also«, beharrte der Arzt im Ruhestand, »was genau führt Sie her, junger Freund?«

»Sie sollten nicht den Fehler begehen, mich zu unterschätzen, Doktor.«

Sartorius hob eine Augenbraue und lächelte. »Tue ich das denn?«

»Meinen Kunstverstand zum Beispiel«, fuhr der Kommissar fort. »Vielleicht wussten Sie gar nicht, dass auch ich eine Einladung habe. Keine so schnörkellose wie die anderen, das gebe ich gerne zu, aber dafür eine, die schon für sich genommen ein Kunstwerk ist.«

Sartorius' Gesichtszüge verhärteten sich unmerklich. »Sie machen mich neugierig, mein Junge.«

Kolbe fasste in die Innentasche des Jacketts, das er sich beim Gehen übergestreift hatte. Darin trug er die Kopie des Totenscheins. Er faltete das Blatt auseinander und drückte es seinem Gegenüber in die Hand.

Sartorius warf einen Blick darauf. Für einen winzigen Augenblick gefror das süffisante Lächeln in seinen Mundwinkeln, dann hatte er sich bereits wieder unter Kontrolle.

»Tut mir leid«, sagte er. »Aber wenn das ein Scherz sein soll, fehlt mir wohl ein Gen, um ihn zu verstehen. Ansonsten würde ich ihn für reichlich geschmacklos halten.«

»Was ist los?«, mischte sich nun Kolbe senior ein.

Sartorius reichte das Blatt an ihn weiter, ohne dabei seinen Blick vom Kommissar zu lösen.

Hansjörg Kolbes Augen weiteten sich, als er das Blatt studierte. Rasch faltete er es zusammen und wandte sich energisch an seinen Sohn. »Woher hast du das?«

»Spielt das eine Rolle für dich, Vater?«

»Ich werde ja wohl noch fragen dürfen, woher …«

»Aus dem Gesundheitsamt in Wittmund«, kam Kolbe ihm zuvor. »Viel wichtiger dürfte aber doch wohl die Frage sein, was ich damit vorhabe. Ich bin erstaunt, dass mich niemand danach gefragt hatte. Weder Sie, Doktor … noch du, Vater. Kann es sein, dass ihr beide Angst vor der Antwort habt?«

»Du bist betrunken, Gerret«, antwortete Hansjörg Kolbe. »Vielleicht gehst du besser nach Hause und schläfst dich erstmal richtig aus.«

»Nach Hause«, griff Sartorius den Faden auf, »das ist doch momentan bei dieser nicht unansehnlichen jungen Witwe, stimmt's? Ihr Vater hat recht, Kolbe. Vielleicht sind Sie dort heute Nacht wirklich besser aufgehoben. Ich habe gehört, dass diese Frau mit ihren Mietern gern mal ein wenig mehr teilt als nur eine warme Mahlzeit.«

Kolbe machte einen Schritt auf Sartorius zu und packte ihn am Kragen seines Sakkos.

»Sie verfluchter …«

»Gerret!«, platzte Kolbe senior dazwischen. »Bist du verrückt geworden? Reiß dich gefälligst zusammen!«

Sartorius sagte nichts. Er beließ es bei einem dünnen Lächeln. Tatsächlich schien er diese Situation sogar noch zu genießen.

Der Kommissar ließ ihn los. Er zwang sich zu einem Lächeln. »Nichts für ungut, Doktor. Sie sind es vermutlich nicht wert, dass man Ihnen die Zähne einschlägt. Aber auf eines können Sie sich verlassen: Ich werde schon noch herausbekommen, was Sie und mein Vater damals getan haben.«

Er blickte nach draußen, wo gerade der erste Regen vom Wind gegen die Fensterscheiben gepeitscht wurde.

»Es war in einer Nacht wie dieser«, fügte er hinzu. »Ich bin sicher, dass ihr beide euch noch gut daran erinnert.«

Kolbe riss seinem Vater das Blatt Papier aus der Hand und knüllte es im Gehen in seine Tasche.

Mit einem Mal wollte er nur noch weg. Er hatte genug. Sein Bauch war voller Wut, aber so betrunken war er nun auch nicht, als dass er Sartorius hier während der Ausstellung anging. Vermutlich hätte er dem Kerl damit sogar noch einen Gefallen getan.

Er hatte den Ausgang fast erreicht, als ihn erneut eine bekannte Stimme zurückrief.

»Kolbe! Wollen Sie etwa schon gehen?«

Er drehte sich um und starrte Rieke Voss an. Sie trug ein elegantes grünes Abendkleid und dazu passende Handschuhe. Über ihrer Schulter hing ein winziges schwarzes Modehandtäschchen. Ihr mittlerweile wieder feuerrotes Haar trug sie offen.

Sie hatte sich bei Harm Uthoff untergehakt, der sie von der Seite her mit blendend weißen Zähnen anlächelte.

»Rieke«, entfuhr es Kolbe. »Was um alles in der Welt …«

»Sie scheinen sehr überrascht zu sein, Ihre Kollegin hier zu sehen«, stellte Uthoff fest. »Ich hoffe, ich bin jetzt nicht in irgendein Fettnäpfchen getreten? Nicht, dass ich hier Ihre eventuell älteren Ansprüche zunichtemache?«

Kolbe fasste sich verwirrt an die Stirn. »Ansprüche? Was denn für Ansprüche? Tut mir leid, aber ich fürchte, es wird mir gerade alles ein bisschen zu viel. Ich glaube, ich brauche etwas frische Luft.«

Harm Uthoff, der Star des Abends, im tadellos sitzenden Frack und mit Lackschuhen bekleidet, hob lachend und beschwichtigend die Hände. »Sie dürfen selbstverständlich tun und lassen, was Sie wollen. Die Hauptsache ist, Sie amüsieren sich.« Uthoff beugte sich zu Rieke, flüsterte ihr etwas ins Ohr und hauchte ihr einen Kuss auf die Wange, bevor er sich abwandte und in Richtung der Bar verschwand.

Kolbe und Voss standen sich für einen Moment gegenüber.

Der Kommissar wollte sich wortlos abwenden, doch seine Kollegin hielt ihn zurück.

»Alles in Ordnung bei Ihnen, Kolbe?«

»Denke schon«, antwortete er.

»Wo wollen Sie denn jetzt hin?«

»Raus. Vielleicht am Strand spazieren.«

»Aber es regnet in Strömen.« Ihre Mundwinkel zuckten leicht.

Er lächelte. »Na und? Wie sagte Ihr neuer Begleiter gerade: Die Hauptsache ist, man amüsiert sich.«

Rieke blickte in die Richtung, in die Uthoff verschwunden war. »Das mit Harm ist, äh …«

»Was?«, hakte Kolbe nach. »Harmlos?«

Sie grinste, wurde aber nahezu sofort wieder ernst. »Ich bin ihm heute auf dem Weg zur Dienststelle begegnet. Er hat mir geholfen, die Räder zurückzubringen. Er hat Ihr Rad geschoben.«

»Welch eine Ehre für mich«, sagte Kolbe.

»Er hat mich eingeladen. Hätte ich etwa ablehnen sollen?«

Kolbe hob die Hände. »Sie müssen sich doch vor mir nicht rechtfertigen. Ich habe das Gefühl, dass das heute Abend jeder will.«

Rieke kam etwas näher. »Kann es sein, dass Sie betrunken sind?« Sie sah ihn amüsiert an. Ihre Augen leuchteten dabei.

»Na und?«, blaffte Kolbe. Er deutete zur Bar hinüber, wo er in diesem Augenblick seinen Vater mit der seltsamen Rothaarigen erblickte. Sartorius war ebenfalls in der Nähe. Im gleichen Dunstkreis erkannte er sogar seine eigene Chefin. Gesa Brockmann prostete ihm aus der Ferne mit einem Sektglas zu.

Sein Blick kehrte zu Rieke zurück. »Warum gehen Sie nicht wieder zu denen da drüben? Ich glaube, ich bin heute kein guter Umgang mehr. Für niemanden hier.«

»Was wird das jetzt?«, fragte sie. »Eine Portion Selbstmitleid?«

»Vielleicht«, antwortete Kolbe und ging. Kurz vor dem Ausgang drehte er sich noch einmal um.

»Ach übrigens: Umwerfendes Kleid, das Sie da haben.«

Rieke nickte ihm zu. »Danke.«

Kolbe trat in den Regen hinaus. Er war warm und reinigte. Wusch den ganzen Dreck des Tages herunter. Zumindest oberflächlich. Er stellte seinen Kragen auf und vergrub seine Hände in den Taschen seines Jacketts.

Er schlug den Weg nach Hause ein. Wirklich weit war es nicht bis zum Polderweg.

»Gute Nacht, Lale«, sagte er, als er die Statue am Dorfplatz passierte.

Kurz darauf vernahm er hinter sich ein Geräusch.

Er drehte sich um. Wieselflink, wie er dachte. Doch in Wirklichkeit verlangsamte der Alkohol im Blut seine Reflexe. Wie aus dem Nichts flog eine Faust heran und traf ihn unter dem Kinn.

Kolbe wurde nach hinten katapultiert. Er stürzte und knallte mit dem Rücken gegen die niedrige Steinmauer am Denkmal der Langeooger Sängerin.

»Das war für dich, du Scheißkerl«, sagte eine hasserfüllte Stimme. Noch eine, die Kolbe kannte. Eine, auf die er liebend gern verzichtet hätte.

Er lag auf dem Rücken und blickte in den Gewitterhimmel hinauf. Jemand beugte sich über ihn. Er erkannte das regennasse Gesicht von Joost Hansen.

»Und dafür, was du mit Rieke angestellt hast. Du hast sie doch wohl bequatscht, mit mir Schluss zu machen.« Hansen war offenbar ebenfalls betrunken. Das zumindest verriet seine Aussprache.

»Hast wohl gedacht, du kannst mich bei ihr ersetzen, hä? Aber da hast du wohl Pech gehabt Kumpel. Ja, so ist das eben. Mach's gut, Penner!«

Kolbe rechnete mit einem Fußtritt, bevor Hansen endlich verschwand. Doch das blieb aus. Hansen hatte offenbar genug und verschwand auch so.

Kolbe spürte Blut aus seiner Nase laufen. Die hatte der Kerl also auch erwischt. Sein Rücken schmerzte, als er versuchte, sich aufzurichten. Ihm war schwindlig und übel. Für einen Moment wünschte er sich, einfach hier liegen bleiben zu können.

Blutend und mit zerrissenem Jackett setzte er seinen Weg fort. Schwankend, auf zittrigen Beinen.

Kurz bevor er in den Polderweg einbog, hakte sich jemand bei ihm unter, um ihn zu stützen.

»Mann, Mann, Kolbe, Sie machen vielleicht Sachen.«

Der Kommissar blickte zur Seite. Der Mann neben ihm war ein gutes Stück kleiner. Er trug einen altmodischen Regenmantel und einen Hut. Darunter blickte ihm ein vertrautes Gesicht entgegen.

»Professor«, sagte Kolbe mit schwerer Zunge. »Sagen Sie bloß, Sie sind auch bei der Eröffnung gewesen? Ich habe Sie … nämlich nicht gesehen.«

»Aber ich Sie. Ich habe sogar mitbekommen, wie Sie Sartorius an die Wäsche gegangen sind. Das hätten Sie lieber bleiben lassen sollen.«

Kolbe grinste schief. »Finden Sie?«

»Ich habe Sie überall gesucht«, erklärte Ladengast. »Irgendwie habe ich mir Sorgen um Sie gemacht. Dachte mir fast, dass noch was passieren könnte. Jaja, manchmal habe ich für sowas einen sechsten Sinn. Verraten Sie mir, wer Sie so übel zugerichtet hat, oder haben Sie das etwa ganz allein hinbekommen?«

»Ein alter Freund, der glaubte, noch eine Rechnung mit mir offen zu haben«, antwortete Kolbe.

Der Professor ächzte unter dem ungewohnten Gewicht. »Sehen Sie bloß zu, dass es von denen nicht zu viele werden. So, da sind wir auch schon.«

Kolbe erkannte erst jetzt, dass sie auf das Haus von Bente Franzen zuhielten. Die Birken vor dem Haus wurden von dem stürmischen Nachtwind geschüttelt. Der Regen prasselte auf die Blätter. Inzwischen rann Kolbe das Wasser aus den Haaren, er war vollkommen durchnässt.

Im Haus brannte noch Licht. Die beiden Männer schleppten sich über die Schwelle und schlossen lautstark die Tür hinter sich.

Wenig überraschend, dass sie kurz darauf von Bente Franzen Gesellschaft erhielten. Ihre Augen weiteten sich vor Schreck, als sie Kolbe sah.

»Ach, du meine Güte, was ist denn jetzt schon wieder passiert?«

»Erklärungen später«, antwortete Ladengast. »Jetzt sollten wir ihn erstmal wieder aufpäppeln. Das Beste wäre eine Kanne starker Kaffee.«

An alles, was danach kam, erinnerte sich Kolbe später kaum noch. Er musste zwischendurch eingeschlafen sein, denn irgendwann, noch in derselben Nacht, fand er sich auf der bequemen Couch im Wohnzimmer wieder, eine leichte Wolldecke bis unter sein Kinn gezogen. Bis auf seine Unterhose war er nackt.

Der Sturm toste um das Haus. Das Wohnzimmer hingegen war erfüllt von einer wohligen Wärme. Eine kleine Lampe in der Ecke des Zimmers verbreitete dämmriges Licht.

Kolbe überlegte, nach oben in sein Zimmer zu gehen, doch während er darüber nachdachte, war er bereits wieder eingeschlafen.

Er träumte, dass sich die Wohnzimmertür leise öffnete und jemand mit leisen Schritten zu ihm in den Raum schlüpfte. Das ohnehin kaum wahrnehmbare Knarren der Dielen wurde durch die Sturmgeräusche von draußen übertönt. Jemand setzte sich auf die Kante der Couch und blickte auf ihn herunter.

Eine zarte Frauenhand strich behutsam über seine Wange, während er schlief. Es war dieselbe Hand, die sich einen Weg unter die Wolldecke bahnte, über seinen Bauch an seiner Brust entlangfuhr und dort für einen Augenblick verharrte.

Jemand beugte sich über ihn. Eine lange Haarsträhne fiel in sein Gesicht und kitzelte seine geschundene Nase.

Ein zarter Geruch drang zu ihm durch. Dann legten sich zwei weiche Lippen auf die seinen und liebkosten sie. Zaghaft, beinahe scheu, erkundeten sie seinen Mund, sein Kinn, seinen Hals.

Dann ein Geräusch irgendwo hinter ihnen, vermutlich von der Tür her. Schließlich die Stimme vom alten Ladengast: »Franzi, Sie sollten das besser nicht tun. Sie wissen doch genau, wie es das letzte Mal geendet hat.«

ENDE

Ostfrieslandkrimi-Empfehlungen des Klarant Verlages

Kennen Sie auch schon die ersten Bände der Ostfrieslandkrimi-Serie »**Die Inselkommissare**« von **Marc Freund**?

Ihren Dienst auf Langeoog beginnen die Inselkommissare Gerret Kolbe und Rieke Voss am gleichen Tag – und bekommen sich erstmal gewaltig in die Haare!

Doch sie raufen sich zusammen. Gerret Kolbe, der erfahrene Ermittler aus der Großstadt, der auf die vermeintlich friedliche ostfriesische Insel versetzt wird. In seine alte Heimat, die er aber schon als kleines Kind verlassen hat. Und Rieke Voss, die waschechte Ostfriesin und frischgebackene Kommissarin aus Wittmund.

Gemeinsam lösen Kolbe & Voss spannende Mordfälle auf Langeoog und im unmittelbaren Umfeld der Nordseeinsel.

In der Serie sind bereits folgende Ostfrieslandkrimis erschienen:

»Langeooger Schampus«, Band 1
Taschenbuch-ISBN: 978-3-96586-243-2
eBook-ISBN: 978-3-96586-244-9

Die neuen Langeooger Inselkommissare Gerret Kolbe und Rieke Voss haben ihren ersten grausigen Mordfall zu lösen. Die Spur führt zu ausschweifenden Partys auf der ostfriesischen Insel, bei denen der Schampus in Strömen fließt …

Doch zunächst beginnt der Fall mit einer Vermisstenmeldung: Kurz vor der geplanten Abreise stellt der Langeoog-Urlauber Hajo Scholten schockiert fest, dass seine Frau Marianne und der zehnjährige Sohn Marten plötzlich spurlos verschwunden sind. Die handschriftliche Notiz »Es tut mir leid« ist alles, was ihm bleibt.

Die Kommissare Gerret Kolbe und Rieke Voss sind sich schnell sicher, dass etwas Furchtbares geschehen sein muss. Und tatsächlich lässt ein Leichenfund nicht lange auf sich warten. Die Ermittlungen führen zu einem geheimnisvollen Waldhaus. Offenbar nahm Marianne Scholten hier abends an dekadenten Partys teil, bei denen die attraktive junge Frau sich nur »Mary Ann« nannte. Hat einer der Partygäste im Champagner-Rausch die Kontrolle verloren? Oder steckt in Wirklichkeit etwas ganz anderes dahinter? Auch Hajo Scholten selbst macht sich nämlich durch widersprüchliche Angaben verdächtig. Irgendetwas ist auf der idyllischen Nordseeinsel völlig aus dem Ruder gelaufen …

»Langeooger Gier«, Band 2
Taschenbuch-ISBN: 978-3-96586-271-5
eBook-ISBN: 978-3-96586-272-2

»Langeooger Zwielicht«, Band 3
Taschenbuch-ISBN: 978-3-96586-338-5
eBook-ISBN: 978-3-96586-339-2

Klarant Verlag

Lernen Sie die Ostfrieslandkrimi-Titel des Klarant Verlages kennen und besuchen Sie uns im Internet unter:

www.ostfrieslandkrimi.de

und

www.klarant.de

Sie können dort Näheres über unsere Autoren erfahren, viele weitere interessante Bücher und eBooks finden und Leseproben herunterladen. Mit dem kostenlosen Newsletter erhalten Sie aktuelle Informationen rund um das Verlagsprogramm, wie beispielsweise spannende Neuerscheinungen und Gewinnspiele.